Pollyanna Moça

COLEÇÃO A OBRA-PRIMA DE CADA AUTOR

Pollyanna Moça

Eleanor H. Porter

2ª Edição

Tradução
LUIZ FERNANDO MARTINS

MARTIN CLARET

Título original: *Pollyanna Grows Up*, 1915.

CONSELHO EDITORIAL
Martin Claret

PRODUÇÃO EDITORIAL
Carolina Marani Lima / Flávia P. Silva

CAPA
Ilustração: Girl with flower, Re_bekka / Shutterstock

MIOLO
Tradução: Luiz Fernando Martins
Revisão: Luciane Helena Gomide / Giacomo Leone
Projeto gráfico: José Duarte T. de Castro
Editoração eletrônica: Editora Martin Claret
Impressão e acabamento: Paulus Gráfica

Este livro segue o novo Acordo Ortográfico da Língua Portuguesa.

Dados Internacionais de Catalogação na Publicação (CIP)
(Câmara Brasileira do Livro, SP, Brasil)

Porter, Eleanor H., 1868-1920.
Pollyanna moça / Eleanor H. Porter. — 2. ed. — São Paulo: Martin Claret, 2008. — (Coleção a obra-prima de cada autor; 273)

Título original:Pollyanna grows up

"Texto integral"
ISBN 978-85-7232-752-7

1. Literatura infanto-juvenil I. Título. II. Série.

08-11575 CDD-028.5

Índices para catálogo sistemático:

1. Literatura infantil 028.5
2. Literatura infantil-juvenil 028.5

EDITORA MARTIN CLARET LTDA.
Rua Alegrete, 62 – Bairro Sumaré – CEP: 01254-010 – São Paulo – SP
Tel.: (11) 3672-8144 – Fax: (11) 3673-7146
www.martinclaret.com.br

13ª REIMPRESSÃO – 2016

Sumário

Pollyanna Moça

❖

PALAVRAS DO EDITOR

A história do livro e a coleção "A obra-prima de cada autor"

MARTIN CLARET

Que é o livro? Para fins estatísticos, na década de 1960, a Unesco considerou o livro "uma publicação impressa, não periódica, que consta de no mínimo 56 páginas, sem contar as capas".

O livro é um produto industrial. Mas também é mais do que um simples produto. O primeiro conceito que deveríamos reter é o de que o livro como objeto é o veículo, o suporte de uma informação. O livro é uma das mais revolucionárias invenções do homem.

A *Enciclopédia Abril* (1972), publicada pelo editor e empresário Victor Civita, no verbete "livro" traz concisas e importantes informações sobre a história do livro. A seguir, transcrevemos alguns tópicos desse estudo didático.

O livro na Antiguidade

Antes mesmo que o homem pensasse em utilizar determinados materiais para escrever (como, por exemplo, fibras vegetais e tecidos), as bibliotecas da Antiguidade estavam repletas de textos gravados em tabuinhas de barro cozido. Eram os primeiros "livros", depois progressivamente modificados até chegarem a ser feitos — em grandes tiragens — em papel impresso mecanicamente, proporcionando facilidade de leitura e transporte. Com eles, tornou-se possível, em todas as épocas, transmitir fatos, acontecimentos históricos, descobertas, tratados, códigos ou apenas entretenimento.

Como sua fabricação, a função do livro sofreu enormes modificações dentro das mais diversas sociedades, a ponto de constituir uma mercadoria especial, com técnica, intenção e utilização determinadas. No moderno movimento editorial das chamadas sociedades de consumo, o livro pode ser considerado uma mercadoria cultural, com maior ou menor significado no contexto socioeconômico em que é publicado. Como mercadoria, pode ser comprado, vendido ou trocado. Isso não ocorre, porém, com sua função intrínseca, insubstituível: pode-se dizer que o livro é essencialmente um instrumento cultural de difusão de ideias, transmissão de conceitos, documentação (inclusive fotográfica e iconográfica), entretenimento ou ainda de condensação e acumulação do conhecimento. A palavra escrita venceu o tempo, e o livro conquistou o espaço. Teoricamente, toda a humanidade pode ser atingida por textos que difundem ideias que vão de Sócrates e Horácio a Sartre e McLuhan, de Adolf Hitler a Karl Marx.

Espelho da sociedade

A história do livro confunde-se, em muitos aspectos, com a história da humanidade. Sempre que escolhem frases e temas, e transmitem ideias e conceitos, os escritores estão elegendo o que consideram significativo no momento histórico e cultural que vivem. E, assim, fornecem dados para a análise de sua sociedade. O conteúdo de um livro — aceito, discutido ou refutado socialmente — integra a estrutura intelectual dos grupos sociais.

Nos primeiros tempos, o escritor geralmente vivia em contato direto com seu público, que era formado por uns poucos letrados, já cientes das opiniões, ideias, imaginação e teses do autor, pela própria convivência que tinham com ele. Muitas vezes, mesmo antes de o texto ser redigido, as ideias nele contidas já haviam sido intensamente discutidas pelo escritor e parte de seus leitores. Nessa época, como em várias outras, não se pensava na enorme porcentagem de analfabetos. Até o século XV, o livro servia exclusivamente a uma pequena minoria de sábios e estudiosos que constituíam os círculos intelectuais (confinados aos mosteiros durante o começo da Idade Média) e que tinham acesso às bibliotecas, cheias de manuscritos ricamente ilustrados.

Com o reflorescimento comercial europeu, nos fins do século XIV, burgueses e comerciantes passaram a integrar o mercado livreiro da época. A erudição laicizou-se e o número de escritores aumentou, surgindo também as primeiras obras escritas em línguas que não o latim e o grego (reservadas aos textos clássicos e aos assuntos considerados dignos de atenção). Nos séculos XVI e XVII, surgiram diversas literaturas nacionais, demonstrando, além do florescimento intelectual da época, que a população letrada dos países europeus estava mais capacitada a adquirir obras escritas.

Cultura e comércio

Com o desenvolvimento do sistema de impressão de Gutenberg, a Europa conseguiu dinamizar a fabricação de livros, imprimindo, em cinquenta anos, cerca de 20 milhões de exemplares para uma população de quase 100 milhões de habitantes, cuja maioria era analfabeta. Para a época, isso significou enorme revolução, demonstrando que a imprensa só se tornou uma realidade diante da necessidade social de ler mais.

Impressos em papel, feitos em cadernos costurados e posteriormente encapados, os livros tornaram-se empreendimento cultural e comercial: os editores passaram logo a se preocupar com melhor apresentação e redução de preços. Tudo isso levou à comercialização do livro. E os livreiros baseavam-se no gosto do público para imprimir, principalmente obras religiosas, novelas, coleções de anedotas, manuais técnicos e receitas.

Mas a porcentagem de leitores não cresceu na mesma proporção que a expansão demográfica mundial. Somente com as modificações socioculturais e econômicas do século XIX — quando o livro começou a ser utilizado também como meio de divulgação dessas modificações e o conhecimento passou a significar uma conquista para o homem, que, segundo se acreditava, poderia ascender socialmente se lesse — houve um relativo aumento no número de leitores, sobretudo na França e na Inglaterra, onde alguns editores passaram a produzir obras completas de autores famosos a preços baixos. O livro era então interpretado como símbolo de liberdade, conseguida por conquistas culturais. Entretanto, na maioria dos países, não houve nenhuma grande modificação nos índices porcentuais até o fim da Primeira Guerra Mundial (1914-1918), quando surgiram as primeiras grandes tiragens de um só livro, principalmente romances, novelas e textos didáticos. O número elevado de cópias, além de baratear o preço da unidade, difundiu ainda mais a literatura. Mesmo assim, a maior parte da população de muitos países continuou distanciada do livro, em parte porque ele tinha sido durante muitos séculos considerado objeto raro, atingível somente por um pequeno número de eruditos. A grande massa da população mostrou maior receptividade aos jornais, periódicos e folhetins, mais dinâmicos e atualizados, e acessíveis ao poder aquisitivo da grande maioria. Mas isso não chegou a ameaçar o livro como símbolo cultural de difusão de ideias, como fariam, mais tarde, o rádio, o cinema e a televisão.

O advento das técnicas eletrônicas, o aperfeiçoamento dos métodos fotográficos e a pesquisa de materiais praticamente imperecíveis fazem alguns teóricos da comunicação de massa pensarem em um futuro sem os livros tradicionais (com seu formato quadrado ou retangular, composto de folhas de papel, unidas umas às outras por um dos lados). Seu conteúdo e suas mensagens (racionais ou emocionais) seriam transmitidos por outros meios, como por exemplo microfilmes e fitas gravadas.

A televisão transformaria o mundo todo em uma grande "aldeia" (como afirmou Marshall McLuhan), no momento em que todas as sociedades decretassem sua prioridade em relação aos textos escritos. Mas a palavra escrita dificilmente deixaria de ser considerada uma das mais importantes heranças culturais, entre todos os povos.

Através de toda a sua evolução, o livro sempre pôde ser visto como objeto cultural (manuseável, com forma entendida e interpretada em função de valores plásticos) e símbolo cultural (dotado de conteúdo, entendido e interpretado em função de valores semânticos). As duas maneiras podem fundir-se no pensamento coletivo, como um conjunto orgânico (onde texto e arte se completam, por exemplo, em um livro de arte) ou apenas como um conjunto textual (onde a mensagem escrita vem em primeiro lugar — em um livro de matemática, por exemplo).

A mensagem (racional, prática ou emocional) de um livro é sempre intelectual e pode ser revivida a cada momento. O conteúdo, estático em si, dinamiza-se em função da assimilação das palavras pelo leitor, que pode discuti-las, reafirmá-las, negá-las ou transformá-las. Por isso, o livro pode ser considerado instrumento cultural capaz de liberar informação, sons, imagens, sentimentos e ideias através do tempo e do espaço. A quantidade e a qualidade de ideias colocadas em um texto podem ser aceitas por uma sociedade, ou por ela negadas, quando entram em choque com conceitos ou normas culturalmente admitidos.

Nas sociedades modernas, em que a classe média tende a considerar o livro como sinal de *status* e cultura (erudição), os compradores utilizam-no como símbolo, mesmo desvirtuando suas funções ao transformá-lo em livro-objeto. Mas o livro é, antes de tudo, funcional — seu conteúdo é que lhe dá valor (os livros de ciências, filosofia, religião, artes, história e geografia, que representam cerca de 75% dos títulos publicados anualmente em todo o mundo).

O mundo lê mais

No século XX, o consumo e a produção de livros aumentaram progressivamente. Lançado logo após a Segunda Guerra Mundial (1939-1945), quando uma das características principais da edição de um livro era as capas entreteladas ou cartonadas, o livro de bolso constituiu um grande êxito comercial. As obras — sobretudo *best-sellers* publicados algum tempo antes em edições de luxo — passaram a ser impressas em rotativas, como as revistas, e distribuídas nas bancas de jornal. Como as tiragens elevadas permitiam preços muito baixos, essas edições de bolso popularizaram-se e ganharam importância em todo o mundo.

Até 1950, existiam somente livros de bolso destinados a pessoas de baixo poder aquisitivo; a partir de 1955, desenvolveu-se a categoria do livro de bolso "de luxo". As características principais destes últimos eram a abundância de coleções — em 1964 havia mais de duzentas, nos Estados Unidos — e a variedade de títulos, endereçados a um público intelectualmente mais refinado. A essa diversificação das categorias adiciona-se a dos pontos de venda, que passaram a abranger, além das bancas de jornal, farmácias, lojas, livrarias, etc. Assim, nos Estados Unidos, o número de títulos publicados em edições de bolso chegou a 35 mil em 1969, representando quase 35% do total dos títulos editados.

Enciclopédia Abril, vol. 7. São Paulo: Abril, 1973, p. 2840-2842.

Proposta da coleção
"A obra-prima de cada autor"

"Coleção" é uma palavra há muito tempo dicionarizada e define o conjunto ou reunião de objetos da mesma natureza ou que têm alguma relação entre si. Em um sentido editorial, significa o conjunto não limitado de obras de autores diversos, publicado por uma mesma editora, sob um título geral indicativo de assunto ou área, para atendimento de segmentos definidos do mercado.

A coleção "A obra-prima de cada autor" corresponde plenamente à definição acima mencionada. Nosso principal objetivo é oferecer, em formato de bolso, a obra mais importante de cada autor, satisfazendo o leitor que procura qualidade.*

Desde os tempos mais remotos existiram coleções de livros. Em Nínive, em Pérgamo e na Anatólia existiam coleções de obras literárias de grande importância cultural. Mas nenhuma delas superou a célebre biblioteca de Alexandria, incendiada em 48 a.C. pelas legiões de Júlio César, quando estas arrasaram a cidade.

A coleção "A obra-prima de cada autor" é uma série de livros a ser composta por mais de 400 volumes, em formato de bolso, com preço altamente competitivo, e pode ser encontrada em centenas de pontos de vendas. O critério de seleção dos títulos foi o já estabelecido pela tradição e pela crítica especializada. Em sua maioria, são obras de ficção e filosofia, embora possa haver textos sobre religião, poesia, política, psicologia e obras de autoajuda. Inauguram a coleção quatro clássicos: *Dom Casmurro*, de Machado de Assis; *O Príncipe*, de Maquiavel; *Mensagem*, de Fernando Pessoa; e *O lobo do mar*, de Jack London.

Nossa proposta é fazer uma coleção quantitativamente aberta. A periodicidade é mensal. Editorialmente, sentimo-nos orgulhosos de poder oferecer a coleção "A obra-prima de cada autor" aos leitores brasileiros. Nós acreditamos no poder do livro.

Pollyanna Moça

CAPÍTULO I

Della diz o que pensa

Della Wetherby subiu os degraus um tanto imponentes da casa de sua irmã na Avenida Commonwealth e apertou com energia a campainha elétrica. Desde o alto de seu chapéu de plumas até o sapato de salto baixo, ela irradiava saúde, competência e decisão. Até sua voz vibrava com alegria de viver, quando cumprimentou a criada que abriu a porta.

— Bom dia, Mary. Minha irmã está?

— Sim, madame, Mrs. Carew está — respondeu hesitante a moça. — Mas deu ordens de que não deseja ver ninguém.

— Foi mesmo? Bem, como não sou "ninguém", ela me verá — sorriu Miss Wetherby. — Não se preocupe, eu assumo a culpa — disse Della, reparando no temor nos olhos da criada. — Onde ela está? Na sala de estar?

— Sim, madame, mas é que...

Miss Wetherby, contudo, já ia a meio caminho da escadaria. E a empregada, com um olhar desesperado, virou-se.

No saguão acima, Della Wetherby caminhou decidida até uma porta semiaberta e bateu.

— Mary — começou em tom de "o que é agora?" —, eu não disse que... Della! — A voz se alterou demonstrando alegria e surpresa. — Querida, de onde você vem?

— Sim, sou eu mesma — sorriu a jovem, alegremente, já no meio do aposento. — Vim de um domingo na praia com duas outras enfermeiras, e estou a caminho de volta para o Sanatório. Quer dizer, estou aqui agora, mas não devo demorar. Parei só para... isto — inclinou-se e deu um beijo carinhoso na dona da voz.

Mrs. Carew franziu a testa e recuou um pouco. O lampejo fugaz de alegria e animação que assomara ao seu rosto se foi, deixando apenas um desalento irritado que parecia bastante à vontade ali.

— Mas claro! Eu devia ter percebido. Você nunca se demora aqui.

— Aqui! — Della riu divertida e ergueu as mãos. De repente, sua voz e sua atitude mudaram. Ela fitou a irmã com um olhar sério e terno.

— Ruth, minha querida, eu não poderia, simplesmente eu não poderia viver nesta casa. Você sabe que não — afirmou suavemente.

— Com certeza, não entendo por quê. — Mrs. Carew remexeu-se, irritada.

— Entende, sim, minha querida. Sabe que não tenho simpatia nenhuma por este lugar. Essa melancolia, essa falta de interesse, e a insistência na tristeza e na amargura.

— Mas eu *sou* triste e amarga.

— Pois não deveria ser.

— Por que não? O que tenho para não ser?

— Veja bem, Ruth — disse Della, com um gesto impaciente. — Você tem trinta e três anos de idade. Tem boa saúde, ou deveria ter, se cuidasse bem de si mesma, e certamente tem tempo sobrando e dinheiro em abundância. Com certeza, qualquer um diria que seria bom você encontrar *alguma coisa* para fazer nesta bela manhã, além de ficar sentada nesta casa que parece um túmulo, dando instruções para a criada de que não quer ver ninguém.

— Mas *não quero* ver ninguém.

— Pois eu me *obrigaria* a querer.

Mrs. Carew soltou um suspiro profundo e virou o rosto.

— Por que nunca entende, Della? Não sou como você. Não consigo esquecer...

Uma expressão de dor surgiu no rosto da mais jovem.

— Suponho que esteja falando de Jamie. Não o esqueci. Nem poderia, naturalmente. Mas ficar aqui se lamentando não vai nos ajudar a encontrá-lo.

— Como se eu não tivesse tentado encontrá-lo, por longos oito anos, e fazendo muito mais do que me lamentar — respondeu indignada Mrs. Carew, reprimindo um soluço.

— Mas claro que tentou, minha querida — apressou-se em dizer a irmã. — E nós duas vamos continuar procurando, até que o encontremos, ou que a gente morra. Mas esse desânimo não vai ajudar em nada.

— Mas não quero fazer mais nada — murmurou Ruth Carew sombriamente.

Por um instante houve silêncio. A mulher mais jovem sentou-se, observando a irmã, com um olhar de desaprovação.

— Ruth — disse ela, por fim, com certa irritação. — Desculpe-me, mas vai ser sempre assim? Você enviuvou, admito, mas sua vida de casada durou apenas um ano, e seu marido era muito mais velho. Naquela época você era pouco mais que uma criança, e aquele ano tão curto não pode parecer mais que um sonho agora. Com certeza não deveria amargurar toda a sua vida!

— Não — murmurou Mrs. Carew, ainda sombriamente.

— Bem, então você vai continuar sempre assim?

— Claro, mas se eu pudesse encontrar Jamie...

— Sim, eu sei, mas Ruth, querida, será que não existe nada mais no mundo além de Jamie que a faça feliz?

— Não consigo pensar em mais nada — suspirou Mrs. Carew.

— Ruth! — disse a irmã, em tom de censura. Então, riu de repente. — Ruth, Ruth, eu gostaria de dar a você uma dose de Pollyanna. Não conheço ninguém que precise mais.

Mrs. Carew empertigou-se.

— Bem, não sei o que é pollyanna — replicou rispidamente —, mas seja o que for, você não está em seu adorado Sanatório, e lembre-se de que não sou sua paciente para ser diagnosticada e medicada.

— Pollyanna não é um remédio, querida — disse Della, séria. — Embora eu tenha ouvido algumas pessoas chamá-la de tônico. Pollyanna é uma menina.

— Menina? Bem, como eu iria saber? Vocês têm essa "beladona"... não vejo por que não poderia haver uma "pollyanna". Além disso, você está sempre me recomendando coisas para tomar. E ouvi nitidamente você dizer *dose*, e isso se refere a uma quantidade de remédio, geralmente.

Della sorriu.

— Bem, Pollyanna é um tipo de remédio. De qualquer forma, todos os médicos do Sanatório declaram que ela é melhor do que qualquer remédio que eles possam receitar. É uma menina, Ruth, com doze ou treze anos de idade, que esteve no Sanatório durante o verão passado e na maior parte do inverno. Não estive com ela senão por um mês ou dois, pois ela saiu logo depois que cheguei. Mas foi tempo suficiente para que eu ficasse encantada com ela. Além disso, todo o Sanatório ainda fala de Pollyanna e continua jogando o jogo dela.

— Jogo?

— Isso — concordou Della, com um sorriso curioso. — O "jogo do contente". Nunca vou esquecer quando ouvi falar do jogo pela primeira vez. Uma das partes do tratamento dela era desagradável e particularmente dolorosa. Acontecia às terças-feiras pela manhã, e logo depois da minha chegada tive que aplicar esse tratamento. Eu já estava com medo, pois sabia o que me esperava, por experiências anteriores com crianças: irritação e choro, se não fosse pior. Para minha surpresa, ela me recebeu com um sorriso e disse que estava contente em me ver. Acredite ou não, nenhum gemido saiu dos lábios dela durante todo o processo, embora eu soubesse que devia estar doendo muito. Acho que eu disse alguma coisa que deixou transparecer minha surpresa, porque ela me explicou, com toda a sinceridade: "Eu também me sentia assim, e tinha medo, até pensar que era como os dias em que Nancy lavava roupa, e que eu poderia ficar contente com as terças-feiras, porque não teria mais outra por uma semana".

— Que interessante — comentou Mrs. Carew, com jeito de quem não tinha entendido muito bem. — Mas não vejo jogo nenhum aí.

— Também não vi, até algum tempo depois. Então ela me contou. Parece que era órfã de mãe, filha de um pastor pobre do Oeste, e foi criada pela Sociedade das Senhoras Auxiliadoras, com doações de missionários vindas em barris. Quando era uma menininha quis uma boneca, e acreditava que esta viesse no próximo barril de doações; mas nada veio, a não ser um par de muletas. Claro, ela começou a chorar, e foi então que o pai lhe ensinou um jogo para descobrir algo de bom em todas as coisas que aconteciam. Ele disse a ela que podia começar ficando muito contente por *não precisar* das muletas. Esse foi o início. Pollyanna disse que era um jogo adorável, que vinha jogando desde então; e que quanto mais difícil fosse encontrar um motivo para ficar alegre, mais divertido era, a não ser quando parecia quase impossível, como às vezes ocorria.

— Que coisa extraordinária — comentou Mrs. Carew, ainda sem entender completamente.

— Realmente, se pudesse ver os resultados no Sanatório — assentiu Della. — O Dr. Ames ouviu dizer que ela revolucionou da mesma forma a cidade inteira de onde vinha. Ele conhece muito bem o Dr. Chilton, o homem que se casou com a tia de Pollyanna. Aliás, dizem que o próprio casamento foi uma obra dela, porque promoveu o final de uma briga de namorados entre os dois.

— Sabe? Uns dois anos atrás, talvez um pouco mais, o pai de

Pollyanna morreu e a menina veio para o Leste, para morar na casa da tia. Em outubro ela foi atropelada por um automóvel e lhe disseram que jamais voltaria a andar. Em abril o Dr. Chilton a enviou para o Sanatório e lá permaneceu até março, quase um ano. Voltou para casa quase completamente curada. Devia ter visto aquela menina! Só havia uma nuvem para impedir que a felicidade dela fosse completa: que ela não pudesse andar até lá. Pelo que fiquei sabendo, eles a receberam com faixas e uma banda. Mas não se pode *falar* sobre Pollyanna. A gente tem de *conhecê-la*. Por isso eu disse que deveria dar a você uma dose de Pollyanna. Faria muito bem.

— Acho que nesse ponto penso diferente de você — redarguiu Mrs. Carew com frieza, erguendo o queixo. — Não quero uma mudança radical; não tenho nenhuma desilusão com namorados para reparar; e parece-me intolerável ter uma garota compenetrada e cheia de si enumerando as coisas pelas quais eu deveria ser agradecida. Eu não suportaria...

Uma gargalhada da irmã a interrompeu.

— Ruth, Ruth... Pollyanna, garota compenetrada e cheia de si! Ah, se você pudesse ver essa menina agora saberia como está enganada. Eu disse que não seria possível falar sobre Pollyanna. E, naturalmente, você não está apta para conhecê-la.

E parou de falar para rir novamente. Entretanto, abruptamente ficou séria e observou a irmã com um olhar preocupado.

— Minha querida, não há nada mesmo que eu possa fazer? Não devia desperdiçar sua vida assim. Por que não procura sair mais e conhecer pessoas?

— Por que eu faria isso, se não quero? Estou cansada das pessoas. Você sabe que a sociedade sempre me entediou.

— Então por que não tenta algum tipo de trabalho, como voluntária, por exemplo?

Mrs. Carew fez um gesto impaciente.

— Della querida, já falamos disso antes. Eu dou dinheiro para caridade; um bocado dele, na verdade, e é suficiente. Não tenho certeza, mas acho até que é demais. Não acredito muito em paternalismo.

— Talvez se doasse um pouco de si mesma, querida — arriscou Della com suavidade. — Se pudesse interessar-se por algo fora de sua própria vida, ajudaria muito e...

— Della, meu bem, amo você e adoro quando vem aqui; mas não suporto ficar escutando sermões sobre minha vida. Está tudo certo você se tornar um anjo de bondade, distribuir água e pílulas, colocar ataduras em cabeças quebradas e todas essas coisas. Talvez você possa esquecer Jamie dessa forma, mas eu não. Isso só me faz pensar ainda mais nele, imaginando se ele não poderia ser um dos que recebem água e pílulas, e as ataduras na cabeça. Ademais, tudo isso mc é desagradável... misturar-me com esse tipo de gente.

— Já experimentou?

— Claro que não! — disse Mrs. Carew, indignada.

— Então como pode saber, sem experimentar? — indagou a jovem enfermeira, erguendo-se com ar cansado. — Preciso ir agora, vou encontrar as meninas na estação Sul. Nosso trem parte ao meio-dia e meia. Desculpe-me se a aborreci.

Beijou a irmã, em despedida.

— Não estou aborrecida com você. Só gostaria que me entendesse...

Um minuto mais tarde, Della Wetherby passava pelos sombrios corredores e descia as escadas até a rua. A expressão do rosto, o passo e a disposição eram muito diferentes daqueles de que quando subira os degraus havia meia hora. Todo o ânimo, a disposição e a alegria de viver pareciam ter-se evaporado. Caminhou num andar arrastado por meio quarteirão; de repente, ergueu a cabeça e suspirou.

"Uma semana naquela casa me mataria", arrepiou-se. "Acho que nem a própria Pollyanna conseguiria acabar com essa tristeza. A única coisa que a poderia alegrar seria não ter de ficar lá."

Mas a descrença declarada sobre a habilidade de Pollyanna em realizar uma mudança para melhor na casa de Mrs. Carew não era realmente a opinião de Della Wetherby, como ficou provado em pouco tempo. Assim que a jovem enfermeira chegou ao Sanatório, soube de algo que a levou a percorrer de volta, no dia seguinte, os oitenta quilômetros que a separavam de Boston. Assim, as circunstâncias da entrada na casa da irmã se repetiram e foi como se Mrs. Carew não se houvesse movido desde que ela saíra.

Depois de responder ao cumprimento surpreso da irmã, não se conteve:

— Ruth! — anunciou ela, ansiosamente. — Eu tinha de vir, e desta vez tem de concordar comigo e fazer as coisas do meu jeito. Você pode ter a pequena Pollyanna aqui, se quiser.

— Mas não quero — respondeu Mrs. Carew, prontamente.

Della Wetherby deu mostras de não haver escutado. Continuou, com voz excitada:

— Quando voltei, ontem, descobri que o Dr. Ames tinha recebido uma carta do Dr. Chilton, aquele que se casou com a tia de Pollyanna, sabe? Bem, parece que ele disse que vai viajar neste inverno à Alemanha para fazer um curso especial, e pretende levar a esposa com ele, se puder convencê-la de que Pollyanna ficará bem numa escola interna aqui. Mas Mrs. Chilton não quer simplesmente deixar Pollyanna em uma escola; por isso ele receia que ela não o acompanhe. Então, Ruth, essa é a nossa chance. Quero que tome conta de Pollyanna neste inverno e a matricule numa escola daqui.

— Mas que ideia absurda, Della! Como se eu quisesse uma criança aqui para me preocupar.

— Ela não vai incomodar nem um pouco. Deve estar com uns treze anos agora e é a coisinha mais capaz que você já viu.

— Não gosto de crianças "capazes" — respondeu Mrs. Carew, de maneira um tanto perversa.

Apesar disso, riu, e por causa desse riso sua irmã ganhou coragem e redobrou os esforços.

Talvez tenha sido o pedido súbito, ou a novidade. Talvez a história de Pollyanna tivesse tocado o coração de Ruth Carew. Talvez fosse apenas a incapacidade de recusar o apelo apaixonado da irmã mais moça. Qualquer que fosse o motivo que tenha influenciado a decisão, quando Della Wetherby saiu, meia hora mais tarde, levava a promessa de que Ruth Carew receberia Pollyanna em sua casa.

— Simplesmente se lembre de que — advertiu Mrs. Carew na hora da partida —, no minuto em que essa criança começar a me passar sermões e a me pedir para contar-lhe sobre minhas benemerências, eu a mando de volta; e você pode fazer o que quiser, mas aqui ela não fica!

— Vou me lembrar — garantiu Della. — Mas não estou nem um pouco preocupada com isso. — Já na rua, murmurou para si mesma: "Metade do trabalho está feito. Agora vamos para a outra metade... conseguir que Pollyanna venha. Ela tem de vir. Vou escrever uma carta de um jeito que ela não poderá deixar de vir!"

CAPÍTULO II

Alguns velhos amigos

Em Beldingsville, naquele dia de agosto, Mrs. Chilton esperou que Pollyanna fosse dormir para falar ao marido sobre a carta que chegara de manhã pelo correio. Na verdade, teria de esperar que passassem as horas em que o consultório ficava lotado, e as duas cavalgadas do médico pelas colinas não deixavam tempo para diálogos domésticos. Eram cerca de nove e meia da noite quando o médico entrou na sala de estar onde estava sua esposa. Seu rosto cansado se iluminou quando a viu, mas imediatamente uma expressão confusa apareceu-lhe nos olhos.

— Então, Polly, querida, o que há? — perguntou preocupado.

Sua esposa deu uma risada aflita.

— Bem, é uma carta, mas não pensei que percebesse só de olhar para mim.

— Então não deve ficar com essa aparência, pois assim percebo — sorriu. — O que há?

Mrs. Chilton hesitou, apertou os lábios e apanhou a carta, próxima a ela.

— Vou ler para você — disse. — É de uma Miss Della Wetherby, do Sanatório do Dr. Ames.

— Muito bem, mande lá — concordou ele, atirando-se ao sofá, ao lado da poltrona da mulher.

Porém, ela não "mandou". Primeiro levantou-se e envolveu o marido com uma manta de lã cinza. O casamento de Mrs. Chilton ainda não completara um ano. Sua idade agora era quarenta e dois anos. Dava a impressão de que tentava condensar, naquele curto ano de casamento, todo o amor e os "mimos" que ficaram acumulados durante vinte anos de falta de amor e solidão. Nem o médico — que fez quarenta e cinco anos no dia do casamento e também não podia lembrar-se de nada, a não ser de falta de amor e solidão — reclamava por receber tantos cuidados. Ele agia, na verdade, como se apreciasse muito, embora tivesse o cuidado de não demonstrar isso ardentemente: tinha descoberto que Mrs. Polly tinha sido Miss Polly por tanto tempo, que ficava inclinada a se retirar em pânico e rotular suas atitudes de "tolas", se fosse recebida com muitos elogios e demonstrações de apreço. Assim, ele se contentou em receber um mero carinho de sua mão, depois um alisar na manta. Então a esposa acomodou-se para ler a carta em voz alta.

Minha cara Mrs. Chilton,

Comecei esta carta não menos de seis vezes, e a rasguei, então decidi não "começar", mas dizer logo o que desejo. Quero Pollyanna. Posso tê-la?

Conheci a senhora e seu marido em março último, quando vieram buscar Pollyanna, mas presumo que não se lembrem de mim. Pedi ao Dr. Ames (que me conhece bem) que escrevesse ao seu marido, de modo que não tema (espero) confiar sua querida sobrinha a nós.

Entendo que gostaria de ir à Alemanha com seu marido, mas os cuidados com Pollyanna a impedem; por isso tenho a ousadia de pedir que nos deixem tomar conta dela. Na verdade, Mrs. Chilton, estou suplicando que nos deixem ficar com ela. E agora explico por quê.

Minha irmã, Mrs. Carew, é uma mulher solitária e descontente, com o coração desiludido, o que a torna infeliz. Vive num mundo escuro, no qual a luz do sol não penetra. Acredito que se existe alguma coisa nesta terra que possa iluminar a vida dela, é sua sobrinha, Pollyanna. Pode permitir que ela tente isso? Gostaria de dizer o que ela fez aqui no Sanatório, mas ninguém conseguiria contar. Teria que ter visto. Descobri que não dá para falar sobre Pollyanna. No minuto em que a gente tenta, soa puritano e moralista, além de... impossível. Ainda assim, a senhora e eu sabemos que ela pode ser tudo, menos isso. É só trazer Pollyanna à cena e deixar que ela fale por si mesma. Eu a quero para minha irmã, e quero deixá-la falar por si mesma. Ela iria para a escola, naturalmente, mas no tempo livre acredito que estaria curando as feridas no coração de minha irmã.

Não sei como terminar esta carta. Acredito que seja mais difícil do que foi começar. Receio que não queira terminar. Preferia continuar falando, sem parar, por medo de que, se eu parar, ficará tentada a dizer “não”. Se assim for, se estiver tentada a dizer essa horrível palavra, por favor imagine que ainda estou falando e dizendo o quanto queremos e precisamos de Pollyanna.

Atenciosamente sua,

DELLA WETHERBY

— É isso! — terminou Mrs. Chilton, abaixando a carta. — Já ouviu uma carta tão incomum, ou um pedido mais absurdo?

— Não tenho tanta certeza — disse o médico, sorrindo. — Não acho que seja tão absurdo assim alguém querer Pollyanna.

— Mas, da forma como escreve ela: curar o coração da irmã, e essas coisas... as pessoas poderiam pensar que minha sobrinha é uma espécie de... remédio!

O médico riu ruidosamente e ergueu as sobrancelhas.

— Bem, não tenho muita certeza, porém ela é, Polly. Eu sempre disse que gostaria de poder prescrevê-la, e comprá-la como se fosse uma caixa de pílulas; e Charles Ames diz que sempre procurava dar aos pacientes uma dose de Pollyanna, assim que chegavam, durante todo o ano em que ela esteve lá.

— Uma dose! Francamente — escandalizou-se Mrs. Chilton.

— Isso quer dizer que não vai deixar que ela vá?

— Que ela vá? Mas certamente que não. Acha que eu deixaria minha criança na casa de gente completamente desconhecida? E que gente! Ora, Thomas, seria de esperar que essa enfermeira a engarrafasse e rotulasse com todas as instruções de como tomá-la, quando a gente voltasse da Alemanha.

Mais uma vez o médico moveu a cabeça para trás e riu com gosto, mas apenas por um instante. Seu rosto mudou quando ele enfiou a mão no bolso para apanhar uma carta.

— Tive notícias do Dr. Ames hoje pela manhã — informou ele, com um tom estranho na voz, que intrigou a esposa, cujas sobrancelhas se arquearam. — Acho que devo ler minha carta agora:

Caro Tom,

Miss Della Wetherby me pediu que desse um testemunho sobre ela e a irmã, o que faço com prazer. Conheço as meninas Wetherbys desde crianças. Elas vêm de uma família boa e antiga, e foram criadas como damas. Não precisa temer por esse lado. Eram três irmãs, Doris, Ruth e Della. Doris casou-se com um homem chamado John Kent, totalmente contra o desejo de sua família. Kent vinha de uma família tradicional, mas ele mesmo era um pouco excêntrico, um homem desagradável de se lidar. Ficou amargurado com a atitude dos Wetherbys em relação a ele, e houve pouca comunicação até que o bebê viesse. Os Wetherbys adoravam o menino, James... Jamie, como o chamavam. Doris, a mãe, morreu quando o bebê tinha quatro anos de idade, e os Wetherbys estavam realizando todo o esforço no sentido de conseguirem a guarda do menino, quando Kent desapareceu de repente, levando o menino com ele. Não se ouviu mais falar dele, embora tenha sido realizada uma busca mundial. A perda praticamente matou Mr. e Mrs. Wetherbys, que já eram idosos. Ambos morreram logo depois. Ruth já havia se casado e enviuvado. O marido dela chamava-se Carew, era muito rico, e muito mais velho do que ela. Ele viveu cerca de um ano após o casamento e a deixou com um filho que também morreu no espaço de um ano.

Desde a época em que o pequeno Jamie desapareceu, Ruth e Della parecem ter apenas um objetivo na vida, que é encontrá-lo. Gastaram dinheiro como água, e moveram céus e terras à procura dele, mas sem resultados. Com o tempo, Della passou a exercer a função de enfermeira. Ela realiza um trabalho esplêndido, e se tornou a mulher sã, alegre e eficiente que deveria ser, embora não esqueça o sobrinho perdido, e nunca deixe de seguir qualquer pista que apareça e possa levar à descoberta dele. Porém, com Mrs. Carew a história foi bem diferente. Depois de perder o próprio filho, pareceu concentrar todo o amor maternal no filho da irmã. Como pode imaginar, ela ficou desesperada quando ele desapareceu. Isso aconteceu há oito anos... para ela, oito anos de sofrimento, tristeza e amargura. Tudo que o dinheiro pode comprar, naturalmente, está à disposição dela; porém nada a agrada, nada a interessa. Della acha que definitivamente chegou o momento de a irmã abrir-se para o mundo, e acredita que a pequena sobrinha de sua esposa, Pollyanna, que parece um raio de sol, possui a chave mágica que irá abrir a porta a uma nova existência para a irmã. Sendo assim, espero que você tenha claro por que aceitar o pedido dela. Devo também acrescentar que pessoalmente apreciaria bastante esse favor, pois Ruth Carew e sua irmã são amigas antigas e muito queridas de minha esposa e de mim; o que fizer a elas é como se fizesse a nós.

Seu amigo,

CHARLIE

Após a leitura da carta, fez-se um longo silêncio. Tão longo que o médico resolveu quebrá-lo:

— Então, Polly?

O silêncio perdurou. O médico, observando de perto o rosto da esposa, viu que seus lábios, geralmente firmes, estavam trêmulos. Esperou que ela se acalmasse.

— Para quando acha que eles a esperam? — indagou ela afinal.

A despeito de seu controle habitual, o Dr. Chilton demonstrou surpresa.

— Isso quer dizer que *vai deixar* que ela vá?

A esposa voltou-se para ele, indignada.

— Mas que pergunta, Thomas Chilton! Acha que depois de uma carta como essa eu poderia fazer outra coisa que não fosse deixá-la ir? Além disso, o próprio Dr. Ames não pediu isso? Acha que depois de tudo o que esse homem fez por Pollyanna eu poderia recusar alguma coisa a ele, seja o que for?

— Ora, ora! Nesse caso, espero que o doutor não resolva de repente pedir por você, meu amor — murmurou o marido, com um sorriso malicioso. Mas sua esposa apenas lançou a ele um olhar de desdém e disse:

— Pode escrever para o Dr. Ames e dizer que vamos mandar Pollyanna; e peça a ele que diga a Miss Wetherby que nos envie instruções detalhadas. Deve ocorrer em algum momento antes do dia dez do mês que vem, pois é quando zarpa o navio; e quero ver essa menina instalada apropriadamente antes de partir, claro.

— Quando vai contar a Pollyanna?

— Provavelmente amanhã.

— O que vai dizer a ela?

— Ainda não sei exatamente, mas não falarei mais que o necessário, com certeza. Thomas, não devemos mimar Pollyanna; e nenhuma criança conseguiria evitar sentir-se mimada se ela enfiasse na cabeça que seria uma espécie de... de...

— De remédio com um rótulo contendo a bula? — completou o médico, sorrindo.

— É — suspirou Mrs. Chilton. — É a inconsciência dela que a torna assim. Sabe disso, querido.

— É verdade.

— Ela sabe, naturalmente, que eu e você, além de metade da cidade, estamos jogando o jogo do contente com ela, e que nós dois somos incrivelmente mais felizes por estarmos fazendo isso — afirmou Mrs. Chilton, com a voz ligeiramente mais trêmula, e depois continuou. — Porém, se conscientemente ela for outra que não o seu estado natural, alegre e feliz, jogando o jogo que seu pai lhe ensinou, então se tornaria, como disse a enfermeira, "insuportável". Por isso, seja o que for que eu resolva dizer a ela, não vou anunciar que vai morar com Mrs. Carew para alegrá-la.

Mrs. Chilton levantou-se decidida e pôs de lado seu trabalho.

— Acho muito sensato de sua parte — aprovou o médico.

Pollyanna recebeu a notícia no dia seguinte, quando as duas estavam sozinhas. Foi assim:

— Meu bem, o que você acha de passar o próximo inverno em Boston?

— Com a senhora? — quis saber a menina.

— Não, eu resolvi viajar com seu tio para a Alemanha. Mas Mrs. Carew, uma amiga querida do Dr. Ames, pediu que você ficasse lá para passar o inverno com ela. Acho que vou permitir que vá.

A expressão no rosto de Pollyanna anuviou-se.

— Mas em Boston eu não terei Jimmy, nem o Mr. Pendleton, ou Mrs. Snow, nem ninguém que eu conheça, tia Polly.

— Não, meu bem; mas quando você veio para cá também não tinha, até conhecer todos eles.

Pollyanna sorriu de repente.

— É mesmo, tia Polly, eu não tinha! Isso significa que em Boston existem alguns Jimmys e Mr. Pendletons e Mrs. Snows esperando por mim, que eu não conheço, não é?

— Isso mesmo, meu bem.

— Pois então fico contente por isso. Acredito agora, tia Polly, que sabe jogar o jogo do contente melhor que eu. Eu não teria pensado nas pessoas que estão me esperando lá para me conhecer. E deve haver tantas! Vi algumas delas quando estive lá dois anos atrás com Mrs. Gray. Ficamos lá duas horas inteiras, sabe, quando eu vinha do Oeste. Havia um homem na estação, um homem adorável que me disse onde eu poderia beber água. Será que ele está lá agora? Gostaria de conhecê-lo. E havia também uma senhora adorável com uma menina. Elas moram em Boston, foi o que disseram. O nome da menina era Susie Smith. Talvez eu possa encontrá-las. Acha que sim? E havia um menino, e outra senhora com um bebê, só que moravam em Honolulu, então acho que não vou me encontrar com eles agora. Mas lá mora Mrs. Carew, de qualquer forma. Quem é Mrs. Carew, tia Polly? É parente nossa?

— Puxa vida, Pollyanna! — exclamou Mrs. Chilton rindo, com uma nota de ansiedade. — Como espera que alguém consiga acompanhar sua língua, e muito menos seus pensamentos, quando você vai até Honolulu e volta em dois segundos? Não, Mrs. Carew não é parente nossa. É a irmã da Miss Della Wetherby, do Sanatório. Lembra da enfermeira Wetherby?

Pollyanna bateu palmas.

— Irmã dela? Da Miss Wetherby? Ah, então vai ser ótimo! A Miss Wetherby era ótima, eu a adorava. Ela possuía pequenas marcas de sorriso em volta dos olhos e da boca e conhecia histórias lindas. Só estive com ela dois meses, porque ela chegou lá um pouco antes de eu sair. No começo fiquei triste por não ter podido estar com ela o tempo todo, mas depois fiquei contente. Sabe, se eu tivesse ficado com ela o tempo inteiro, teria sido muito mais difícil do que foi me despedir. Agora é como se eu fosse ficar com ela outra vez, porque vou ficar com a irmã.

Mrs. Chilton prendeu a respiração e mordeu o lábio.

— Pollyanna, não espere que ela seja assim tão parecida com a irmã — arriscou-se a dizer.

— Mas são irmãs, tia Polly — argumentou a garota, com os olhos arregalados —, e sempre achei que irmãs eram parecidas. Tínhamos dois pares de irmãs na Sociedade das Senhoras Auxiliadoras. Um dos pares era de gêmeas, e elas eram tão parecidas que não se podia saber quem era Mrs. Peck e quem era Mrs. Jones, até que nasceu uma verruga no nariz de Mrs. Jones, então, claro, conseguíamos saber, porque a gente olhava primeiro para a verruga. Foi o que eu disse a ela um dia quando se queixava de que a chamavam de Mrs. Peck; falei que se olhassem primeiro para a verruga, saberiam na mesma hora. Porém, ela ficou bastante irritada, quero dizer, não gostou, embora eu não veja por quê; deveria ter ficado contente por haver alguma coisa que diferenciava as duas, especialmente porque ela era a presidenta e não gostava quando as pessoas não a tratavam como presidenta, oferecendo os melhores lugares ou fazendo apresentações, ou dando atenção especial nos jantares da igreja, sabe como é? Ela não gostou, e depois ouvi Mrs. White dizendo a Mrs. Rawson que Mrs. Jones tinha feito tudo o que podia para se livrar dessa verruga, até mesmo tentar jogar sal na cauda de um pássaro. Mas não vejo como isso possa adiantar alguma coisa. Tia Polly, acha que colocar sal na cauda de um pássaro ajuda a tirar verrugas do nariz das pessoas?

— Certamente que não, minha criança! Como você fala rápido,

Pollyanna, especialmente se começa a falar dessas Senhoras Auxiliadoras.

— É mesmo, tia Polly? — disse Pollyanna, com pesar. — Isso incomoda a senhora? Sinceramente, não quero incomodá-la, tia Polly. De qualquer jeito, se a incomodo com a Sociedade das Senhoras Auxiliadoras, deveria ficar contente com isso, porque quando penso nelas sempre estou pensando em como fico contente por não estar mais com elas, e porque tenho uma tia só para mim. Posso ficar contente com isso, não é, tia Polly?

— Pode, minha querida, sem dúvida é um bom motivo — riu Mrs. Chilton, erguendo-se para sair do aposento. Repentinamente sentia-se culpada ao dar-se conta ainda de sua antiga irritação diante da eterna alegria de Pollyanna.

Durante os dias seguintes, enquanto as cartas relativas à estada de Pollyanna em Boston naquele inverno transitavam de um lado para outro, a própria Pollyanna se preparava para sua viagem, com uma série de visitas de despedida aos seus amigos de Beldingsville.

Àquela altura todos na pequena cidade de Vermont conheciam a menina e quase todos jogavam o jogo com ela. Os poucos que não jogavam, não o faziam por ignorar quão prazeroso era o jogo do contente.

De casa em casa, Pollyanna levava a notícia de que iria para Boston passar o inverno; com isso, elevou-se um clamor de protesto e de desaprovação, desde Nancy, na própria cozinha de tia Polly, até a grande casa na colina onde vivia John Pendleton. Nancy não hesitou em dizer a todos, menos à sua patroa, que considerava essa viagem a Boston uma grande tolice, e que da parte dela teria ficado muito contente em levar Miss Pollyanna para sua casa nos Corners; ficaria, sim, se ficaria! Então Mrs. Polly poderia viajar para a Alemanha o tempo que quisesse.

Na casa da colina, John Pendleton disse praticamente a mesma coisa, só que não hesitou em falar diretamente para Mrs. Chilton. Quanto a Jimmy, o menino de doze anos que John Pendleton levara para casa a pedido de Pollyanna e a quem por vontade própria adotara de vez, ele ficara indignado e não deixou de demonstrar o que sentia.

— Mas você acaba de chegar — repreendeu ele, no tom de voz que um menino usa quando deseja esconder o que lhe vai no coração.

— Bem, estou aqui desde o fim de março. Além disso, não vou morar lá; só vou passar o inverno.

— Não importa. Você ficou fora um ano inteiro, e se eu "sabia" que iria embora logo em seguida, não teria ajudado a receber você com faixas e banda de música, naquele dia em que você "vem" do Sanatório.

— Jimmy Bean! — exclamou Pollyanna, em tom de desaprovação. Depois pensou um pouco, e com ar de superioridade, fruto de orgulho ferido, continuou: — Eu *não pedi* que você fosse me receber com as faixas e a banda. Além disso, você cometeu dois erros no que disse. Deveria ter dito "se eu soubesse", e acho que "você vem" também está errado. De qualquer forma, não soa certo.

— Bem, e daí? Quem se importa com isso?

Os olhos de Pollyanna expressaram sua desaprovação crescente.

— *Você* disse que se importava, quando me pediu, no começo do verão, que o avisasse quando falasse errado, já que Mr. Pendleton estava tentando fazer com que você falasse certo.

— Bem, se você tivesse sido criada num asilo, sem ninguém se importando com você, em lugar de um monte de velhas sem nada melhor para fazer do que ensinar você a falar direito, talvez você dissesse também "eu sabia" e coisas muito piores ainda, Pollyanna Whittier!

— Ora, Jimmy Bean, as Senhoras Auxiliadoras não eram velhas, quer dizer, nem todas, embora algumas fossem — respondeu ela, corrigindo sua frase, com a habitual apreciação pela verdade e suplantando sua irritação, e...

— Pois fique sabendo que também não sou mais Jimmy Bean — interrompeu o menino, erguendo o queixo.

— Você não é Jimmy Bean? Como assim?

— Fui adotado. Legalmente. Ele estava com vontade de fazer isso há tempo, mas não havia feito ainda. Agora me adotou. Devo ser chamado de Jimmy Pendleton e devo chamá-lo de tio John, só que num "tô"... não estou ainda acostumado. Por isso, ainda "num"... ainda não comecei a chamá-lo assim.

Ele disse aquilo ainda com um tom de ressentimento, mas, do rosto dela, todo e qualquer traço de orgulho ferido desapareceu com aquela notícia. Bateu palmas, sem conter sua alegria.

— Que maravilha! Agora você tem mesmo parentes... parentes que se importam, sabe como é. E você não terá mais de explicar que ele não "nasceu" seu parente, porque o nome agora é o mesmo que o dele. Estou tão contente, Jimmy Pendleton, tão contente!

O menino ergueu-se de repente do muro de pedra onde estivera sentado e deu alguns passos. Suas bochechas estavam quentes e dos olhos brotavam lágrimas. Tudo aquilo ele devia a Pollyanna, esse grande bem que viera para sua vida; reconhecia isso. E era para aquela Pollyanna que estava dizendo o que disse...

Chutou uma pedra com vontade, depois outra e outra ainda. Pensou que aquelas lágrimas que tentavam escapar por seus olhos iam acabar rolando pelo rosto, a despeito do esforço que fazia. Chutou mais uma pedra, e outra; abaixou-se, apanhou uma terceira e a atirou com toda a força. Um minuto depois, retornou para perto de Pollyanna, ainda sentada no muro.

— Aposto que consigo chegar até aquele pinheiro ali na frente antes de você — desafiou ele.

— Pois eu aposto que chego antes — respondeu Pollyanna, sem hesitar, saltando do muro.

A corrida não chegou a ser uma corrida de verdade, pois Pollyanna lembrou-se a tempo de que aquele era um luxo ao qual ela não poderia se entregar, por sua recente recuperação. Mas Jimmy não se importou. Seu rosto não estava mais quente e seus olhos não ameaçavam mais verter lágrimas.

Jimmy era ele mesmo outra vez.

❖

CAPÍTULO III

Uma dose de Pollyanna

Aproximava-se o dia oito de setembro, dia em que Pollyanna deveria chegar, e Mrs. Ruth Carew ficava mais e mais exasperada consigo mesma. Ela disse que se arrependera apenas uma vez de ter aceitado a criança, e isso aconteceu quando fez a promessa. De fato, antes que se passassem vinte e quatro horas, ela escrevera à irmã, pedindo para ser liberada da promessa; porém Della respondera que era tarde demais, pois tanto ela quanto o Dr. Ames já haviam escrito para os Chiltons.

Logo depois veio a carta de Della dizendo que Mrs. Chilton dera seu consentimento, e em alguns dias viria para Boston a fim de fazer os arranjos necessários para a matrícula na escola e tomar outras providências. Isso significava, naturalmente, que nada havia a ser feito, a não ser deixar que as coisas tomassem seu próprio rumo. Mrs. Carew compreendeu isso e submeteu-se ao inevitável, porém, de má vontade. Verdade seja dita, ela tentara ser especialmente polida quando Della e Mrs. Chilton chegaram; mas ficou contente em saber que Mrs. Chilton não poderia se demorar, por estar muito ocupada.

Estava bem que a chegada de Pollyanna não fosse em data posterior ao dia oito, pois com o tempo, em vez de Mrs. Carew se reconciliar com a ideia de ter mais uma pessoa em sua casa, ela se sentia irritada e impaciente com o que chamava para si mesma de "concordância absurda com o plano maluco de Della".

A própria Della não estava alheia ao estado de espírito da irmã. Se por fora aparentava coragem, por dentro estava temerosa dos resultados; mas depositava sua fé em Pollyanna e, por causa dessa fé, tomou a ousada atitude de deixar que a menina começasse sua luta completamente sem ajuda e sozinha. Assim, combinou que Mrs. Carew fosse recebê-las na estação na chegada; lá, assim que os cumprimentos e as apresentações terminaram, Della alegou um compromisso prévio e partiu apressadamente. Mrs. Carew, portanto, mal teve tempo de examinar a recém-chegada, antes de se ver sozinha com ela.

— Della, Della, espere um pouco, não posso... não deve ainda... — balbuciou ela para a irmã que se afastava.

Se a enfermeira escutou, não se deteve, nem se virou; perturbada e envergonhada, Mrs. Carew voltou-se para a criança ao seu lado.

— Que pena, ela não ouviu, não é? — comentou Pollyanna, observando sua amiga que se afastava. — E eu *não queria* que ela se fosse, tão cedo. Mas em compensação, estou com a senhora, não é? Posso ficar contente com isso.

— Sim, você está comigo, e eu com você. Venha, vamos para este lado — respondeu a mulher, ainda pouco à vontade, apontando para a direita.

Obedientemente, Pollyanna virou-se e caminhou ao lado de Mrs. Carew pela enorme estação. Olhou uma ou duas vezes, com ansiedade, para o rosto sério da mulher. Finalmente falou, em tom hesitante de voz:

— Acho que pensou que eu seria bonita.

— Bonita? — repetiu Mrs. Carew.

— Sim, com cachinhos, e tudo isso. E com certeza pensou como eu seria, assim como fiz com a senhora. Com a diferença que eu sabia que a senhora era bonita e agradável, por causa de sua irmã. Eu tinha a ela para saber disso, e a senhora não tinha ninguém. Naturalmente, não sou bonita, por causa destas sardas e tudo o mais; sei que não é bom quando estão esperando uma menina bonita, e chega alguém como eu...

— Não seja boba — interrompeu Mrs. Carew, um tanto abruptamente. — Venha, vamos apanhar seu baú agora, depois iremos para casa. Imaginei que minha irmã viria conosco; mas parece que ela não estava disponível nem por esta noite.

Pollyanna sorriu e concordou, com um gesto de cabeça.

— Pois é, mas provavelmente ela não pôde. Acho que alguém precisou dela. Sempre tinha alguém precisando dela no Sanatório. É uma coisa maçante, claro, quando as pessoas precisam da gente o tempo inteiro, não é? Porque muitas vezes não podemos ficar conosco, quando queremos. Mesmo assim, existe um motivo para ficarmos contentes, porque é bom quando precisam da gente, não é mesmo?

Não houve resposta, talvez porque, pela primeira vez em sua vida, Mrs. Carew estivesse se perguntando se em algum lugar do mundo haveria alguém que realmente precisasse dela. Não que ela desejasse que precisassem dela, naturalmente, disse a si mesma, irritada, endireitando o corpo com um movimento súbito e franzindo a testa para a criança a seu lado.

Pollyanna não reparou na testa franzida. Os olhos se dirigiam para a multidão ao redor delas.

— Puxa vida, quanta gente! — exclamou ela, feliz. — Parece que tem mais ainda do que quando estive aqui na outra vez; mas ainda não vi ninguém que tivesse visto antes, embora tenha procurado por todos os lados. Claro, aquela senhora e o bebê moravam em Honolulu, então provavelmente não estarão aqui, mas tinha a menina, Susie Smith, que morava aqui em Boston. Talvez a senhora a conheça. Conhece Susie Smith?

— Não, não conheço Susie Smith — retrucou secamente Mrs. Carew.

— Não? Ela é muito simpática e bonita também... cachos de cabelos negros, sabe? Do tipo que pretendo ter quando for para o Céu. Mas não importa, talvez eu consiga encontrar Susie, assim a senhora também poderá conhecê-la. Puxa, que automóvel lindo! Nós vamos entrar nele?

Ambas pararam em frente a uma bela limusine, cuja porta um chofer uniformizado mantinha aberta.

O motorista tentou esconder um sorriso, mas falhou. Mrs. Carew, entretanto, respondeu com a disposição de alguém para quem aquilo não passava de um meio de locomoção de um lugar monótono para outro provavelmente tão monótono quanto o primeiro.

— Sim, nós vamos entrar nele — disse Mrs. Carew, voltando-se em seguida para o motorista: — Para casa, Perkins.

— Puxa! É seu? — quis saber Pollyanna, percebendo o ar de proprietária nos modos de sua acompanhante. — Que coisa mais adorável! Isso quer dizer que deve ser rica, estupidamente... quer dizer, *muito* rica, mais do que do tipo que apenas tem tapetes em todos os quartos e sorvete aos domingos, como os Whites... uma das minhas Senhoras Auxiliadoras, sabe? Quer dizer, *ela* era uma das Auxiliadoras. Eu achava que eles eram ricos, mas agora sei que ser rico de verdade é ter anéis de brilhante, empregadas e casacos de pele, além de vestidos de seda e de veludo para usar todos os dias, e um automóvel. A senhora tem tudo isso?

— Bem, sim, quer dizer, acho que sim — admitiu Mrs. Carew, com um leve sorriso.

— Então, claro, a senhora é rica. Minha tia Polly também tem tudo isso, só que o automóvel dela é um cavalo. Puxa! Eu gosto mesmo de andar nessas coisas — exultou Pollyanna, remexendo o corpo de felicidade. — Sabe, nunca tinha andado de carro antes, a não ser naquele que me atropelou. Eles me colocaram dentro depois que me tiraram debaixo dele; mas claro que não lembrei de nada, porque estava desmaiada; por isso não pude aproveitar. Desde então, não andei em nenhum. Minha tia Polly não gosta deles. Tio Tom gosta, e quer um. Ele diz que precisa ter um para facilitar seu trabalho. Ele é médico, sabe, e todos os outros médicos da cidade têm um agora. Não sei como vai acabar isso. Tia Polly ainda não quer ouvir falar no assunto. Sabe, ela quer que tio Tom tenha o que ele quiser, só que ela quer que ele queira o mesmo que ela. Entende?

Mrs. Carew riu, subitamente.

— Entendo, sim, meu bem. Acho que entendo — respondeu ela, com ar ausente, embora seus olhos tivessem um brilho divertido.

— Que bom! — suspirou contente Pollyanna. Achei mesmo que entenderia, apesar de ter soado um pouco confuso quando eu falei. Tia Polly diz que não se incomodaria em ter um automóvel, se pudesse ter o único do mundo; assim não haveria nenhum outro para bater nela... Nossa! Quantas casas! — interrompeu-se Pollyanna, olhando ao redor com olhos arregalados de surpresa. — Não acabam nunca? Mesmo assim, deve mesmo ter um bocado delas para acomodar todas as pessoas que eu vi na estação, além de todas as que andam pelas ruas. E, lógico, onde há mais pessoas, existem mais para se conhecer. Adoro pessoas. A senhora não?

— Adorar pessoas!

— Isso. Quer dizer, pessoas comuns. Qualquer uma, todo mundo.

— Bem, não Pollyanna. Não posso dizer que adore — respondeu Mrs. Carew, as sobrancelhas contraídas.

Seus olhos haviam perdido o brilho divertido. Na verdade fitavam Pollyanna, desconfiados. Dizia para si mesma: "Agora a preleção número um, suponho, sobre meu dever de confraternizar com meus irmãos humanos, *a la* mana Della".

— Não mesmo? Pois eu gosto. São tão interessantes e diferentes! E por aqui deve ter tanta gente simpática e diferente! Não sabe como estou contente por ter vindo. Eu sabia que ficaria, assim que descobri que a senhora era a senhora, quer dizer, irmã da Miss

Wetherby. Adoro Miss Wetherby, então sabia que iria adorar a senhora também. Claro, se são irmãs, são parecidas mesmo que não sejam gêmeas como Mrs. Jones e Mrs. Peck. Mas, de qualquer jeito, elas não eram assim tão parecidas, por causa da verruga. Imagino que não saiba do que estou falando, então vou explicar.

E assim aconteceu que Mrs. Carew, que estivera se esquivando de uma lição sobre ética social, encontrou-se, para sua surpresa, pouco à vontade, escutando a história da verruga no nariz de Mrs. Peck, das Senhoras Auxiliadoras.

Quando a história terminou, a limusine entrara na Avenida Commonwealth, e Pollyanna imediatamente começou a admirar-se com a beleza da rua, que tinha um lindo e comprido jardim "para cima e para baixo, bem no meio da rua", até onde era possível enxergar, e que "era a mais bonita" entre todas aquelas ruas estreitas.

— Imagino que todos queiram morar aqui — comentou ela, entusiasmada.

— É bem provável, mas isso dificilmente seria possível — redarguiu Mrs. Carew, com uma sobrancelha erguida.

Pollyanna, interpretando erroneamente a expressão, imaginou que ela dizia aquilo por não ter sua moradia em tão bela avenida, e apressou-se a corrigir o que dissera:

— Com certeza. E não quis dizer que as ruas estreitas não fossem tão agradáveis quanto esta; talvez até melhores, porque então a gente poderia ficar contente por não ter de andar tanto, quando se quiser pedir ovos emprestados, ou um pouco de bicarbonato, e oh!... mas a senhora mora aqui mesmo? — interrompeu-se ela, quando o carro parou em frente à imponente entrada dos Carews. — Mora aqui, Mrs. Carew?

— Bem... sim, moro aqui — respondeu ela, com uma nota de irritação.

— Nossa, que maravilha! Como deve ser feliz em morar num lugar tão adorável! Não é feliz? — exultou a menina, saltando para a calçada e olhando ao redor.

Mrs. Carew não respondeu. Desceu da limusine com os lábios cerrados e a testa franzida.

Pela segunda vez em cinco minutos, Pollyanna apressou-se a corrigir o que dissera:

— Claro, eu não quis dizer o tipo de felicidade que traz o pecado do orgulho — explicou ela, examinando a expressão de Mrs. Carew com olhar ansioso. — Talvez a senhora pense que eu quis dizer isso, como a tia Polly pensa, de vez em quando. Não estou falando desse tipo de alegria, quando a gente tem alguma coisa que outra pessoa não pode ter; mas do tipo de alegria que faz a gente ter vontade de gritar e bater as portas, sabe, mesmo que não seja apropriado — concluiu ela, pulando na ponta dos pés, como se dançasse.

O chofer virou-se abruptamente de costas, ocupando-se com algo no carro. Mrs. Carew, ainda séria, mostrou o caminho pelos largos degraus de pedra.

— Venha, Pollyanna — foi só o que ela disse.

Cinco dias depois, Della Wetherby recebeu a carta de sua irmã, e ansiosamente a abriu. Era a primeira desde que Pollyanna chegara a Boston:

> Querida irmã
>
> Pelo amor de Deus, Della, por que não me deu alguma ideia sobre o que esperar dessa criança que insistiu para que eu hospedasse? Estou quase maluca, e simplesmente não posso mandá-la embora. Tentei três vezes, mas a cada vez, antes que as palavras saíssem da minha boca, ela me calava dizendo como está adorando ficar aqui e o quanto está se divertindo, e como sou boa por permitir que ela more aqui enquanto tia Polly está na Alemanha. Em vista disso, como posso dizer: "Quero que vá para casa, não quero você aqui!"? O mais absurdo dessa situação é que não acredito que tenha entrado na cabeça dela que não a quero aqui, e também não consigo fazer que entre.
>
> Claro que se ela começar a me dar lições de moral, ou pedir para que conte minhas bênçãos, mando mesmo ela embora. Disse a você, desde o início, que não permitiria isso. E não vou permitir! Duas ou três vezes imaginei que ela iria fazer isso, mas acaba saindo com alguma história ridícula sobre as tais Senhoras Auxiliadoras, então o sermão sai por outro caminho, ainda bem para ela, se quer ficar.
>
> Della, ela é impossível. Logo no começo ficou extasiada com a casa. Quando chegou, me implorou para abrir cada um dos quartos. Não ficou satisfeita até que eu abrisse todas as persianas e venezianas da casa, para que pudesse "enxergar todas aquelas coisas adoráveis", que ela afirmou serem ainda mais bonitas do que a casa de um tal Mr. John Pendleton... Seja quem for, deve ser alguém de Beldings-ville, pelo jeito. De qualquer forma, não é uma das Auxiliadoras. Pelo menos isso consegui descobrir. Como se não

fosse o suficiente me fazer correr de quarto em quarto (fazendo-me de guia turístico da casa), ainda foi descobrir um vestido branco de noite que eu não usava havia anos, e me implorou para colocá-lo. Acabei vestindo, não sei como; me senti impotente nas mãos dela.

Mas isso foi apenas o começo. Ela me suplicou para ver tudo o que eu tinha; e foi tão engraçada contando as histórias dos barris de doações dos missionários, que tive de rir, embora quase tenha chorado também, pensando nos trapos que essas pobres crianças tinham de usar. Naturalmente, dos vestidos fomos para as joias, e ela fez tamanho carnaval com meus dois ou três anéis, que eu tolamente abri o cofre, só para ver os olhos dela se arregalarem. Della, pensei que essa criança fosse enlouquecer. Ela me fez usar cada anel, broche, pulseira e colar que possuo, e ainda insistiu em colocar minhas duas tiaras de brilhantes no meu cabelo (depois que descobriu o que eram). Acabei sentada, cheia de pérolas, brilhantes e esmeraldas, me sentindo como uma deusa pagã num templo hindu, especialmente quando essa criança absurda começou a dançar ao meu redor, batendo as mãos e cantando: "Que lindo! Que lindo! Como eu queria pendurar a senhora numa corda na janela... seria um prisma maravilhoso!"

Eu ia perguntar o que queria dizer com aquilo, quando ela sentou no chão e começou a chorar. E por que você acha que ela estava chorando? É porque estava feliz por ter olhos capazes de enxergar! O que acha disso?

Certamente, isso não é tudo. É apenas o começo. Pollyanna está aqui há quatro dias, e já conheceu a todos. Já conta entre seus amigos o limpador de chaminés, o policial da ronda e o jornaleiro, para não mencionar cada um dos criados a meu serviço. Parecem todos completamente enfeitiçados por ela. Mas, por favor, não pense que eu estou, pois não é verdade. Mandaria essa criança de volta para você, se não estivesse obrigada a manter minha promessa de hospedá-la pelo inverno todo. Quanto a ela me fazer esquecer Jamie e minha tristeza, isso é impossível. Ela apenas me faz sentir mais forte minha perda, pois eu a tenho aqui, em vez dele. Porém, como eu disse, vou mantê-la, pelo menos até que comece a me dar conselhos. Então ela vai de volta para você. Só que ela ainda não fez isso.

Com amor, embora um pouco tonta, sua

RUTH

"Ela ainda não deu conselhos nem lições de moral", riu Della Wetherby consigo mesma, dobrando as folhas da carta. "Ah, Ruth,

Ruth... e você ainda admite que abriu todos os quartos, todas as janelas, se vestiu com cetim e se enfeitou com joias. Tudo isso em menos de uma semana que Pollyanna está aí. Mas não, ela não deu conselhos nem lições de moral!”

❖

CAPÍTULO IV

O jogo e Mrs. Carew

Boston era para Pollyanna uma experiência nova, e certamente Pollyanna era para Boston uma experiência totalmente nova, pelo menos para a parte que teve o privilégio de conhecê-la.

Pollyanna dizia que gostava de Boston, mas desejava que a cidade não fosse tão grande.

Foi o que explicou para Mrs. Carew, no dia seguinte ao de sua chegada:

— Sabe, eu tenho vontade de ver tudo, e não posso. É como os jantares da tia Polly; existe tanta coisa para comer, quero dizer... ver, que a gente não come, quero dizer... não vê nada, porque estamos sempre resolvendo o que queremos comer, quero dizer... ver. Claro, a gente pode ficar contente porque temos tanto — disse ela, parando um instante para respirar fundo. — Quando temos muito de alguma coisa é bom... quer dizer, das coisas boas, não coisas como remédios e funerais, claro! Mas, ao mesmo tempo, não pude evitar pensar que os jantares da tia Polly poderiam se espalhar um pouco pelos dias em que não temos bolo nem torta; me sinto da mesma forma sobre Boston. Gostaria de levar uma parte para Beldingsville, assim eu teria algo novo para fazer no próximo verão. Mas, claro, não posso. As cidades não são como os bolos com cobertura... de qualquer modo, mesmo os bolos não se conservam tão bem. Já experimentei, e ficam secos demais, especialmente a cobertura. Reconheço que temos de aproveitar a cobertura e os bons momentos enquanto estão acontecendo; por isso quero ver tudo que puder enquanto estiver aqui.

Ao contrário das pessoas que pensam que para ver o mundo deve-se começar do ponto mais distante, Pollyanna começou a "ver

Boston" pela exploração de seus arredores mais próximos: a casa da bela Avenida Commonwealth, que era agora seu lar. Isso, mais o trabalho na escola, preencheu completamente seu tempo e sua atenção por alguns dias. Havia tanto a ver e tanto a aprender! E tudo era tão belo e maravilhoso, desde os pequenos botões nas paredes, que inundavam as salas de luz, até o enorme e silencioso salão de baile, cheio de espelhos e quadros. Havia também tantas pessoas interessantes a conhecer, pois além de Mrs. Carew havia Mary, que espanava os aposentos, atendia a campainha e acompanhava Pollyanna até a escola todos os dias; Bridget, que vivia na cozinha e cozinhava; Jennie, que servia à mesa, e Perkins, que dirigia o automóvel. Todos eram encantadores e, apesar disso, tão diferentes!

Pollyanna chegara numa segunda-feira, e já se passara quase uma semana antes que chegasse seu primeiro domingo em Boston. Nesse dia ela desceu as escadas com disposição radiante.

— Adoro domingos — declarou ela, suspirando de felicidade.

— É mesmo?

O tom de voz de Mrs. Carew era o de quem não gostava de nenhum dia em particular.

— É, sim. Por causa da igreja, sabe? E da escola de catecismo. De qual deles gosta mais: da igreja ou da aula de catecismo?

— Bem, para dizer a verdade, eu... — começou Mrs. Carew, que quase nunca ia à igreja e jamais frequentara as aulas de catecismo.

— É difícil saber, não é? — interrompeu Pollyanna com olhos luminosos, porém sérios. — Mas sabe, gosto mais de ir à igreja, por causa de papai. Ele era pastor, e agora certamente está no Céu com mamãe e o resto da família, mas muitas vezes eu tento imaginar que ele está aqui; e é mais fácil na igreja, quando o pastor está falando. Fecho os olhos e imagino que é papai falando; ajuda muito. Fico muito contente que a gente seja capaz de imaginar coisas, a senhora não?

— Não tenho tanta certeza disso, Pollyanna.

— Ah, mas pense como as coisas que imaginamos são melhores do que elas são na realidade; quer dizer, no seu caso não, porque suas coisas reais são tão lindas...

Mrs. Carew, irritada, começou a falar, mas Pollyanna já a atropelava com sua animação:

— Claro, as minhas coisas reais são sempre muito mais bonitas do que costumam ser. O tempo que fiquei machucada, porém, quando minhas pernas não funcionavam, eu tinha de imaginar o tempo todo, com toda a força que conseguia. Naturalmente, agora faço isso muitas vezes, como quando imagino papai e outras coisas. Por isso, hoje vou imaginar que é meu pai que está no púlpito. A que horas nós vamos?

— Vamos?

— Para a igreja...

— Mas Pollyanna, eu não... quer dizer, preferia... — começou Mrs. Carew, limpando a garganta e tentando encontrar as palavras para dizer que não iria à igreja, e que raramente ia. Contudo, ao se deparar com o sorriso confiante de Pollyanna, perdeu a coragem. Disse quase relutante: — Bem, acho que podemos ir aos quinze minutos para as dez, se formos a pé. É bem perto.

E foi assim que aconteceu, naquela manhã brilhante de setembro, pela primeira vez em meses, de Mrs. Carew entrar na mesma igreja elegante à qual fora quando era menina, e que ainda apoiava com generosidade, com doações em dinheiro.

Para Pollyanna, aquele serviço religioso do domingo foi motivo de grande alegria e felicidade. A música maravilhosa do coro com suas belas vestes, os raios opalescentes penetrando pelos vitrais, a voz apaixonada do pregador e o tom reverente dos murmúrios da adoração a encheram com um êxtase que a deixou quase sem fala. Só conseguiu falar quando estavam quase chegando em casa.

— Ah, Mrs. Carew, estive pensando como estou contente que não tenha de viver mais do que um dia de cada vez!

Mrs. Carew franziu a testa e olhou para baixo, desconfiada. Não estava com vontade de ouvir mais sermões. Fora obrigada a escutá-los do púlpito, o que a deixou irritada, e não iria ouvir pregações dessa pirralha. Além do mais, essa história de "viver um dia de cada vez" era uma teoria sempre citada por Della. Não era a irmã que sempre dizia: "A gente só tem de viver um minuto de cada vez, Ruth, e qualquer um pode aguentar qualquer coisa por um minuto de cada vez!"

— Bem? — disse Mrs. Carew, lacônica.

— Sim, pense só se eu tivesse que viver o ontem, o hoje e o amanhã juntos — suspirou Pollyanna. — Tantas coisas adoráveis... Mas vivi ontem, agora estou vivendo hoje, e o amanhã ainda vem vindo... e domingo que vem também. Se agora não fosse domingo, nessa rua bonita e sossegada, eu seria capaz de dançar, pular e gritar. Não ia conseguir me controlar. Mas é domingo, então vou ter de esperar até a gente chegar em casa e escolher um salmo, o mais alegre que eu puder pensar. Qual é o salmo mais alegre, Mrs. Carew? Sabe qual é?

— Não posso dizer que saiba — respondeu Mrs. Carew debilmente, com ar de quem estava procurando algo que tivesse perdido.

Para uma mulher que sempre espera ouvir que as coisas são ruins, escutar que se deve viver um dia de cada vez a desarmou, para dizer o mínimo; e o mesmo aconteceu ao ouvir que, como as coisas estavam bem, tinha sorte em viver um dia por vez.

Na manhã seguinte, segunda-feira, Pollyanna foi pela primeira vez sozinha para a escola. Conhecia perfeitamente o caminho, uma caminhada curta. Pollyanna gostou muito da escola. Era uma pequena escola particular feminina e por isso foi uma experiência nova; e Pollyanna gostou das novas experiências.

Mrs. Carew, entretanto, não apreciava novas experiências, e estava passando por muitas delas nos últimos dias. Para uma pessoa que está cansada de tudo, estar em companhia tão íntima de alguém para quem tudo é uma alegria nova e fascinante resultava no mínimo em aborrecimento. E Mrs. Carew estava mais do que aborrecida. Estava exasperada. Apesar disso, era obrigada a admitir para si mesma que, se alguém lhe perguntasse por que se sentia assim, o único motivo que poderia dar seria: "porque Pollyanna está sempre muito contente"... e essa resposta dificilmente ela daria.

Para Della, porém, ela escrevera que a palavra "contente" lhe dava nos nervos, e que às vezes desejava não ouvi-la nunca mais. Admitia ainda que Pollyanna não fizera "sermões", e que nem uma vez tentara fazer com que ela aprendesse o jogo. O que a menina fazia, entretanto, era presumir o "contentamento" de Mrs. Carew, o que, para alguém que nunca estava contente, era uma provocação e tanto.

Foi durante a segunda semana da estada de Pollyanna que o aborrecimento de Mrs. Carew transbordou em evidente irritação. A causa imediata fora a conclusão de Pollyanna sobre a história de uma de suas Senhoras Auxiliadoras.

— Ela estava jogando o jogo, Mrs. Carew. Mas talvez a senhora não saiba o que é o jogo. Vou contar. É um ótimo jogo.

Mrs. Carew, porém, ergueu a mão.

— Não se incomode, Pollyanna. Sei tudo sobre o jogo. Minha irmã me contou, e devo dizer que não ligo muito para ele.

— Bem, claro que não, Mrs. Carew! — desculpou-se Pollyanna com rapidez. — Eu não quis dizer que era para a senhora. Naturalmente, a senhora não poderia jogar.

— Não *poderia* jogar? — espantou-se Mrs. Carew, que imaginara não querer jogar, mas não estava disposta a escutar que não seria capaz de jogar.

— Não vê? — riu Pollyanna. — O jogo é sobre encontrar alguma coisa para se ficar contente; e a senhora nem poderia começar a procurar, pois ao seu redor só existem coisas que a fazem ficar contente. Não haveria nenhum jogo para a senhora! Percebe?

Mrs. Carew corou de raiva. Em seu aborrecimento disse, talvez, mais do que desejasse.

— Bem, Pollyanna, eu não vejo assim — discordou ela friamente. — Na verdade, entenda, não encontro nada para ficar contente.

Por um instante, Pollyanna ficou sem ação. Depois, tomada de espanto:

— Por que, Mrs. Carew? — murmurou a menina.

— Bem, o que existe para mim? — desafiou a mulher, esquecendo-se, por um instante, de sua decisão de jamais deixar Pollyanna fazer "sermões".

— Ora, existe... existe tudo — respondeu Pollyanna, ainda incrédula. — Existe esta belíssima casa!

— É só um lugar para dormir e comer, e não quero dormir e comer.

— Mas existem... todas essas coisas adoráveis.

— Estou cansada delas.

— E seu automóvel, que pode levá-la aonde quiser.

— Não quero ir a lugar nenhum.

Pollyanna soltou o ar, espantada.

— Mas pense nas pessoas e nas coisas que poderia ver, Mrs. Carew.

— Não estou interessada nisso, Pollyanna.

Mais uma vez a menina espantou-se. As rugas em sua testa se aprofundaram.

— Mas, Mrs. Carew, não entendo. Sempre, antes, deve haver coisas ruins para as pessoas aplicarem o jogo, e; quanto piores as coisas, mais divertido é encontrar coisas boas para se ficar contente com elas. No seu caso, não existem coisas ruins. Eu mesma não saberia como jogar o jogo.

Não houve resposta por algum tempo. Mrs. Carew sentou-se, olhando para fora da janela. Lentamente o ar de irritação em seu rosto se alterou para uma expressão de profunda tristeza. Bem devagar, ela voltou-se para a menina e disse:

— Pollyanna, achei que não iria contar isso para você, mas resolvi fazê-lo. Vou contar por que nada que faço me deixa contente.

E começou a contar a história de Jamie, o pequeno menino de quatro anos, que oito anos atrás parece ter ido para outro mundo deixando a porta bem fechada atrás de si.

— E nunca mais o viu, depois disso? — murmurou Pollyanna, os olhos úmidos ao final da história.

— Nunca.

— Mas vamos encontrá-lo, Mrs. Carew, tenho certeza de que vamos encontrá-lo.

Mrs. Carew sacudiu tristemente a cabeça.

— Não acredito. Procurei em todos os lugares, inclusive em terras estrangeiras.

— Mas ele deve estar em algum lugar.

— Ele pode estar... morto, Pollyanna.

A menina soltou um gemido.

— Não, Mrs. Carew. Não diga uma coisa dessas! Vamos imaginar que ele está vivo. Podemos fazer isso e isso irá ajudar; e, se a gente o imagina vivo, podemos imaginar também que vamos encontrá-lo. Isso vai ser muito mais útil.

— Receio que ele esteja morto, Pollyanna — balbuciou Mrs. Carew.

— Mas não tem certeza disso, tem? — indagou Pollyanna, ansiosamente.

— Não.

— Pois então está só imaginando — afirmou a menina, triunfante. — E se pode imaginar que ele está morto, então também pode imaginar que está vivo, e isso é muito melhor. Não vê? Algum dia tenho certeza de que irá encontrá-lo. Aliás, agora a senhora pode jogar o "jogo do contente". Pode jogar pensando em Jamie e pode ficar contente todos os dias, porque cada dia a deixa mais perto do dia em que vai se encontrar com ele. Percebe?

Mas Mrs. Carew não "percebia". Levantou-se abatida e disse:

— Não, menina. Você não entende... não entende. Agora, por favor, vá passear, ler, ou fazer qualquer coisa que tenha vontade. Minha cabeça está doendo. Vou deitar um pouco.

E Pollyanna, com um rosto sério e perturbado, saiu lentamente da sala.

❖

CAPÍTULO V

Pollyanna vai passear

Foi no segundo sábado, à tarde, que Pollyanna fez seu passeio memorável. Até então não tinha caminhado sozinha, a não ser para ir e voltar da escola. Nunca ocorreu a Mrs. Carew que ela tentasse explorar as ruas de Boston por si mesma, ou teria proibido isso. Em Beldingsville, Pollyanna descobrira, especialmente no início, a diversão que havia em caminhar pelas ruas da velha cidade à procura de novos amigos e aventuras.

Nessa tarde de sábado, em particular, Mrs. Carew dissera, como fazia sempre:

— Vá, minha criança, por favor. Vá aonde quiser e faça o que preferir, só não quero que me faça mais perguntas hoje!

Até então, quando deixada para si mesma, Pollyanna sempre encontrara coisas interessantes entre as quatro paredes da casa; se as coisas inanimadas falhassem, ainda havia Mary, Jennie, Bridget e Perkins. Naquele dia, entretanto, Mary estava com dor de cabeça, Jennie estava cortando um chapéu novo, Bridget, fazendo tortas de maçã e Perkins não foi encontrado em lugar nenhum. Além do mais, era um dia lindo de setembro e nada no interior da casa era tão convidativo quanto o sol brilhante e o ar perfumado do exterior. Portanto, Pollyanna saiu e sentou-se nos degraus da escadaria.

Por algum tempo ela observou em silêncio os homens, mulheres e crianças bem-vestidos que caminhavam apressadamente em frente à casa, ou caminhavam com mais calma pelo passeio central da avenida. Então, levantou-se, desceu os degraus e olhou, primeiro para a direita, depois para a esquerda.

Pollyanna resolveu que também iria passear. Era um belo dia para se andar, e ainda não havia saído para passear nenhuma vez... não *de verdade*. Ir para a escola e voltar não contavam. Portanto, faria um passeio naquela tarde. Mrs. Carew não se importaria. Não dissera a ela para fazer o que quisesse desde que não fizesse mais perguntas? E tinha ainda uma longa tarde pela frente. Pensou em quanta coisa poderia fazer numa tarde inteira. O dia estava lindo! Iria para... aquele lado. Com um pulinho de alegria na direção escolhida, Pollyanna começou a caminhar pela avenida.

Aos olhos de quem encontrou, Pollyanna sorria alegremente. Ficou desapontada, mas não surpresa, pelo fato de nenhuma pessoa sorrir de volta. Já se acostumara com isso em Boston. Ainda sorria, porém, cheia de esperança: poderia haver alguém, em algum momento, que sorrisse de volta.

A casa de Mrs. Carew ficava próxima ao início da Avenida Commonwealth, portanto, não muito tempo se passou antes que Pollyanna atingisse a esquina de uma travessa lateral. Do outro lado da rua, em toda a glória outonal, estava o que Pollyanna qualificou de o "jardim" mais belo que já tinha visto: o Parque Municipal de Boston.

Por um instante, Pollyanna hesitou, os olhos fitos na beleza da vegetação diante dela. Seria a área particular de algum homem ou mulher muito ricos, não duvidou disso nem por um instante. Uma vez, com o Dr. Ames, do Sanatório, fora levada para visitar uma senhora que morava numa belíssima casa, cercada de um terreno com tantas árvores, alamedas e canteiros quanto os que estavam à sua frente.

Queria muito atravessar a rua e caminhar naquele local, mas duvidava de que fosse permitido. Verdade é que enxergava algumas pessoas passeando por lá, mas sem dúvida deveriam ser convidados. Entretanto, depois de ver duas mulheres, um homem e uma garota passarem pelo portão e caminharem rapidamente pelo pátio, concluiu que também ela poderia ir. Olhando bem para todos os lados, aproveitou a oportunidade e esgueirou-se para o interior do parque.

Era ainda mais belo de perto do que parecera a distância. Os pássaros chilreavam sobre sua cabeça e um esquilo saltou à sua frente, na trilha. Nos bancos, acomodavam-se homens, mulheres e crianças. Através das árvores, era possível divisar o brilho do sol refletindo na água; de algum lugar vinham gritos de crianças e som de música. Mais uma vez Pollyanna hesitou; então, timidamente, aproximou-se de uma jovem bem-vestida que vinha em sua direção.

— Por favor, é uma festa? — indagou ela.

A jovem ficou olhando para ela, depois repetiu, confusa:

— Uma festa?

— Sim, quero dizer, posso ir até aí?

— Se pode, mas claro. É para todos! — informou a jovem.

— Está certo, então. Fico contente por ter vindo — alegrou-se Pollyanna.

A jovem não disse nada, mas voltou-se, ainda surpresa, para olhar Pollyanna que já se afastava apressada.

Pollyanna, sem se surpreender pelo fato de o dono daquele lugar lindo ser generoso a ponto de oferecer uma festa a todos, continuou seu caminho. Na curva da alameda encontrou uma menina e um carrinho de bonecas. Parou, com um gritinho de contentamento, mas não dissera uma dúzia de palavras, quando se aproximou uma jovem mulher, apressada, com uma voz pouco amistosa; essa jovem estendeu a mão para a menina, dizendo rispidamente:

— Gladys, Gladys, venha comigo. Mamãe já não disse para não conversar com estranhos?

— Mas não sou uma estranha — defendeu-se Pollyanna. — Estou morando aqui em Boston, e...

Mas a mulher e a menina com o carrinho de bonecas já se afastavam; com um suspiro, Pollyanna recuou. Permaneceu em silêncio por um instante, desapontada; depois ergueu o queixo com decisão e continuou.

— Bem, de qualquer forma, fico contente com isso — disse para si mesma —, pois agora talvez eu encontre alguém ainda mais simpático, talvez Susie Smith ou até o Jamie de Mrs. Carew. De qualquer modo posso *imaginar* que vou encontrá-los, e, se não os encontrar, posso encontrar *alguém*.

Seus olhos esperançosos percorriam as pessoas, absortas, ao seu redor. Sem dúvida, Pollyanna era uma pessoa solitária. Criada pelo pai e pela Sociedade das Senhoras Auxiliadoras numa pequena cidade do Oeste, havia contado cada casa na vila, cada homem, mulher e criança, como seus amigos. Chegando à casa da tia, em Vermont, com onze anos de idade, prontamente concluíra que as condições só mudaram no tocante ao número de casas, e que os amigos seriam novos, portanto, possivelmente mais interessantes, já que seriam "diferentes"; Pollyanna adorava pessoas e coisas "diferentes"! Assim, sua primeira e maior alegria em Beldingsville foram seus longos passeios pela cidade e as encantadoras visitas aos novos amigos que fizera. Vista pela primeira vez, de fato Boston parecia a Pollyanna ainda mais promissora em suas possibilidades. Ela teve de admitir, contudo, que um ponto fora no mínimo desapontador: estava lá há quase duas semanas e não conhecera ainda as pessoas que moravam do outro lado da rua, nem mesmo as que moravam ao lado. Mais inexplicável ainda é que, Mrs. Carew também não conhecia muitas delas, e nenhuma com intimidade. Parecia, na verdade, bastante indiferente aos vizinhos, o que era surpreendente do ponto de vista de Pollyanna; mas nada que dissesse parecia alterar a atitude de Mrs. Carew a respeito desse assunto.

— Elas não me interessam, Pollyanna — era tudo o que ela dizia.

Com isso, Pollyanna, que, ao contrário, se interessava muito por elas, era obrigada a se conformar.

Naquele dia, em seu passeio, Pollyanna começara com grandes esperanças, no entanto, até ali só se sentira desapontada. Ao redor dela havia pessoas que sem dúvida alguma eram interessantes, se ela pudesse conhecê-las. Pior ainda, não havia previsão nenhuma de que pudesse conhecer essas pessoas, pois elas, aparentemente, não desejavam conhecê-la. Pollyanna ainda pensava no aviso da jovem mãe sobre "crianças estranhas".

"Bem, parece que vou ter de mostrar que não sou uma criança estranha", disse ela para si mesma, movendo-se com confiança para a frente.

Com essa nova ideia em mente, Pollyanna sorriu para a próxima pessoa que encontrou e disse, sem rodeios:

— Belo dia, não é?

— Como? Bem, sim, é — murmurou a mulher para a qual ela se dirigira, apressando o passo.

Mais duas vezes Pollyanna repetiu sua experiência, porém com resultados desapontadores. Logo chegou ao pequeno lago que brilhava com a luz do sol que passava por entre as árvores. Era um belo lago, e sobre ele havia pequenos botes repletos de crianças dando risadas. À medida que os observava, Pollyanna sentia-se cada vez mais descontente por estar ali sozinha. Foi então que, ao observar um homem sentado sozinho, ela adiantou-se na direção dele e sentou-se na outra ponta do banco. Em outra ocasião, Pollyanna teria se sentado mais perto sem hesitar e iniciado conversa com a familiaridade e a confiança de quem não duvidaria de uma boa acolhida; mas as recusas recentes a haviam levado a sentir um acanhamento não habitual. Dissimuladamente examinou o homem.

Não era uma pessoa agradável de se olhar. As vestes, embora fossem novas, estavam empoeiradas, e obviamente demonstravam falta de cuidado. Tinham o corte e o estilo (embora Pollyanna não soubesse disso) das roupas que o Estado oferecia a seus prisioneiros quando eram libertados. O rosto era exageradamente branco, ostentando barba de uma semana. O chapéu estava puxado sobre os olhos. Com as mãos nos bolsos, sentado preguiçosamente, fitava o chão. Por um longo minuto, Pollyanna nada disse; então começou, com esperança:

— Um belo dia, não é?

O homem voltou a cabeça para ela.

— Como? O que disse? — indagou ele, olhando ao redor com um olhar assustado, para certificar-se de que a observação era dirigida a ele.

— Eu disse que é um belo dia — explicou Pollyanna, apressadamente. — Mas não disse isso só pelo dia. Claro, estou contente que seja um belo dia, mas falei só para começar um assunto, e gostaria de falar sobre outras coisas. É que eu gostaria de conversar com o senhor, só isso, sobre qualquer coisa.

O homem riu baixinho. Para Pollyanna essa risada pareceu estranha, embora não soubesse (como ele sabia) que a risada para ele era algo raro havia muitos meses.

— Então quer conversar comigo, é isso? — repetiu ele, com certa tristeza. — Bem, não vejo como posso fazer isso. Uma menina como você certamente pode encontrar muitas pessoas mais simpáticas para conversar do que um velho incompetente como eu.

— É? Mas eu gosto de velhos incompetentes! — exclamou Pollyanna. — Quer dizer, gosto da parte do velho, mas não sei o que é um incompetente, portanto não posso desgostar. Além do mais, se o senhor é um incompetente, devo dizer que gosto de incompetentes. De qualquer jeito, gosto do senhor — finalizou ela, num tom cheio de convicção.

— Hmm... devo admitir que me sinto orgulhoso — sorriu um tanto irônico.

Embora seu rosto e suas palavras expressassem dúvida, ele corrigiu sua postura no banco e perguntou:

— Sobre o que vamos conversar?

— Isso é o de menos para mim. Quer dizer, não importa o assunto — respondeu Pollyanna com um sorriso radiante. — Tia Polly sempre diz que qualquer assunto que eu comece sempre acaba na Sociedade das Senhoras Auxiliadoras. Mas acho que isso acontece porque foram elas que me criaram, não acha? Podemos falar sobre a festa. É uma festa adorável, agora que conheci alguém.

— Festa?

— É... sabe como é... todas essas pessoas aqui, hoje. É uma festa, não é? A moça disse que era para todos, por isso fiquei, embora ainda não tenha chegado à casa onde estão dando a festa.

Os lábios do homem se contraíram.

— Bem, mocinha, talvez seja mesmo uma festa, de certa forma — sorriu. — Mas "a casa" que está dando a festa é a cidade de Boston. Este é o Parque Municipal, sabe? É para todos.

— É mesmo? Sempre? E posso vir aqui sempre que quiser? Que maravilha! É melhor do que imaginei. Estava temerosa de não poder mais voltar aqui, sabe? Agora estou contente por não ter sabido disso antes, pois agora ficou muito melhor. As coisas boas ficam melhores quando a gente pensa que não vai mais poder aproveitá-las, não ficam?

— Talvez tenha razão, se forem mesmo coisas boas — concordou o homem, com certa tristeza.

— É, acho que sim — disse Pollyanna, não reparando na tristeza dele. — Mas aqui não é bonito? Fico pensando se Mrs. Carew sabe disso... que é para todos. Bem, imagino que as pessoas queiram vir para cá o tempo inteiro e ficar passeando.

— Bom, existem algumas pessoas no mundo que têm um emprego, que têm mais a fazer do que vir aqui e ficar passeando; mas acontece que não sou uma delas — respondeu o homem, fechando o rosto.

— Não? Então pode ficar contente por isso, não é? — observou Pollyanna, deliciada ao acompanhar com o olhar um barco que passava.

O homem abriu a boca com indignação; porém não falou. A menina continuou:

— Pois eu gostaria de não fazer nenhuma outra coisa que não fosse isso. Mas tenho de ir para a escola. Claro, eu gosto da escola; só que existem muitas outras coisas que gosto mais. Mesmo assim, fico contente por poder ir à escola. Fico mais contente ainda porque no inverno passado eu achava que não ia mais poder voltar para lá. Sabe, eu perdi minhas pernas por um tempo, quer dizer, elas continuaram aqui; e a gente nunca pensa o quanto gosta de usar as coisas, até não poder usar mais. E os olhos também. Já pensou em quantas coisas a gente faz com os olhos? Pois eu não, até ir para o Sanatório. Havia lá uma senhora que tinha ficado cega um ano antes. Tentei fazer com que ela jogasse o jogo, para encontrar algo que a fizesse ficar contente, sabe? Contudo, ela disse que não podia; e, se eu quisesse saber por que, devia tampar meus olhos com um lenço por uma hora. Fiz isso. Foi horrível. Já experimentou fazer isso?

— Bem, não, nunca fiz — admitiu o homem, com uma expressão um tanto surpresa e envergonhada.

— Então não faça. É horrível. Não se pode fazer nada... nada que a gente tenha vontade. Mas me mantive assim durante uma hora. Desde esse dia, às vezes fico tão contente quando vejo coisas tão bonitas como estou vendo hoje, sabe? Fico tão contente que dá vontade de chorar. Porque *posso* ver. Mas sei que ela está agora jogando o jogo... essa senhora que não enxerga. A Miss Wetherby me contou.

— O... jogo?

— É. O jogo do contente. Não contei ainda? É sobre descobrir alguma coisa para se ficar contente. Bem, agora ela descobriu... sobre os olhos dela, sabe? O marido parece que é uma dessas pessoas que ajudam a fazer as leis, e ela pediu a ele uma lei que ajudasse as pessoas que não enxergam, especialmente os bebês. Ela foi e disse àqueles homens como é ser cego. E então eles fizeram essa lei. Disseram que ela fez mais do que qualquer um deles, até mesmo do que o marido, para ajudar a escrever a lei; não acreditavam que existiria uma lei se não fosse por ela. Então agora ela diz que ficou contente por ter perdido os olhos, porque evitou que muitos bebês crescessem e ficassem cegos igual a ela. Agora ela está jogando o jogo. Mas percebo que o senhor ainda não sabe sobre esse jogo. Vou contar, foi assim que começou.

E Pollyanna, com os olhos postos no belo cenário ao seu redor, falou sobre aquele par de muletas de tempos atrás, que deveria ter sido uma boneca.

Quando a história terminou, houve um longo silêncio; então, um tanto abruptamente o homem se levantou.

— Vai embora agora? — indagou ela, perceptivelmente desapontada.

— Sim, vou embora agora — concordou ele, com um sorriso um tanto enigmático.

— Mas vai voltar, não vai?

Ele negou, com um gesto de cabeça, mas ainda sorrindo.

— Espero que não. Acredito que não, menina. Sabe, eu fiz uma grande descoberta hoje. Pensei que estava acabado. Pensei que não havia lugar para mim em canto algum. Mas acabei de descobrir que tenho dois olhos, dois braços e duas pernas. Agora pretendo usá-los. E pretendo fazer alguém entender que sei usá-los!

No instante seguinte, ele partiu.

— Puxa, que homem estranho; mesmo assim, ele era simpático e diferente, também — disse Pollyanna para si mesma, levantando-se e continuando seu passeio.

Estava outra vez com seu humor habitual e alegre, caminhando com o ar confiante de quem não alimentava dúvidas. O homem dissera que era um parque público, portanto tinha todo o direito de estar ali. Caminhou até o lago, e atravessou a ponte até onde saíam os botes. Por algum tempo observou as crianças, feliz, mantendo um olhar atento aos possíveis cachos negros de Susie Smith. Ela mesma teria gostado de dar um passeio nos belos barcos, mas a placa anunciava: "Cinco centavos" por viagem, e ela não trouxera dinheiro algum. Sorriu cheia de esperança para várias mulheres, e por duas vezes fez uma tentativa de se comunicar. Mas ninguém se dirigiu a ela, e as pessoas que responderam lhe dirigiram um olhar frio e uma resposta truncada.

Depois de algum tempo dirigiu seus passos para outro caminho. Ali encontrou um menino de rosto pálido, numa cadeira de rodas. Ela teria tentado conversar com ele, contudo ele parecia tão absorto no livro em suas mãos, que ela se afastou depois de olhá-lo pensativa. Logo encontrou uma bonita jovem sentada sozinha num banco, olhando para o nada, com um ar que lembrava o do homem no banco. Com um gritinho de contentamento, Pollyanna dirigiu-se para lá.

— Olá, como vai? Estou contente por ter encontrado você. Eu a procurei tanto — cumprimentou Pollyanna, sentando-se no lugar vazio do banco.

A moça ergueu os olhos, com um olhar de expectativa.

— Oh! — exclamou desapontada. — Pensei que... como assim? O que quer dizer? Nunca vi você antes — disse ela, intrigada.

— Nem eu — sorriu Pollyanna —, mas estive procurando você, da mesma forma. Quer dizer, claro que eu não sabia que seria você exatamente. É que eu queria encontrar alguém que parecesse sozinha, sem ninguém ao lado. Como eu, sabe? Aqui, hoje, parece que todos estão acompanhados, está vendo?

— Estou — assentiu a jovem, voltando ao estado inicial de desânimo. — Pobrezinha, é uma pena que você descubra isso assim tão cedo.

— Descubra o quê?

— Que o lugar mais solitário do mundo é uma multidão na cidade grande.

Pollyanna franziu a testa e ponderou.

— É mesmo? Mas não vejo como; não vejo como possa ser solitário com tanta gente em volta. Por outro lado... — ela hesitou e as rugas em sua testa se aprofundaram. — Eu me senti sozinha hoje à tarde, e havia muita gente ao meu redor; só que ninguém pareceu reparar em mim.

A bela jovem sorriu amargamente.

— É isso. Eles não reparam mesmo, as multidões não reparam na gente.

— Mas algumas pessoas, sim. E podemos ficar contentes por isso — observou apressadamente Pollyanna. — Agora eu...

— Algumas reparam — interrompeu a outra. Enquanto falava, ela estremeceu e olhou amedrontada para o caminho atrás de Pollyanna. — Algumas reparam até demais.

Pollyanna encolheu-se. As tentativas frustradas daquela tarde haviam despertado nela uma nova sensibilidade.

— Está se referindo a mim? Preferia que eu não a tivesse visto?

— Não, menina! Eu quis dizer outras pessoas, bem diferentes de você. Alguém que não deveria reparar. Estou contente em conversar com você, só que pensei a princípio que fosse alguém de casa.

— Ah, então quer dizer que você não mora aqui, como eu, o tempo todo.

— Sim, moro aqui, agora. Vivo aqui o tempo todo, quer dizer, se é que se pode chamar o que faço de viver.

— O que você faz? — indagou Pollyanna, interessada.

— Fazer? Vou dizer o que faço — respondeu a outra, com certa amargura. — De manhã até a noite vendo enfeites de renda e laços vistosos para meninas que riem, conversam e conhecem umas às outras. Depois vou para casa, que é um quarto no terceiro andar, cujo tamanho é o suficiente para acomodar uma cama velha e pequena, um criado-mudo com uma jarra rachada, uma cadeira velha e eu. É como uma fornalha no verão e como uma geladeira no inverno; mas é o lugar que tenho, e devo ficar nele, quando não estou trabalhando. Só que hoje resolvi sair. Não vou ficar naquele quarto e também não vou entrar numa biblioteca velha para ler. É nosso último meio-feriado deste ano, e mais um extra, então resolvi sair e me divertir, pelo menos uma vez. Sou tão jovem, e gosto de rir e brincar como qualquer das garotas para quem vendo os laços o dia inteiro. Bem, hoje resolvi rir e brincar.

Pollyanna riu e mostrou sua aprovação com a cabeça.

— Estou contente que se sinta assim. Eu também sinto isso. É muito mais divertido ser feliz, não é? Além disso, a Bíblia nos diz: "Alegrem-se e sejam felizes". Diz isso oitocentas vezes; mas provavelmente você já conhece os *textos que alegram*.

A bela jovem balançou a cabeça. Um olhar estranho lhe passou pelo rosto.

— Bem, não — disse ela secamente. — Não posso dizer que estivesse pensando na Bíblia.

— Não? Talvez não, mas, sabe, meu pai era pastor, e ele...

— Um pastor?

— Sim. O seu também? — indagou Pollyanna, em virtude de haver percebido algo no rosto da garota.

— Sim.

Um leve rubor surgiu na fronte da jovem.

— É mesmo? E ele foi como o meu para a companhia de Deus e dos anjos?

A garota virou a cabeça.

— Não. Ele ainda vive lá em casa — respondeu ela, com um débil murmúrio.

— Ah, como deve estar contente — respondeu Pollyanna, com inveja. — Às vezes fico pensando se eu pudesse ao menos ver meu pai por um instante... mas você vê seu pai, não vê?

— Não muito. Sabe, eu estou aqui.

— Pelo menos pode ver seu pai, mas eu não posso mais ver o meu. Ele partiu e foi se encontrar com minha mãe e com todo o restante de nós que está no Céu, e... Você tem uma mãe, também? Uma mãe aqui na terra?

— Sim, tenho — disse a moça se remexendo, como se pretendesse levantar.

— Ah, então pode ver a ambos, se quiser — suspirou Pollyanna, encarando-a. — Como deve ser feliz com isso. Não há quem conheça e cuide melhor de nós que os pais e as mães. Eu sei, porque tive pai até meus onze anos de idade; já, em vez de mãe, tinha as Senhoras Auxiliadoras, até tia Polly começar a cuidar de mim. As Senhoras Auxiliadoras são ótimas, mas, claro, não são como mães nem como tias Pollys; e...

Assim, Pollyanna continuou a falar, pois agora estava em seu elemento. Adorava falar. Que havia algo estranho ou pouco sábio, ou até pouco convencional ao compartilhar seus pensamentos e sua história com uma estranha num banco de parque em Boston, foi algo que não ocorreu a Pollyanna. Para ela, todos os homens e todas as mulheres e crianças, mesmo os conhecidos ou os desconhecidos, eram amigos; até então havia achado o desconhecido tão agradável quanto o conhecido, pois sempre havia a excitação do mistério e da aventura enquanto passava de desconhecido para conhecido.

Com essa jovem ao seu lado, portanto, Pollyanna conversava sem reservas sobre seu pai, sua tia Polly, seu lar no Oeste e sua viagem para Vermont, no Leste. Falou sobre seus novos e antigos amigos e, naturalmente, sobre o jogo. Pollyanna quase sempre contava a todos sobre o jogo, mais cedo ou mais tarde. Fazia, na verdade, parte dela, a tal ponto que não conseguiria deixar de falar sobre isso. Quanto à jovem, ela falou pouco. Porém não estava agora sentada em sua atitude anterior, e era possível observar a mudança. O rosto parecia corado, a testa franzida, os olhos preocupados, os dedos inquietos, sinais talvez de algum conflito interior. De tempos em tempos olhava para o caminho atrás de Pollyanna, e foi depois de um desses olhares que ela segurou o braço da menina.

— Escute, menina, por um minuto não me deixe, pode ser? Está me ouvindo? Fique aqui, onde está. Um homem que eu conheço está vindo; mas não importa o que ele diga, não preste atenção, e não vá. Vou ficar com você. Entendeu?

Antes que Pollyanna pudesse se mover ou mesmo externar sua surpresa, viu-se observando o rosto de um belo cavalheiro que parara em frente a elas.

— Ah, aí está você — disse ele, sorrindo para a companheira de Pollyanna. — Acho que vou começar pedindo desculpas. Estou um pouco atrasado.

— Não me importo, senhor — disse a jovem, falando apressadamente. — Resolvi não ir.

O jovem deu uma risadinha.

— Ora vamos, minha querida, não seja dura demais com um sujeito porque ele chegou um pouco atrasado.

— Na verdade não é isso. Resolvi não ir — disse a jovem, com as faces coradas.

— Não seja tola! Ontem disse que iria — protestou ele, com voz áspera.

— Eu sei, mas mudei de ideia. Disse à minha pequena amiga aqui que iria ficar com ela.

— Ah, mas se você preferir ir com esse cavalheiro simpático — começou Pollyanna ansiosamente.

Calou-se, com o olhar que a moça lhe dirigiu.

— Como eu dizia, mudei de ideia. Prefiro não ir.

— E pode-se saber por que essa mudança repentina? — perguntou ele, com uma expressão que aos olhos de Pollyanna não o tornava mais simpático. — Ontem você disse que...

— Sei o que disse — interrompeu a garota, febrilmente. — Mas sabia que não devia ter aceitado. Vamos dizer, agora sei melhor ainda...

Com isso, ela se virou, resolutamente.

Mas não ficou assim. O homem falou ainda por duas vezes. Primeiro usou de lisonjas, depois ameaçou, com ódio no olhar. Finalmente, disse algo em voz baixa e ameaçadora, que Pollyanna não entendeu. No instante seguinte ele se voltou e partiu.

A jovem o observou, tensa, até que ele sumisse de seu campo de visão. Só então relaxou, e colocou a mão trêmula sobre o braço de Pollyanna.

— Obrigada, menina. Devo a você mais do que imagina. Até logo.

— Mas você vai embora agora? — queixou-se Pollyanna.

A moça suspirou profundamente.

— Tenho de ir. Ele pode voltar, e da próxima vez talvez eu não seja capaz de... — ela se interrompeu e levantou-se. Por um instante hesitou, depois disse amargamente: — Sabe, ele é do tipo que observa demais, e não deveria ter reparado em mim... de jeito nenhum.

Dizendo isso, ela se foi.

"Puxa, que moça engraçada", murmurou Pollyanna, olhando a figura que se afastava. "Era simpática, mas era também diferente."

Ergueu-se e começou a caminhar devagar pela alameda do parque.

❖

CAPÍTULO VI

Jerry, o salvador

Não se passou muito tempo até que Pollyanna atingisse a orla do parque, numa esquina onde duas ruas se cruzavam. Era uma esquina bela e interessante, com automóveis, carruagens e pedestres. Uma grande garrafa vermelha na vitrine de uma farmácia lhe chamou a atenção, e da rua veio o som de um realejo. Hesitando por um momento, ela atravessou rapidamente a esquina em direção ao lugar de onde vinha a música.

Pollyanna encontrou mais motivos de interesse. Nas janelas das lojas havia objetos maravilhosos, e quando se aproximou do realejo viu cerca de uma dúzia de crianças dançando. Uma cena fascinante! Era tão agradável de observar, que Pollyanna seguiu o realejo por certa distância, apenas para ver as crianças dançando. Na verdade, encontrou-se numa esquina com tanto trânsito, que havia ali um homem grande usando um grande casaco azul com cinturão, para ajudar as pessoas a atravessar a rua. Por um minuto, absorta, ela o observou em silêncio; depois, com certa timidez, começou a atravessar a rua.

Foi uma experiência maravilhosa. O homem grande de uniforme azul logo a viu e prontamente gesticulou para ela. Chegou a caminhar em sua direção. Então, através de uma pista larga, com motores em funcionamento e cavalos impacientes nas duas mãos de direção, Pollyanna caminhou em segurança até a outra calçada. Foi uma sensação deliciosa, tão deliciosa que depois de um minuto atravessou de volta. Por duas vezes, após pequenos intervalos, ela repetiu a façanha observando o trânsito que, como por magia, se detinha quando o homem grande levantava a mão. Na última vez, porém, que o seu condutor a deixou na calçada, lançou-lhe um olhar sério, franzindo a testa.

— Menina, não foi você que atravessou um minuto atrás? E antes disso, já tinha atravessado? — indagou ele.

— Sim, senhor, atravessei quatro vezes! — exultou Pollyanna.

— Bem... — começou o policial, mas Pollyanna continuou falando.

— E a cada vez foi melhor!

— Foi mesmo? — balbuciou o homenzarrão, um tanto sem jeito. Então o bom humor veio à tona num sorriso: — Pensa que estou aqui só para atravessar você, mocinha?

— Não, senhor; com certeza que não está aqui só para mim — sorriu ela, mostrando as covinhas. — Existem todas essas pessoas aqui. Sei o que o senhor é. Um policial! Temos um de vocês lá onde moro, na casa de Mrs. Carew, só que ele é do tipo que só fica na calçada, sabe? Eu costumava achar que eram soldados, por causa dos botões dourados e dos quepes azuis; mas agora aprendi. Só que acho que o senhor é um tipo de soldado... porque é tão corajoso ficando aqui, bem no meio de tantas parelhas e automóveis, para ajudar as pessoas a atravessar.

O homenzarrão corou como um menino e atirou a cabeça para trás numa gargalhada:

— Até parece — interrompeu-se de repente, erguendo a mão.

No momento seguinte estava ajudando uma senhora idosa a passar de uma calçada para outra. Se o passo parecia mais pomposo, e se o peito dele estava um pouco mais cheio do que normalmente, deve ter sido um tributo inconsciente ao olhar da menina que o admirava do local onde a deixara. Um momento depois, após acenar com as mãos em gesto de altivez e condescendência em direção aos motoristas e cocheiros parados, ele retornou até Pollyanna.

— Isso foi esplêndido! — aplaudiu ela, com os olhos brilhantes. — Adoro ver o senhor fazer isso; é como os filhos de Israel atravessando o Mar Vermelho, não é? O senhor fica segurando as ondas para que as pessoas atravessem. Como deve ficar contente a maior parte do tempo, por poder fazer isso! Eu costumava pensar que ser médico era a profissão mais feliz de todas, mas agora admito que ser policial é ainda melhor... ajudar pessoas assustadas a vencerem o medo. E...

Mais uma gargalhada sem jeito do policial interrompeu Pollyanna, e o homem foi de novo para o meio da rua, deixando a menina na calçada.

Por mais um minuto ela observou, fascinada, seu "Mar Vermelho"; em seguida, virando-se para um último olhar saudoso, ela continuou.

"Acho que é melhor ir para casa agora, deve ser quase hora do jantar", ponderou ela. Rapidamente começou a voltar pelo caminho por onde viera.

Só depois de hesitar em várias esquinas e ter dado duas voltas que a levaram para o mesmo lugar, é que Pollyanna entendeu que o fato de "voltar para casa" não seria uma tarefa tão fácil quanto imaginou. E só quando chegou a um prédio que jamais tinha visto, é que percebeu que estava perdida.

Encontrava-se numa rua estreita, suja e não pavimentada. Com prédios sombrios e algumas lojas sem atrativos em ambos os lados. Nas calçadas havia muitos homens e mulheres conversando, embora Pollyanna não conseguisse entender nenhuma palavra. Além do mais, não conseguia deixar de notar que as pessoas olhavam para ela de maneira curiosa, como se soubessem que não pertencia àquele local.

Várias vezes perguntara o caminho, porém em vão. Ninguém parecia saber onde morava Mrs. Carew; nas últimas duas vezes, os que se dirigiram a ela haviam respondido com um gesto e uma combinação de palavras que Pollyanna, depois de pensar um pouco, concluiu ser "holandês", do tipo que os Haggermans, a única família estrangeira em Beldingsville, usavam.

Pollyanna continuou, uma rua depois da outra, andando com muito custo. Agora estava assustada. Também tinha fome e estava cansada. Seus pés doíam e os olhos se apertavam com as lágrimas que ela tentava com esforço impedir que saíssem. O pior é que, sem dúvida, começava a escurecer.

"Bem, de qualquer forma, acho que posso ficar contente por estar perdida", disse para si mesma. "Porque vai ser ótimo quando eu encontrar o caminho certo. Vai ser muito bom!"

Finalmente ela parou, exausta. Não pôde conter as lágrimas, que irromperam de tal modo que, na falta de um lenço, teve de usar as costas das duas mãos para enxugá-las.

— Oi, garota, por que está chorando? — indagou uma voz alegre. — O que foi?

Com um gemido de alívio, Pollyanna voltou-se e deparou com um menino que carregava uma pilha de jornais embaixo do braço.

— Fico muito contente de encontrar você — disse ela. — Queria muito encontrar alguém que não falasse só holandês.

— Holandês, nada! Está querendo dizer a fala dos carcamanos, aposto.

Pollyanna franziu a testa.

— Bem, de qualquer forma não era inglês — disse ela, em dúvida. — E eles não sabiam responder às minhas perguntas. Mas talvez você possa. Sabe onde mora Mrs. Carew?

— Nada, nunca vi mais gorda.

— O quê? — hesitou Pollyanna, cheia de dúvida.

O menino sorriu.

— Eu disse que nunca vi essa senhora nem mais gorda nem mais magra.

— Mas... será que ninguém a conhece, por aqui? — implorou Pollyanna. — Eu saí para dar um passeio e me perdi... fui cada vez mais longe e agora não consigo achar o caminho de volta — contou ela, em tom choroso. — Agora é hora do lanche, quer dizer, do jantar, e está ficando escuro. Quero voltar. *Preciso* voltar.

— Puxa... é, eu também estaria preocupado.

— Pois é... e Mrs. Carew deve estar preocupada, também — suspirou Pollyanna.

— Caramba! Que enrascada — comentou ele. — Mas me diga uma coisa: não sabe o nome da rua que quer ir?

— Não. Só que é um tipo de avenida — respondeu Pollyanna.

— Mmm... uma avenida, é? Bem, já vi que é um lugar de classe. Estamos indo bem. Qual o número da casa? Sabe dizer? Esprema um pouco os miolos.

— Espremer... os miolos? — Pollyanna olhou para ele com um ar de indagação, erguendo as mãos para a cabeça, num gesto hesitante.

O menino a olhou com desdém.

— Ora vamos, você não é tão bobinha assim. Não sabe o número da casa aonde quer ir?

— Não, só sei que tem um sete — arriscou Pollyanna, com ar de esperança.

— Escute só... — exclamou ele, sem dirigir-se a ela. — Tem um sete! E ela espera que eu reconheça quando enxergar!

— Mas eu reconheço a casa, se puder vê-la — declarou Pollyanna animada. — E também reconheço a rua, por causa do lindo jardim que ela tem bem no meio dela inteira.

Dessa vez foi o menino que fez um olhar intrigado.

— Um jardim no meio da rua? — indagou ele.

— É. Com árvores e grama, sabe? Uma calçada no meio, e bancos e...

O menino a interrompeu, com um sorriso.

— Caramba! Macacos me mordam se não é a Avenida Commonwealth...

— Ah, então você sabe onde é? Sabe mesmo? — indagou Pollyanna, olhando ao redor. — Bem, não sei sobre macacos... Não tem macacos lá. Acho que eles não permitem que...

— Que macacos, que nada! Aposto com você que sei onde é... não levo Sir James lá quase todo dia para passear no parque? Posso levar você. Espere aqui até eu terminar meu trabalho e vender os jornais. Depois a gente vai até lá, antes que você possa dizer Jack Robinson.

— Quer dizer que pode me levar para casa? — quis saber Pollyanna, ainda sem entender direito.

— Claro, é moleza. Se você conhecer a casa.

— Ah... conheço a casa, sim. Mas não sei se é moleza.

O menino apenas atirou outro olhar de desdém e partiu para o meio da multidão. Um instante mais tarde, Pollyanna escutou os gritos dele: "Jornal, jornal! Leia o *Herald*, o *Globo*; jornal, senhor?"

Com um suspiro de alívio Pollyanna recuou para um portal e esperou. Estava cansada, mas feliz. A despeito de alguns aspectos intrigantes daquele encontro, acreditava no menino, e confiava em que saberia levá-la direto para casa.

"Ele é simpático, gosto dele", disse para si mesma acompanhando com os olhos a agilidade do menino. "Só que fala engraçado. Parece inglês, mas às vezes fica sem sentido. Enfim, estou contente que ele tenha me encontrado."

Suspirou e aguardou. Não se passou muito tempo até que o menino voltasse, com as mãos vazias.

— Vamos menina. Todos a bordo! — disse ele, alegremente. — Agora vamos a caminho da avenida. Se eu fosse *alguém* realmente, levaria você com estilo para casa, num bonde. Mas como não tenho dinheiro para isso, vamos ter de andar mesmo.

A maior parte do tempo foi uma caminhada silenciosa. Pollyanna, pela primeira vez, sentia-se cansada demais para falar, até mesmo sobre a Sociedade das Senhoras Auxiliadoras; o rapaz estava decidido a tomar o caminho mais curto até seu destino. Quando chegaram ao Parque Municipal, Pollyanna exclamou:

— Ah, estamos quase lá. Lembro daqui. Fiz um passeio muito agradável aqui esta tarde. Não falta muito.

— É isso aí! Já estamos chegando — disse o rapaz. — O que eu disse? Vamos cortar por aqui até a avenida e logo vai chegar em casa, se souber qual é.

— Ah, eu sei qual é a casa — afirmou ela, com a confiança de quem está em território familiar.

Estava escuro quando Pollyanna subiu os degraus da larga escadaria dos Carews. O rapaz tocou a campainha e foi prontamente atendido. Pollyanna viu-se em frente não apenas de Mary, mas de Mrs. Carew, Bridget e Jennie também. As quatro mulheres estavam pálidas e os olhares eram ansiosos.

— Menina, menina... Onde você esteve? — quis saber Mrs. Carew, aproximando-se de Pollyanna.

— Bem, eu... saí para dar um passeio. Me perdi, e esse menino...

— Onde você a encontrou, menino? — interrompeu Mrs. Carew, voltando-se imperiosamente para o acompanhante de Pollyanna.

No momento, ele observava admirado as coisas maravilhosas que havia no saguão amplamente iluminado.

— Onde a encontrou? — repetiu ela bruscamente.

Por um instante ele a observou sem desviar o olhar; então um brilho lhe veio aos olhos, embora sua voz soasse grave, quando falou.

— Bem, eu a achei perto da Praça Bowdoin, e acho que vinha pela Zona Norte, só que não conseguia entender a fala dos carcamanos, então ficou um pouco nervosa com isso, madame.

— Zona Norte... essa menina... sozinha! Pollyanna! — repetiu Mrs. Carew, estremecendo.

— Ah, mas eu não estava sozinha, Mrs. Carew — defendeu-se Pollyanna. — Tinha muita gente lá, não tinha, menino?

Mas o rapaz, com um sorriso esperto, desaparecera porta afora.

Pollyanna aprendeu muitas coisas na meia hora seguinte. Aprendeu que meninas não fazem longos passeios em cidades que não conhecem, nem se sentam em bancos de parque para falar com estranhos. Ficou sabendo, também, que foi um "verdadeiro milagre" ela ter chegado em casa à noite sem que nada de mau lhe tivesse acontecido, e que tinha escapado de muitas... muitas consequências desagradáveis, por sua imprudência. Ficou sabendo que Boston não era Beldingsville, e que não podia comparar as duas cidades.

— Mas, Mrs. Carew — argumentou ela, finalmente, em desespero —, eu estou aqui, não me perdi para sempre. Parece que devia ficar contente com isso, em vez de pensar o tempo inteiro nas coisas ruins que podiam ter acontecido.

— Sim, é verdade, minha criança — suspirou Mrs. Carew. — É que você me assustou tanto que quero ter *certeza* de que isso não vai acontecer nunca mais. Agora venha, meu bem. Deve estar com fome.

Naquela noite, quando estava quase pegando no sono, Pollyanna pensou:

"O caso é que estou triste por não ter perguntado o nome daquele menino, nem onde ele morava. Agora nem posso agradecer a ele".

❖

CAPÍTULO VII

Um novo conhecido

A movimentação de Pollyanna foi cuidadosamente monitorada depois de seu passeio aventuroso; com exceção da escola, não lhe permitiam que saísse de casa a menos que Mary ou a própria Mrs. Carew a acompanhasse. Isso, para Pollyanna, não foi ruim, porque ela adorava tanto a companhia de Mary quanto a de Mrs. Carew. Também foram, em várias ocasiões, bastante generosas com seu tempo. Até mesmo Mrs. Carew, apavorada com o que poderia ter acontecido e aliviada por não ter acontecido nada, desdobrou-se em esforços para distrair a menina.

Com Mrs. Carew, Pollyanna foi a concertos, matinês e visitou a Biblioteca Pública e o Museu de Arte; com Mary fez lindas excursões para "ver" Boston, visitou a Palácio do Governo e a Velha Igreja do Sul.

Por mais que Pollyanna gostasse do automóvel, apreciava ainda mais os bondes, como Mrs. Carew descobriu, surpresa, um dia.

— Nós vamos de bonde? — quis saber Pollyanna, ansiosa.

— Não, Perkins vai nos levar — respondeu Mrs. Carew, percebendo, surpresa, o desapontamento no rosto da menina. — Pensei que você gostasse do automóvel, menina.

— Gosto, sim. E também não iria dizer nada, porque sei que é mais barato do que o bonde, e...

— Mais barato que o bonde! — interrompeu espantada, Mrs. Carew.

— Bem, é verdade — apressou-se em explicar Pollyanna, os olhos bem abertos. — O bonde custa cinco centavos e o automóvel não custa nada, porque é da senhora. E, claro, adoro o automóvel. É que no bonde tem muito mais pessoas, e é tão divertido observar as pessoas! A senhora não acha?

— Bem, Pollyanna, não posso dizer que ache divertido observar as pessoas — respondeu Mrs. Carew, com frieza.

Menos de dois dias mais tarde, Mrs. Carew ouviu algo mais sobre Pollyanna e os bondes... desta vez contado por Mary.

— É estranho, madame — explicava Mary, em resposta ao que sua patroa perguntara. — É estranho como Pollyanna atrai a todos, e sem fazer esforço. Não é que ela faça alguma coisa, porque não faz. Ela só fica ali, com ar de contente. Acho que é só isso. Mas eu já a vi entrar num bonde cheio de gente com cara feia... homens, mulheres, e crianças chorando; em cinco minutos a gente nem reconhece mais o lugar. Os homens e mulheres mudam a expressão, e as crianças esquecem por que choravam. Algumas vezes, é alguma coisa que Miss Pollyanna diz para mim e eles ouvem. Outras, é só o "obrigada" que ela diz para alguém que insiste em nos dar o lugar, e eles vivem fazendo isso... oferecendo lugares para nós. E também é o jeito que ela sorri para um bebê ou para um cão. Aliás, todos os cães abanam o rabo para ela, e todos os bebês, pequenos ou crescidos, sorriem para ela e estendem as mãozinhas. Se nos atrasamos é divertido, e quando pegamos o bonde errado ela acha a coisa mais engraçada do mundo. E é assim com tudo. A gente não consegue ficar de mau humor perto de Miss Pollyanna, mesmo que esteja num bonde cheio de gente que não a conhece.

— É verdade — murmurou Mrs. Carew, virando-se para o outro lado.

Outubro provou ser, naquele ano, um mês particularmente quente e agradável, e, com os dias dourados indo e vindo, logo ficou evidente que se manter próxima aos pés inquietos de Pollyanna era uma tarefa que consumiria bastante tempo e paciência de alguém; Mrs. Carew tinha uma das duas coisas, mas não ambas, nem a disposição de fazer Mary passar o tempo dela (por mais que tivesse paciência) atendendo às necessidades e aos caprichos da menina.

Manter a menina dentro de casa naquelas belas tardes de outubro estava fora de questão. Por isso, em pouco tempo, Pollyanna encontrou-se novamente em seu "enorme belo jardim", o Parque Municipal de Boston, e sozinha. Aparentemente ela estava tão livre quanto da primeira vez, contudo, na realidade, estava cercada por uma verdadeira muralha de regras.

Não podia falar com homens e mulheres desconhecidos; não podia brincar com crianças estranhas, e em circunstância nenhuma devia colocar o pé fora do parque, a não ser para voltar para casa. Além do mais, Mary, que a levava até o parque e a deixava lá, certificava-se de que ela soubesse o caminho de volta, soubesse o ponto onde a Avenida Commonwealth cruzava a Rua Arlington do outro lado do parque. E tinha sempre de ir para casa quando o relógio da torre da igreja assinalava quatro e meia. Pollyanna foi muitas vezes ao parque sob essas condições. Algumas, fora acompanhada pelas colegas da escola. A maior parte das vezes ia sozinha. A despeito dessas restrições severas, ela se divertia muito. Podia observar as pessoas, mesmo que não falasse com elas; podia conversar com os esquilos, os pombos e os pardais que vinham famintos buscar as nozes e os grãos que ela logo aprendeu a levar para eles.

Pollyanna sempre procurava os amigos que fizera naquele primeiro dia... o homem que ficara tão contente por ter suas pernas, braços e olhos, e a bela jovem que não saíra com o moço bonito; porém nunca mais os viu. Encontrava com frequência o menino na cadeira de rodas, e gostaria de poder falar com ele. O menino alimentava pássaros e esquilos também; eram tão mansos que as rolinhas pousavam em sua cabeça e em seus ombros, e os esquilos fuçavam seus bolsos para encontrar nozes. Mas Pollyanna, observando a distância, sempre reparava numa circunstância estranha: a despeito do prazer do menino ao servir aquele banquete, o suprimento de comida sempre acabava quase instantaneamente; e embora ele ficasse invariavelmente tão desapontado quanto o esquilo, nunca remediava a situação trazendo mais comida no dia seguinte, o que parecia a Pollyanna uma falta de poder de previsão.

Quando o menino não estava brincando com os pássaros e os esquilos, estava lendo... sempre lendo. Em sua cadeira geralmente havia dois ou três livros bem usados e às vezes uma ou duas revistas. Geralmente ele se encontrava no mesmo lugar especial e Pollyanna costumava se perguntar como ele chegava lá. Então, num dia inesquecível, ela descobriu. Era um feriado escolar e ela viera para o parque antes do meio-dia; chegando ao lugar onde o via sempre, reparou que ele estava sendo empurrado em um dos caminhos por um rapaz de nariz arrebitado e cabelo cor de areia. Pollyanna olhou bem para o rosto do menino do cabelo claro e correu para ele com um grito de alegria.

— Você... você... eu o conheço. Mesmo que não saiba seu nome.

Você me salvou! Não se lembra? Como estou contente de encontrá-lo! Queria muito agradecer a você!

— Uau... se não é aquela menina simpática perdida da avenida — sorriu ele. — Quem diria! Se perdeu outra vez?

— Não! — respondeu ela, dando pulinhos de alegria. — Agora não posso mais me perder, tenho de ficar aqui. E não posso conversar com quem não conheço, sabia? Claro, com você eu posso porque o conheço, e com ele também posso... depois que você me apresentar.

Terminou de falar, com um olhar brilhante para o menino na cadeira e uma pausa esperançosa.

O jovem de cabelo cor de areia riu consigo mesmo e bateu de leve no ombro do menino da cadeira.

— Escute só! Isso é que é mesmo gente fina. Espere só um pouco enquanto apresento você — comentou fazendo uma mesura exagerada. — Madame, este é Sir James, Lorde do Beco dos Murphys, e...

O menino na cadeira o interrompeu.

— Jerry, pare com isso — disse ele, envergonhado, voltando-se em seguida para Pollyanna. — Já vi você aqui muitas vezes. Vi você alimentar os pássaros e os esquilos, sempre traz bastante coisa para eles! Acho que você gosta mais de Sir Lancelot do que dos outros. Claro, tem a Lady Rowena... ela foi mesmo malvada com Guinevere ontem, quando pegou todo o jantar dela, não foi?

Pollyanna piscou e franziu a testa, olhando de um para outro dos meninos, como se estivesse em dúvida. Jerry riu. Com um empurrão final, acertou a cadeira em seu lugar habitual, e voltou-se para partir. Por sobre o ombro, disse para Pollyanna:

— Sabe, menina, queria dizer uma coisa: esse cara não está louco nem bêbado. São os nomes que ele dá a esses jovens amigos aqui — disse ele, fazendo um gesto em direção às criaturas de penas e pelos que se aproximavam, vindas até eles de todas as direções. — Ele dá nome a todos os bichos, e nem ao menos são nomes de gente. São de personagens dos livros. Conhece? Além disso, ele prefere alimentá-los a alimentar a si mesmo. Não é demais? Até logo, Sir James — despediu-se ele com uma careta para o garoto da cadeira. — Anime-se, agora não tem comida para desperdiçar! Vejo você depois!

Com isso ele partiu.

Pollyanna continuava piscando e franzindo a testa quando o menino da cadeira se voltou para ela com um sorriso.

— Não ligue para Jerry. É o jeito dele. Ele cortaria a mão direita por mim... mas adora provocar. De onde você o conhece? Ele conhece você? Acabou não me dizendo seu nome...

— Sou Pollyanna Whittier. Eu me perdi outro dia e ele me encontrou e me levou para casa — explicou ela, ainda um pouco surpresa.

— Entendo. É típico dele — assentiu o menino. — Ele não me traz aqui todo dia?

Um brilho de simpatia surgiu nos olhos de Pollyanna.

— Não pode andar de jeito nenhum, Sir James?

O menino riu, alegre.

— Sir James... veja só... é só o tipo de brincadeira que ele faz. Não sou Sir.

Pollyanna ficou nitidamente desapontada.

— Não é? Nem Lorde, como ele disse?

— Não mesmo.

— Pena, pensei que você fosse como o Pequeno Lorde Fauntleroy, sabe? E...

— Você conhece o Pequeno Lorde Fauntleroy? — interrompeu o menino. — E conhece Sir Lancelot, e o Santo Graal, e o Rei Artur e a Távola Redonda, e Lady Rowena, e Ivanhoé, e todos esses? Conhece?

Pollyanna imprimiu um movimento duvidoso de assentimento à cabeça.

— Bem, não sei se conheço todos esses — admitiu ela. — São todos personagens de livros?

O menino assentiu.

— Tenho eles aqui... alguns deles, pelo menos. Gosto de ler e reler muitas vezes. Sempre descubro alguma coisa nova neles. Além disso, não tenho outros livros mesmo. Eram de meu pai. Pare com isso, seu malandro! — disse ele, quando um esquilo subiu à cadeira e começou a fuçar em seus bolsos. — Puxa, é melhor a gente começar a dar a refeição para eles, senão vão tentar nos comer — brincou o garoto. — Aquele é Sir Lancelot. Ele sempre é o primeiro, sabe?

De algum lugar ele pegou uma pequena caixa de cartolina que abriu cuidadosamente, prestando atenção ao número de pequenos olhos brilhantes que observavam cada movimento seu. Por toda a volta soava o ruflar de asas, o arrulhar das pombas, o pipilar agudo dos pardais. Sir Lancelot, alerta e faminto, ocupava um dos braços da cadeira. Outro amigo de rabo peludo, menos ousado, sentava-se nas patas traseiras a pouco mais de um metro. Um terceiro esquilo guinchava animadamente nos galhos de uma árvore vizinha.

Da caixa o menino retirou algumas nozes, um pequeno pãozinho e uma rosquinha. Para esta última ele olhou demoradamente, com hesitação.

— Você trouxe alguma coisa? — perguntou ele.

— Trouxe bastante... aqui — respondeu Pollyanna, mostrando o saco de papel que carregava.

— Então talvez eu possa comer hoje — suspirou o menino, deixando a rosquinha na caixa, com certo alívio.

Pollyanna, para quem o significado dessa ação passou despercebido, enfiou os dedos no saco que trouxera, e o banquete começou. Foi uma hora maravilhosa. Para Pollyanna, de certa forma, foi a melhor hora que já havia passado no parque, pois encontrara alguém que podia falar mais rápido e por mais tempo do que ela. Esse estranho jovem parecia ter um estoque inesgotável de histórias maravilhosas sobre bravos cavaleiros e belas damas, sobre torneios e batalhas. Além disso, descrevia de maneira tão vívida suas imagens, que Pollyanna via com seus próprios olhos os feitos de valor, os cavaleiros de armadura e as damas com vestidos adornados de joias e tranças, embora na realidade enxergasse um bando de rolinhas e pardais, e um grupo de esquilos saltitantes num gramado iluminado pelo sol.

As Senhoras Auxiliadoras foram esquecidas. Mesmo o jogo do contente ficou esquecido. Pollyanna, com olhos brilhantes e rosto corado, viajava pela época de ouro, levada por um rapaz alimentado por romances (isso ela não sabia) que tentava condensar, nessa hora única e curta de companhia, dias incontáveis de solidão e tédio. Só quando os sinos tocaram o meio-dia e ela já ia a meio caminho de casa é que se lembrou que nem ao menos sabia o nome do menino.

"Só sei que não é Sir James" — suspirou ela, franzindo a testa. "Mas não faz mal. Amanhã pergunto."

CAPÍTULO VIII

Jamie

Pollyanna não viu o menino "amanhã". Choveu e ela não pôde ir para o parque. Choveu no dia seguinte também. E mesmo no terceiro dia não o viu; embora o sol viesse brilhante e quente, e ela fosse para o parque logo no início da tarde e esperasse bastante tempo, ele não veio. Mas no quarto dia lá estava ele em seu lugar habitual e Pollyanna aproximou-se com uma saudação alegre.

— Estou tão contente de ver você! Mas onde esteve? Não veio ontem.

— Não pude. Ontem, a dor não me deixou vir — explicou o rapaz, que parecia bastante pálido.

— A dor! Oh... você sente dor? — perguntou ela, penalizada.

— Sinto, sim, sempre — concordou ele, com ar resignado mas corajoso. — A maior parte do tempo eu posso suportar e venho aqui do mesmo jeito. A não ser quando fica muito pior, como estava ontem. Nesses dias, não consigo.

— Mas como consegue suportar a dor o tempo todo? — quis saber Pollyanna.

— Bem, *tenho* de suportar — respondeu o menino, arregalando os olhos. — As coisas são assim e não podem ser de outro jeito. Qual a vantagem de pensar de que maneira elas poderiam ser? Além disso, quanto mais dói num dia, melhor é porque a dor se vai no dia seguinte.

— Eu sei. É como no jog... — começou Pollyanna, mas o menino a interrompeu.

— Você trouxe bastante hoje? — quis saber ele, ansioso. — Espero que sim! Sabe, eu não consegui trazer nada hoje. Jerry não tinha dinheiro para comprar amendoins hoje de manhã e ao meio-dia não havia muito para mim na caixa.

Pollyanna ficou chocada.

— Quer dizer que não havia o suficiente para comer? Para o seu almoço?

— Isso — sorriu o rapaz. — Mas não se preocupe. Não é a primeira vez, nem vai ser a última. Estou acostumado. Veja! Aí vem Sir Lancelot.

Entretanto, Pollyanna não estava pensando nos esquilos.

— E não havia mais na sua casa?

— Ah, não. Nunca tem mais em casa — riu o menino. — Sabe, *mumsey* trabalha fora, fazendo faxina, então ela geralmente come nos lugares onde trabalha, e Jerry se vira como pode para comer, exceto à noite e de manhã, aí ele come conosco, quando a gente tem.

Pollyanna ficou ainda mais chocada.

— Mas o que você faz quando não tem nada para comer?

— Fico com fome, claro.

— Mas eu nunca ouvi falar de alguém que não tivesse *nada* para comer — disse Pollyanna arquejando. — Claro, eu e meu pai éramos pobres, e tínhamos de comer feijões e bolinhos de peixe quando a gente queria peru. Mas tínhamos alguma coisa. Por que não fala com as pessoas? Essas pessoas que estão por aí, que moram nas casas?

— De que adianta?

— Bem, com certeza elas podem lhe dar alguma coisa!

O menino riu, dessa vez com uma nota estranha.

— Pois adivinhe, menina. Mais uma para você aprender. Ninguém que conheço fica distribuindo rosbife e bolos com glacê quando se pede. Além disso, se a gente não ficasse com fome de vez em quando, não saberia como pode ser gostoso ter batatas e leite; e eu não teria tanta coisa para colocar no meu Livro da Alegria.

— No seu o quê?

O menino riu sem-graça e corou.

— Esqueça. Por um instante, achei que estava conversando com *mumsey*, ou com Jerry.

— Mas o que é seu Livro da Alegria? — insistiu Pollyanna. — Conte-me, por favor. Aqueles cavaleiros de armadura estão nele?

O menino negou, com um gesto de cabeça. Seus olhos perderam a alegria, tornando-se escuros e insondáveis.

— Não, gostaria que estivessem — respondeu ele, com um suspiro. — Mas quando a gente não consegue nem ao menos andar, não consegue travar batalhas e ganhar troféus, nem receber das mãos de belas damas a espada e o galardão dourado.

Havia uma nova chama nos olhos do menino. Seu queixo se ergueu como em resposta a um toque de clarim. Em seguida essa chama se apagou e ele voltou ao desânimo de antes.

— Não há o que fazer — continuou ele, depois de um minuto de silêncio. — É preciso sentar e pensar; e nesses momentos pensar pode ser uma coisa horrível. Os meus pensamentos foram assim: eu gostaria de ir para a escola e aprender coisas, mais coisas do que *mumsey* pode me ensinar; gostaria de jogar bola com os outros garotos; gostaria de ir vender jornais com Jerry; não gostaria de que cuidassem de mim toda a minha vida. Pensei em tudo isso.

— Sei como é... — disse Pollyanna com os olhos brilhantes. — Não perdi minhas pernas por um tempo?

— Foi mesmo? Então sabe como é, pelo menos em parte. Você tem as suas pernas outra vez. Eu não terei as minhas — afirmou o menino com uma sombra profunda no olhar.

— Você ainda não me contou sobre o Livro da Alegria — lembrou Pollyanna, depois de um momento.

O menino endireitou-se e riu envergonhado.

— Sabe? Não significa muito, no final das contas, a não ser para mim. Você não veria nada de mais nele. Comecei um ano atrás. Estava me sentindo especialmente mal naquele dia. Nada parecia dar certo. Por um tempo eu fiquei ali, só pensando. Depois peguei um dos livros de meu pai para tentar ler. E a primeira coisa que vi foi isto; depois eu decorei, portanto posso dizer:

> Os prazeres são maiores onde nenhum prazer parece haver;
> não há uma folha que caia ao chão e que não contenha
> um pouco de alegria, de silêncio ou de som*.

"Fiquei muito bravo ao ler isso. Gostaria que o sujeito que o escreveu estivesse no meu lugar, para ver que tipo de alegria ele iria encontrar nas minhas "folhas". Fiquei tão irritado que resolvi provar que ele não sabia do que estava falando, então comecei a procurar a alegria nas minhas folhas, sabe? Peguei um caderninho velho que Jerry tinha me dado, e disse a mim mesmo que iria escrever tudo.

---

* Samuel Laman Blanchard. "Alegrias escondidas" *in*: *Oferendas líricas*.

Tudo que tivesse alguma coisa de que eu gostasse iria escrever no caderno. Isso me mostraria quantas alegrias eu tinha..."

— Isso! Isso mesmo — aplaudiu Pollyanna enlevada, quando o menino fez uma pausa para respirar.

— Para dizer a verdade, eu não esperava conseguir tantas, mas... sabe de uma coisa? Consegui muitas. Em quase tudo tinha *alguma coisa* de que eu gostava, então comecei a anotar. A primeira coisa era o próprio caderno, que eu tinha para poder escrever. Então alguém me deu uma flor num vaso, e Jerry encontrou um bom livro no metrô. Depois disso eu comecei a me divertir em procurar essas coisas boas... às vezes eu as encontrava em lugares estranhos. Então um dia Jerry pegou o caderno e descobriu o que era. Foi ele que batizou: o Livro da Alegria. E isso é tudo.

— Tudo? — gritou Pollyanna, espantada e tentando controlar o contentamento em seu rosto. — Mas não vê? Esse é o jogo! Você está jogando o jogo do contente e nem sabe disso... só que está jogando o tempo todo, e muito melhor do que eu poderia! Quer dizer, acho que eu não conseguiria jogar se não tivesse o suficiente para comer e não pudesse andar — disse quase sem ar.

— O jogo? Que jogo é esse? Não sei nada sobre jogos — estranhou o rapaz.

Pollyanna bateu palmas.

— Sei que não. Sei que não e por isso que é tão bom, e maravilhoso. Mas ouça, vou contar o que é esse jogo.

E assim fez.

— Uau! Quem diria? — respirou fundo o menino, cheio de admiração.

— E aqui está você, jogando o meu jogo, melhor do que qualquer pessoa que já conheci, e nem ao menos sei o seu nome, nem nada. Mas eu quero saber tudo sobre você — declarou Pollyanna, em tom de respeito.

— Bah... não há nada para saber! — afirmou o menino, encolhendo os ombros. — Além disso, veja, ainda temos Sir Lancelot e o resto, todos esperando para comer.

— Nossa, é verdade — suspirou Pollyanna, olhando impaciente para as criaturas ao redor. Sem pensar muito, virou seu saquinho de papel e espalhou aos quatro ventos o conteúdo. — Pronto, agora podemos conversar outra vez — disse alegremente. — Em primeiro lugar, queria saber seu nome, por favor. Só sei que não é Sir James.

O menino sorriu.

— Não, não é. Mas é assim que Jerry me chama. *Mumsey* e todos os outros me chamam de Jamie.

— Jamie?!

Pollyanna segurou o fôlego, perplexa. Uma esperança súbita lhe surgiu no olhar. Foi seguida, quase instantaneamente, pelo receio da dúvida.

— *Mumsey* significa "mamãe"?

— Claro que sim!

Pollyanna relaxou visivelmente. Se esse Jamie tinha uma mãe, não poderia, com certeza, ser o mesmo Jamie de Mrs. Carew, cuja mãe morrera havia muito tempo. De qualquer maneira, ele era uma pessoa maravilhosamente interessante.

— Onde você mora? Tem mais alguém na sua família além de Jerry e sua mãe? Você vem aqui todos os dias? Onde está seu Livro da Alegria? Posso ver? Os médicos disseram se você poderá andar outra vez? Onde arrumou essa cadeira com rodas?

O menino riu.

— Puxa, quantas perguntas você quer que eu responda de uma só vez? Acho que vou começar pela última, de trás para a frente, se não esquecer as primeiras. Consegui esta cadeira há mais ou menos um ano. Jerry conhece um desses homens que escreve para o jornal, sabe, e ele escreveu sobre mim, em como eu não podia andar e sobre o Livro da Alegria. Quando percebi, eles estavam todos aqui; vários homens e uma mulher vieram um dia trazendo essa cadeira, e disseram que era para mim. Que leram sobre mim, e queriam que eu ficasse com ela para lembrar deles.

— Puxa, como você deve ter ficado contente!

— Eu fiquei. Levei uma página inteira do caderno para descrever como fiquei alegre com isso.

— Mas você nunca vai poder andar? — perguntou Pollyanna, com os olhos úmidos de lágrimas.

— Parece que não. Eles disseram que eu não podia.

— É, mas foi o que disseram também sobre mim, e depois me mandaram para o Dr. Ames, e fiquei lá quase um ano; ele me fez andar outra vez. Talvez possa fazer o mesmo por você.

O menino sacudiu a cabeça.

— Não poderia, sabe? Quer dizer, eu não poderia ir até ele. Custaria muito caro. O melhor é me conformar por não poder andar outra vez. Mas não importa — o menino jogou a cabeça para trás, com impaciência. — Tento não pensar nisso. Você sabe como é quando a gente começa a pensar numa coisa.

— Sim, claro, desculpe-me por ficar falando nisso — disse Pollyanna, arrependida. — Eu disse que você sabia jogar o jogo muito melhor do que eu. Mas continue. Só me disse a metade. Onde mora? Jerry é o único irmão que você tem?

Num instante o rosto dele mudou. Seus olhos brilharam.

— Sim. Mas ele não é meu irmão de verdade. Não é meu parente e mamãe também não é. Pense só como eles foram bons para mim!

— Como? — indagou Pollyanna, repentinamente alerta. — Quer dizer que sua mamãe não é sua mãe de verdade?

— Não, e isso é o que torna tudo tão...

— E você não tem uma mãe de verdade? — interrompeu Pollyanna, em excitação crescente.

— Não. Não me lembro de nenhuma mãe, e meu pai morreu há seis anos.

— Que idade você tinha?

— Não sei. Eu era pequeno. Mamãe diz que eu talvez tivesse uns seis anos. Foi quando eles me adotaram, sabe?

— E seu nome é Jamie? — perguntou Pollyanna, segurando o fôlego.

— É. Já contei isso.

— E qual o sobrenome? — indagou a menina, com esperança, mas apreensiva.

— Não sei.

— Como assim, não sabe?

— Não me lembro. Eu era muito pequeno, acho. Mesmo os Murphys não sabem. Nunca me chamaram de outra coisa a não ser de Jamie.

Um grande desapontamento assomou ao rosto da menina, mas quase no mesmo instante um pensamento afastou essa sombra.

— Bem, de qualquer forma, se não sabe qual é seu sobrenome, não pode dizer que não seja Kent — exclamou ela.

— Kent? — intrigou-se o rapaz.

— É! — Começou ela animada. — Sabe, tinha um garoto chamado Kent que... — Pollyanna interrompeu-se de repente, mordendo o lábio. Lembrou-se de que seria melhor que esse menino não se enchesse de esperança, nem compartilhasse a vontade que tinha de que ele fosse o Jamie perdido. Seria melhor certificar-se antes de aumentar as expectativas dele, pois de outra forma poderia provocar mais tristeza que alegria. Não esquecera o desapontamento de Jimmy Bean quando ela foi obrigada a dizer a ele que a

Sociedade das Senhoras Auxiliadoras não o queria; e depois uma outra vez, quando no início Mr. Pendleton não o quisera. Estava determinada a não cometer o mesmo erro pela terceira vez; assim, conseguiu assumir um ar de indiferença elaborada sobre aquele assunto perigoso, ao dizer:

— Não se importe muito com Jamie Kent. Fale sobre você. Estou tão interessada!

— Não há nada para dizer. Não sei de nada muito bom — hesitou o menino. — Disseram que meu pai era estranho. Que quase não falava. Não sabiam nem o nome dele. Todos o chamavam de "Professor". Mamãe diz que ele e eu vivíamos numa sala no andar superior da casa dos Lowells, onde eles moravam. Era gente pobre, mas não tão pobre como são agora. O pai de Jerry era vivo naquela época. E tinha um emprego.

— Continue — incentivou Pollyanna.

— Bem, mamãe diz que meu pai sempre estava doente, e que ele foi ficando cada vez mais esquisito; então eles me levavam para o andar de baixo. Eu andava um pouco naquela época, mas minhas pernas não funcionavam bem. Eu brincava com Jerry e com a menina que morreu. Então, quando meu pai morreu, não havia ninguém que pudesse tomar conta de mim; vieram uns homens que queriam me colocar num orfanato, mas mamãe me disse que eu me dava tão bem com Jerry que eles iriam ficar comigo. A menina tinha acabado de morrer e disseram que eu poderia permanecer no lugar dela. Ficaram comigo desde então. Tive uma queda e piorei, e eles empobreceram muito, pois o pai de Jerry morreu. Ainda assim eles me acolheram. Eles são muito bons para quem, como eu, caiu, você não acha?

— É sim — concordou Pollyanna. — Mas eles terão sua recompensa. Sei que terão sua recompensa!

Pollyanna teve suas dúvidas dissipadas. Encontrara o Jamie perdido. Tinha certeza disso. Mas não pretendia ainda falar sobre o assunto. Primeiro Mrs. Carew devia vê-lo. Então... Então! Até mesmo a imaginação fértil de Pollyanna falhou quando tentou visualizar a felicidade reservada a Mrs. Carew e Jamie quando se reunissem.

Ela ficou imediatamente em pé, sem reparar em Sir Lancelot, que voltara e estava em seu colo, procurando mais nozes.

— Agora tenho de ir, mas volto outra vez amanhã. Talvez traga uma senhora comigo que gostará de conhecer você. Estará aqui amanhã, não?

— Claro. Se o tempo permitir. Jerry me traz aqui todas as manhãs... conseguiu um tempo para fazer isso; trago meu almoço e fico até quatro horas. Jerry é muito bom para mim; é mesmo!

— Eu sei que é — assentiu Pollyanna. — E talvez você descubra outra pessoa que também será boa para você.

Com essa enigmática observação e um sorriso radiante, ela se foi.

❖

CAPÍTULO IX

Planos e maquinações

No caminho para casa, Pollyanna fez planos alegres. No dia seguinte, de uma forma ou de outra, Mrs. Carew poderia ser persuadida a fazer um passeio no Parque Municipal. Como isso iria se realizar, Pollyanna ainda não sabia, mas precisava ocorrer.

Dizer a Mrs. Carew que havia encontrado Jamie e queria que ela o visse estava fora de questão. Havia o risco de que não fosse o Jamie dela; se isso acontecesse e ela levantasse em Mrs. Carew novas esperanças, o resultado poderia ser desastroso. Pollyanna sabia, pelo que Mary lhe contara, que por duas vezes Mrs. Carew já passara pelo desapontamento de seguir pistas falsas que levaram a meninos completamente diferentes do filho de sua irmã. Assim, ela entendeu que não poderia dizer a Mrs. Carew que queria que ela fosse no dia seguinte para o Parque Municipal. Mas havia uma maneira de fazer isso, disse para si mesma, enquanto feliz se apressava na direção de casa.

O destino, porém, interveio mais uma vez na forma de uma chuva pesada; Pollyanna não precisou fazer mais do que olhar para fora da janela na manhã seguinte para saber que não haveria passeio no parque naquele dia. Pior ainda, nem no dia seguinte nem no outro as nuvens se dissiparam e Pollyanna passou três tardes vagando de janela em janela, olhando o céu e perguntando ansiosamente para todos:

— Não acha que já está clareando um pouquinho?

Esse comportamento era incomum por parte da menina habitualmente alegre; e as perguntas eram tão constantes que por fim Mrs. Carew perdeu a paciência:

— Mas que coisa, menina, qual é o problema? — bradou ela. — Nunca vi você tão nervosa a respeito do tempo. Onde está aquele seu jogo maravilhoso hoje?

Pollyanna enrubesceu e ficou passada.

— Puxa vida, admito que desta vez eu esqueci mesmo o jogo. Com certeza existe algo para se ficar contente aqui, se eu procurar um pouco. Posso ficar contente que em algum momento a chuva vai parar, porque Deus disse que nunca mais mandaria outro Dilúvio. Mas é que eu gostaria muito que hoje fosse um dia agradável.

— E por que especialmente hoje?

— Ah, é que eu queria tanto ir ao parque hoje — disse Pollyanna, tentando não parecer muito interessada. — Achei que gostaria de ir comigo também.

Exteriormente, Pollyanna era o próprio retrato da indiferença, entretanto, por dentro, ela estava tremendo de excitação e suspense.

— Queria que eu fosse ao Parque Municipal? — estranhou Mrs. Carew, com as sobrancelhas levemente erguidas. — Obrigada, meu bem, mas acho que não iria.

— Mas a senhora não pode recusar — deixou escapar a menina, com uma nota de pânico na voz.

— Pois já recusei.

Pollyanna engoliu em seco e empalideceu.

— Mrs. Carew, por favor, por favor, não diga que se recusa a ir quando o tempo ficar bom — suplicou ela. — Sabe, existe um motivo especial para que eu queira que a senhora vá comigo, só esta vez.

Mrs. Carew franziu a testa. Abriu a boca para recusar com maior decisão, porém algo nos olhos suplicantes de Pollyanna deve ter mudado suas palavras, pois, quando foram pronunciadas, saíram como uma relutante aquiescência.

— Bem, criança, desta vez vamos fazer do seu jeito. Mas, se eu prometer ir, você precisa prometer não se aproximar da janela por uma hora nem perguntar outra vez se o tempo vai clarear.

— Sim, senhora; quer dizer, não, senhora, não vou perguntar — respondeu apressadamente Pollyanna. Então, uma pálida luz, quase um raio de sol, atravessou a vidraça e ela gritou de satisfação: — Parece que vai mesmo... Oh! — interrompeu-se, de repente, e saiu correndo da sala.

Sem dúvida, o tempo "clareou" na manhã seguinte. Mas, embora o sol brilhasse, havia um frio inequívoco no ar, e, à tarde, quando Pollyanna voltou da escola, ventava forte. A despeito dos protestos, entretanto, ela insistiu que era um dia perfeito e que seria completamente infeliz se Mrs. Carew não fosse com ela dar um passeio no Parque Municipal. E lá se foi Mrs. Carew, protestando, ao lado da menina.

Como seria de se esperar, foi uma jornada infrutífera. Juntas, a mulher impaciente e a menina, com o olhar ansioso, percorreram tremendo de frio uma trilha após a outra. (Pollyanna, ao não encontrar o menino em seu local habitual, começou a buscar freneticamente em todos os cantos do parque. Para ela, parecia que as coisas não poderiam acontecer daquela forma. Ali estava ela, no parque, com Mrs. Carew; mas em nenhum lugar encontrou Jamie... e, ainda assim, não disse uma palavra a Mrs. Carew.) Finalmente, entre enregelada e exasperada, Mrs. Carew insistiu em voltar para casa, e a menina, decepcionada, teve que aceitar.

Os dias que se seguiram foram tristes para Pollyanna. Em sua concepção, aquilo estava perto de um segundo Dilúvio, porém, para Mrs. Carew, não passavam das habituais chuvas de outono; e trouxeram uma série de dias úmidos, nublados, frios e tristes, em que ora garoava e ora, para piorar, chovia forte. Se porventura havia um dia de sol, Pollyanna ia até o parque; porém em vão. Jamie não estava lá. Era já meados de novembro e o próprio jardim adquiria um clima deprimente. As árvores estavam nuas, os bancos quase vazios, e nenhum barco flutuava no lago. É verdade, os esquilos e os pombos continuavam lá, e os pardais, como sempre, estavam ativos, entretanto, alimentá-los era mais uma tristeza do que uma alegria, pois cada movimento brejeiro da cauda de Sir Lancelot trazia memórias dolorosas daquele menino que o tinha batizado... e que não estava lá.

"E pensar que não descobri onde ele mora", resmungava Pollyanna para si mesma, vezes sem conta, à medida que os dias se passavam. "E era Jamie, simplesmente sei que era. Agora preciso esperar, e esperar até que chegue a primavera e fique quente o suficiente para ele vir passear no parque. Por outro lado, pode ser que eu não esteja aqui na primavera. Puxa vida, era Jamie, eu sei que era Jamie!"

Até que numa tarde aconteceu o inesperado. Passando pelo salão superior, Pollyanna escutou vozes alteradas no saguão de entrada, uma delas sendo a de Mary, enquanto a outra... a outra...

— Nem pensar. Que pedinte, que nada, não me ouviu? Quero ver a menina, Pollyanna. Tenho um recado para ela, de Sir James! Agora vá lá, pode ser? Chame-a.

Com um grito de alegria, a menina desceu as escadas.

— Estou aqui, estou aqui! O que foi? Jamie mandou você me procurar? — balbuciou ela, ofegante.

Em sua excitação estava quase se atirando com os braços estendidos na direção do rapaz, quando Mary se interpôs entre os dois.

— Miss Pollyanna, Miss Pollyanna, quer dizer que conhece esse mendigo?

O menino corou furioso, porém, antes que pudesse responder à altura, Pollyanna interveio a seu favor.

— Ele não é um mendigo. Ele veio por parte de um de meus melhores amigos. Além disso, é aquele que me encontrou e me trouxe para casa quando me perdi — explicou ela, voltando-se em seguida para Jerry: — O que foi? Jamie mandou você?

— Mandou, sim. Ele "capotou" há um mês, e não levantou ainda.

— Ele... o quê?

— Capotou... quer dizer, caiu de cama. Está doente... diz que quer ver você. Pode vir?

— Doente? Puxa, sinto muito — lamentou Pollyanna. — Claro que vou. Vou pegar meu casaco agora mesmo.

— Miss Pollyanna! Mrs. Carew não a deixaria ir a lugar nenhum com um rapaz estranho como esse — lembrou Mary, com expressão severa.

— Mas ele não é um estranho! Eu o conheço há muito tempo — argumentou Pollyanna. — Além disso, preciso ir...

— O que está acontecendo aqui? — indagou Mrs. Carew, com voz fria, da porta do estúdio. — Pollyanna, quem é esse menino, e o que ele está fazendo aqui?

Pollyanna voltou-se, com uma exclamação de surpresa.

— Mrs. Carew, vai me deixar ir, não vai?

— Ir aonde?

— Ver meu irmão, madame — interrompeu o menino, esforçando-se para ser educado. — Ele não está bem, sabe? E não me deixou em paz até que eu viesse aqui, atrás dela — completou, com um gesto em direção de Pollyanna. — Ele parece que arrasta um bonde por ela...

— Posso ir, não posso? — pediu Pollyanna.

Mrs. Carew franziu a testa.

— Ir com esse rapaz, você? Nem pensar, Pollyanna! Será que está raciocinando direito?

— Mas eu queria que a senhora fosse junto — começou Pollyanna.

— Eu? Mas isso é absurdo, menina. Impossível. Você pode dar um pouco de dinheiro a esse rapaz, se quiser, mas...

— Obrigado, madame, mas não vim para pedir dinheiro — ressentiu-se Jerry, os olhos fuzilando. — Vim para ... buscá-la.

— Isso. E esse é Jerry, Mrs. Carew, Jerry Murphy, o menino que me encontrou quando eu estava perdida e me trouxe para casa, lembra? — disse Pollyanna. — Agora deixe que eu vá?

Mrs. Carew sacudiu a cabeça.

— Isso está fora de questão Pollyanna.

— Mas ele disse que Jam... que o outro menino está doente, e precisa de mim!

— Não posso fazer nada quanto a isso.

— Eu o conheço bem mesmo, Mrs. Carew. De verdade. Ele lê livros... livros adoráveis, cheios de cavaleiros, lordes e damas; ele alimenta os esquilos e os pássaros, e dá nome a todos. Só que não pode andar, e há dias não tem o que comer — disse Pollyanna ofegante. — Ele está jogando o jogo do contente há mais de um ano, e nem sabia disso. E joga muito melhor do que eu. Eu procurei por ele, no parque, muitos dias. De verdade, Mrs. Carew, preciso ver esse menino, não posso perdê-lo outra vez! — terminou Pollyanna, quase chorando.

Um rubor de irritação subiu ao rosto de Mrs. Carew.

— Francamente, Pollyanna, isso é um completo disparate. Estou surpresa com você, por insistir tanto em fazer uma coisa que sabe que eu desaprovo. Não posso permitir que vá com esse rapaz. E, por favor, não quero mais falar sobre esse assunto.

Uma nova expressão surgiu no rosto de Pollyanna. Com o olhar meio apavorado, meio exaltado ela ergueu o queixo para enfrentar Mrs. Carew. Trêmula, mas cheia de determinação, ela começou a falar:

— Neste caso, vou ter de contar. Eu não queria, pelo menos até ter certeza. Queria que o visse primeiro, mas não tenho alternativa agora. Tenho a impressão, Mrs. Carew, que esse menino é... Jamie.

— Jamie! Mas... não o meu Jamie! — disse ela, com o rosto pálido.

— Ele mesmo.

— Isso é impossível!

— Sei disso. Mas, por favor, escute. O nome dele é Jamie, e ele não sabe o sobrenome. O pai dele morreu quando ele tinha seis anos de idade, e ele não se lembra de sua mãe. Acha que tem doze anos agora. Essas pessoas ficaram com ele quando o pai morreu, e o pai era esquisito, quase não falava, nem disse o nome a eles, e...

Mrs. Carew fez um gesto, impedindo-a de continuar. Estava muito pálida, porém seus olhos brilhavam.

— Vamos imediatamente — disse ela. — Mary, diga a Perkins para trazer o carro o mais rápido possível. Pollyanna vá pegar seu chapéu e o casaco. Menino, espere aqui por favor. Estaremos prontas para ir com você agora mesmo.

No instante seguinte, subiu apressada as escadas.

No saguão, o menino soltou um longo suspiro.

— Uau, nós vamos de automóvel! Isso é que é classe, puxa vida. Que dirá Sir James disso?

❖

CAPÍTULO X

No Beco dos Murphys

Com o ronronar opulento que parecia típico das limusines de luxo, o carro de Mrs. Carew deslizou pela Avenida Commonwealth, virou na Rua Arlington, e depois na Charles. No interior, acomodavam-se uma menina de olhos brilhantes e uma mulher de rosto pálido. Do lado de fora, dando instruções ao motorista, que o encarava com franca desaprovação, estava Jerry Murphy, sentindo-se extraordinariamente orgulhoso e extremamente importante.

Quando a limusine parou à frente de uma porta em péssimo estado, num beco estreito e sujo, o menino apeou e, com uma imitação ridícula das mesuras que tantas vezes observara, abriu a porta do carro e aguardou que as damas descessem. Pollyanna foi a primeira, os olhos arregalando-se com assombro e desagrado ao observar os arredores. Atrás dela veio Mrs. Carew, estremecendo visivelmente ao deparar-se com a sujeira, a sordidez e as crianças maltrapilhas que se reuniram gritando e falando, saídas das horríveis acomodações, cercando o veículo em poucos segundos.

Jerry acenou os braços, irritado.

— Fora daqui, vocês! Isso aqui não é cinema de graça! — gritou ele para a multidão heterogênea. — Abram caminho para a gente passar. Jamie tem visitas.

Mrs. Carew estremeceu novamente e colocou a mão trêmula sobre o ombro de Jerry.

— Não pode ser aqui! — ela recuou.

Mas o menino não escutou. Forçou o caminho com empurrões e movimentos dos punhos e cotovelos, abrindo espaço para a passagem; antes que Mrs. Carew percebesse, ela já estava com o menino e Pollyanna ao pé de escadas precárias, num saguão escuro e malcheiroso.

Mais uma vez ela estendeu a mão trêmula.

— Esperem! — ordenou com voz rouca. — Lembrem-se, nenhum de vocês diga nenhuma palavra sobre a possibilidade de esse menino ser quem estou procurando. Quero ver por mim mesma, primeiro, e fazer algumas perguntas a ele.

— Claro — concordou Pollyanna.

— Certo, estou nessa — disse o menino. — De qualquer jeito, tenho de sair logo, então não vou incomodar ninguém. Mas tomem cuidado nestas escadas. Sempre têm alguns buracos, e geralmente há uma ou duas crianças dormindo em algum lugar por aí. Além disso, o elevador não está funcionando hoje — acrescentou irônico. — Vamos subir até o último.

Mrs. Carew encontrou os "buracos", que revelaram ser tábuas quebradas que rangiam e curvavam-se perigosamente sob o peso do corpo; e viu uma "criança"... um bebê de dois anos de idade brincando com uma lata amarrada a um barbante, que ele se divertia em arrastar pelos degraus. Por todos os lados as portas se abriam, ostensivamente ou às ocultas, mas sempre revelando mulheres desgrenhadas ou crianças curiosas com rostos sujos. De algum lugar vinha o choro lamuriante de um bebê. De outro, um homem praguejava. Tudo cheirava a uísque barato, repolho passado e corpos mal lavados.

Ao topo da terceira escada o menino parou à frente de uma porta fechada.

— Só estou pensando no que Sir James dirá quando vir o presente especial que estou trazendo para ele — murmurou Jerry, com voz rouca. — Sei o que mamãe vai fazer. Em pouco tempo vai abrir a torneirinha de lágrimas, quando perceber como Jamie é querido.

No momento seguinte ele escancarou a porta e disse alegremente:

— Aqui estamos nós! E viemos de automóvel... foi um luxo só, Sir James.

Era um quarto pequeno, frio, sem alegria e dolorosamente vazio, porém cuidadosamente limpo. Não havia cabelos desgrenhados, nem crianças curiosas, nem odor de uísque barato, nem de repolho ou corpos mal lavados. Havia duas camas, três cadeiras quebradas, uma mesa feita de caixotes de frutas e um fogão com uma chama tão fraca, que não era suficiente para aquecer nem aquele pequeno aposento. Numa das camas estava um jovem com o rosto avermelhado e os olhos brilhantes de febre. Próximo à cama encontrava-se uma mulher pálida, curvada e retorcida pelo reumatismo.

Mrs. Carew entrou no quarto, e, como para se equilibrar, parou um minuto com as costas apoiadas contra a parede. Pollyanna adiantou-se com um grito de alegria e Jerry retornou por onde tinham vindo:

— Desculpem, mas tenho de ir agora, até logo!

— Jamie, estou tão feliz de ter encontrado você! — exclamou Pollyanna. — Não faz ideia de como procurei você todos os dias. Sinto muito que esteja doente.

Jamie sorriu radiante e esticou a mão pálida.

— Pois eu não sinto... estou contente, porque isso trouxe você até aqui. Além disso, estou bem melhor agora. Mamãe, esta é a menina que faz o jogo que eu lhe contei. Mamãe também está jogando — disse ele, voltando-se para Pollyanna outra vez. — No começo ela reclamava, porque as costas doíam muito e não podia ir trabalhar; depois, quando eu piorei, ela ficou contente por estar aqui para cuidar de mim, sabe?

Nesse instante, Mrs. Carew inclinou-se para a frente, com os olhos, ao mesmo tempo de temor e esperança, postos no rosto do menino acamado.

— É Mrs. Carew, Jamie. Eu a trouxe para ver você — afirmou Pollyanna, com voz trêmula.

A mulher encurvada ao lado da cama com esforço levantou-se e agora oferecia nervosamente sua cadeira. Mrs. Carew aceitou-a, sem lhe dirigir o olhar. Seus olhos ainda estavam fixos no menino deitado.

— Seu nome é Jamie? — quis saber ela, falando com dificuldade.

— Sim, madame — respondeu o menino, fitando-a diretamente.

— Qual é seu sobrenome?

— Não sei.

— Ele não é seu filho? — pela primeira vez Mrs. Carew dirigiu-se à mulher encurvada, que ainda permanecia ao lado da cama.

— Não, madame.

— E não sabe o sobrenome dele?

— Não, madame, nunca soube.

Com um gesto desesperado, Mrs. Carew voltou-se para o menino.

— Pense, pense um pouco... não se lembra de nada do seu nome, a não ser Jamie?

O menino sacudiu a cabeça, com o olhar intrigado e surpreso.

— Não, de nada.

— Não tem nada que tivesse pertencido a seu pai, que pudesse ter o nome dele escrito?

— Não havia nada que valesse a pena guardar, a não ser esses livros — interveio Mrs. Murphy. — Eram dele. Talvez queira olhar — sugeriu ela, apontando a prateleira do outro lado da sala. Depois, curiosa, quis saber: — Pensa que talvez o conhecesse, madame?

— Não sei — murmurou Mrs. Carew, com voz abalada, enquanto levantava e se dirigia para a estante.

Não havia muitos deles, talvez dez ou doze. Havia um volume de peças de Shakespeare, um *Ivanhoé*, um *Dama do Lago* bastante folheado, um livro de poemas variados, um *Tennyson* sem capa, um *Pequeno Lorde Fauntleroy* e dois ou três livros de história medieval. Porém, embora Mrs. Carew examinasse cada um deles, não encontrou nada escrito à mão em nenhum. Com um suspiro desesperado, voltou-se para o menino e para a mãe, que a observavam com olhares curiosos.

— Gostaria que me contassem, ambos, o que sabem sobre si mesmos — afirmou ela, deixando-se cair na cadeira ao lado da cama.

Os dois relataram. Em essência era a mesma história que Jamie contara a Pollyanna no Parque Municipal. Havia pouca coisa nova e nada significativa, a despeito das perguntas incisivas feitas por Mrs. Carew. Quando terminaram, Jamie voltou os olhos para ela.

— Acha que conheceu meu pai? — indagou ele, sério.

Mrs. Carew colocou as mãos nas têmporas e cerrou os olhos.

— Não tenho certeza. Mas acredito que não.

Pollyanna soltou um pequeno gemido de frustração, que logo foi suprimido em resposta a um olhar de censura de Mrs. Carew. Consternada começou a examinar o quarto.

Jamie, só após desviar os olhos do rosto de Mrs. Carew, se deu conta de suas obrigações como anfitrião. Voltou-se para Pollyanna:

— Que bom que vieram! Como está Sir Lancelot? Tem conseguido alimentá-lo? — Então, como Pollyanna não respondesse imediatamente, seguiu-lhe o olhar que se fixava nas flores cor-de-rosa que estavam numa garrafa com o gargalo quebrado junto à janela. — Viu meu buquê? Jerry o encontrou. Acho que alguém o deixou cair e ele o apanhou. Não é bonito? E ainda tem perfume.

Mas Pollyanna não deu mostras de tê-lo ouvido. Ainda deixava o olhar percorrer o aposento, esfregando as mãos nervosamente.

— Não vejo como consegue fazer o jogo aqui, Jamie — hesitou ela, estremecendo. — Não creio que possa haver um lugar tão ruim para se viver.

— Nossa, você devia ver a casa dos Pikes, no andar de baixo —

respondeu ele, com segurança. — É muito pior. Você não faz ideia das coisas boas que existem aqui neste quarto. Por exemplo, temos quase duas horas de sol todos os dias, no inverno, quando ele brilha. E se você chegar perto da janela pode enxergar um bocado de céu. Se ao menos a gente pudesse manter este lugar! Mas temos de sair, sabe? Isso é que está nos preocupando.

— Sair?

— É, estamos atrasados com o aluguel... mamãe tem estado doente, e não consegue ganhar nada — disse Jamie, com voz trêmula, apesar de um sorriso encorajador. — Mrs. Dolan, lá debaixo, a mulher que guarda minha cadeira, está nos ajudando esta semana. Mas claro que ela não pode fazer isso sempre, e teremos de ir, se Jerry não ficar rico de repente, ou algo parecido.

— Mas será que a gente não podia... — começou Pollyanna.

Mas calou-se. Mrs. Carew levantara-se de repente.

— Vamos Pollyanna, temos de ir — afirmou ela. Em seguida, voltou-se para a mulher: — Não terão de sair. Vou mandar dinheiro e comida imediatamente e vou mencionar seu caso numa das associações de caridade das quais participo, e eles irão...

Interrompeu-se, surpresa. A pequena figura curvada da mulher fizera-se quase ereta. O rosto de Mrs. Murphy estava vermelho. Seus olhos pareciam emitir fogo.

— Muito obrigada, Mrs. Carew, mas não — declarou ela, com voz trêmula, porém orgulhosa. — Deus sabe que somos pobres, mas não aceitamos caridade.

— Isso não faz sentido — protestou Mrs. Carew. — Estão aceitando ajuda da mulher que mora embaixo. O menino mesmo falou.

— Eu sei, mas isso não é caridade — insistiu a mulher, ainda com voz trêmula. — Mrs. Dolan é minha amiga. Ela sabe que eu faria isso por ela da mesma forma como já fiz no passado. Ajuda de amigo não é caridade. Eles se importam e isso faz diferença. Não fomos sempre assim, nem estivemos antes na situação em que estamos agora. Isso torna tudo muito pior. Obrigada, mas não poderíamos aceitar seu dinheiro.

Mrs. Carew franziu a testa, com raiva. Fora uma hora exaustiva, repleta de emoções e decepcionante. Ela jamais fora paciente, e agora estava exasperada, apesar do cansaço.

— Como quiser — respondeu ela, friamente. Acrescentou então, com vaga irritação: — Mas por que não vai até seu senhorio e insiste para que ele torne mais confortável estas acomodações, enquanto fica? Com certeza tem direito a algo mais do que janelas quebradas tampadas com trapos e jornais! E as escadas pelas quais subi, são indiscutivelmente perigosas.

Mrs. Murphy suspirou desencorajada. Sua figura retornara à posição anterior, as costas curvadas.

— Já tentamos fazer alguma coisa, mas nunca resultou em nada. Nunca vemos ninguém, a não ser o agente. Ele diz que os aluguéis são baixos demais para que o proprietário gaste o dinheiro em consertos.

— Bobagem! — disse Mrs. Carew, tendo descoberto uma válvula de escape para sua exasperação. — É uma vergonha. E mais, essas escadas são, com toda a certeza, um caso típico de violação da lei. Vou assumir esse assunto, até que seja resolvido. Qual o nome desse agente, e quem é o proprietário deste lugar?

— Não sei o nome do proprietário, madame, mas o agente se chama Mr. Dodge.

— Dodge! Está querendo dizer... Henry Dodge? — perguntou Mrs. Carew, voltando-se com um olhar diferente.

— Isso, madame. O nome dele é Henry, se não me engano.

Um rubor subiu ao rosto de Mrs. Carew, depois desapareceu, dando lugar a uma palidez ainda maior do que antes.

— Muito bem, vou cuidar disso — afirmou ela, num murmúrio. — Vamos Pollyanna, precisamos ir.

Ao lado da cama, Pollyanna despedia-se de Jamie, com os olhos úmidos.

— Eu voltarei, e voltarei logo — ela prometeu radiante.

Esperou até que descessem os três longos lances de escadas e que atravessassem a multidão de homens, mulheres e crianças que cercavam um Perkins mal-humorado e a limusine, até que pudesse falar outra vez. Só depois que o motorista bateu a porta atrás delas é que a menina pediu:

— Por favor, Mrs. Carew, por favor, diga que era Jamie! Seria tão bom para ele, se fosse Jamie...

— Mas ele não é Jamie.

— Oh... tem certeza disso?

Houve um momento de silêncio, depois Mrs. Carew cobriu o rosto com as mãos.

— Não, não tenho certeza... e isso é o trágico. Não acho que seja ele, mas não tenho certeza disso. Naturalmente, existe uma possibilidade de que seja. E é isso que está me matando.

— Então não pode apenas imaginar que ele é Jamie? — suplicou

Pollyanna. — E agir como se fosse? Então podia levá-lo para sua casa, e... — Contudo, Mrs. Carew interrompeu agressiva:

— Levar esse menino para casa mesmo não sendo Jamie? Nunca poderia fazer isso, Pollyanna.

— Mas, se não pode ajudar Jamie, acho que deveria ficar contente que há alguém como ele que a senhora pode ajudar — disse Pollyanna, emocionada. — E se o seu Jamie for como esse Jamie, pobre e doente, não gostaria que alguém o aceitasse, cuidasse dele, e...

— Não diga isso, Pollyanna — pediu Mrs. Carew, agitando aflita a cabeça. — Quando eu penso que talvez o nosso Jamie esteja...

Interrompeu a frase com um soluço.

— É isso mesmo que eu quero dizer, isso mesmo — argumentou Pollyanna empolgada. — Se for mesmo seu Jamie, claro que a senhora vai querer ficar com ele, e, se não for, não vai fazer mal nenhum para o outro Jamie se aceitar este, e ainda a senhora estará fazendo muito bem, porque fará este feliz, tão feliz! Então, aos poucos, se descobrir o Jamie verdadeiro, não terá perdido nada, só terá feito dois meninos felizes em lugar de um só. E...

— Espere, Pollyanna, quero pensar — interrompeu Mrs. Carew. — Preciso pensar...

Pollyanna recostou-se no banco, os olhos cheios de lágrimas. Com esforço visível ficou quieta por quase um minuto. Então não se conteve:

— Mas que lugar horrível, aquele! Gostaria que o dono desse lugar vivesse um pouco ali, para ver se teria algo para se alegrar!

Mrs. Carew sentou-se, ereta, no banco. Seu rosto mostrou uma curiosa mudança de expressão. Quase como se acenasse para a menina.

— Talvez ela não soubesse, Pollyanna — disse num lamento. — Tenho certeza de que não sabia qual era o estado do prédio. Mas agora será consertado.

— Ela? É uma mulher a proprietária? A senhora a conhece? Conhece o agente também?

— Sim — respondeu Mrs. Carew, mordendo os lábios. — Eu a conheço, e conheço o agente.

— Que bom, então tudo vai ficar bem agora — suspirou Pollyanna.

— Bem, certamente vai melhorar — concordou enfaticamente Mrs. Carew, enquanto o carro parava em frente à porta da casa.

Ela falava como quem sabia o que estava dizendo. E talvez soubesse mesmo... mais do que dizia a Pollyanna. Com certeza, antes de dormir naquela noite, escrita por suas próprias mãos, enviou uma carta, endereçada a um certo Henry Dodge, convocando-o para uma reunião imediata com relação a determinados reparos e mudanças nos prédios que possuía. Havia ainda várias sentenças específicas, como "janelas tampadas com trapos e jornais", e "escadarias remendadas", que causaram a esse mesmo Henry Dodge uma expressão irritada, e uma palavra de baixo calão dita entre os dentes, ao mesmo tempo que empalidecia com uma sensação muito parecida como medo.

❖

CAPÍTULO XI

Uma surpresa para Mrs. Carew

Tendo solucionado o assunto dos reparos e melhorias adequadamente, Mrs. Carew disse a si mesma que tinha cumprido com seu dever, e que o assunto estava encerrado. Pretendia esquecê-lo. O menino não era Jamie... não podia ser Jamie. Aquele menino ignorante, aleijado e doente ser o filho de sua irmã falecida? Impossível! Apagaria aquele assunto de seus pensamentos.

O caso é que Mrs. Carew encontrava-se diante de uma barreira intransponível; aquilo tudo não saía de seus pensamentos. Sempre aparecia diante de seus olhos a imagem daquele pequeno quarto e do menino de rosto melancólico. Em seus ouvidos era recorrente a pergunta de cortar o coração: "E se fosse Jamie?" E havia também Pollyanna; embora Mrs. Carew pudesse (como pôde) calar os apelos e perguntas da menina, não havia como fugir de seu olhar suplicante e de censura.

Mais duas vezes Mrs. Carew, sem esperanças, foi ver o menino, dizendo a si mesma a cada vez que a visita era necessária para convencer-se de que o menino não era quem procurava. Enquanto estava lá, na presença do menino, sentia-se convencida, porém, uma vez longe, as dúvidas retornavam. Finalmente, em total desespero, ela escreveu para sua irmã, e contou a história toda.

"Eu não tinha intenção de contar a você", continuou, depois de relatar o caso.

Não queria deixar você ansiosa nem levantar falsas esperanças. Tenho certeza de que não é ele, mas, ao mesmo tempo que escrevo estas palavras, sei que não tenho certeza. Por isso eu queria que você viesse. Eu preciso que venha para vê-lo.

Imagino o que vai dizer! É verdade que não vemos nosso Jamie desde que ele tinha quatro anos de idade! Ele teria doze agora. Esse menino tem doze, eu diria (ele não sabe a própria idade). Tem cabelo e olhos que não são diferentes dos de nosso Jamie. É aleijado, mas isso aconteceu após uma queda, seis anos atrás, e piorou com outra, quatro anos mais tarde. Parece impossível obter uma descrição completa da aparência do pai, mas o que pude saber não leva à conclusão, nem contra nem a favor, de ser o pobre marido de Doris. Ele era chamado de o "Professor", e era muito estranho e não possuía nada a não ser alguns livros. Isso pode, ou não, significar alguma coisa. John Kent era com certeza muito estranho e bastante boêmio em suas preferências. Se ele gostava ou não de livros, não me lembro. Você lembra? Naturalmente o título "Professor" poderia facilmente aplicar-se, se ele desejasse, ou poderia ter sido conferido por outros. Quanto ao menino... não sei, não sei mesmo. Mas espero que você saiba.

Sua irmã confusa,

RUTH

Della veio imediatamente, e na mesma hora foi visitar o menino; mas não "soube". Como sua irmã, ela disse que não acreditava ser o Jamie que procuravam; porém, ao mesmo tempo, havia a possibilidade... poderia ser ele, afinal. Como Pollyanna, entretanto, ela pensou em uma forma satisfatória de sair daquele dilema.

— Por que não o aceita, minha querida? — propôs ela à irmã. — Por que não o traz e o adota? Seria adorável para ele, pobre menino, e...

Mas Mrs. Carew não a deixou terminar.

— Não, não posso! — disse num gemido. — Quero o meu Jamie, só o meu Jamie, e ninguém mais.

Com um suspiro, Della desistiu e retornou para o trabalho.

Entretanto, se Mrs. Carew pensou que isso encerraria o caso, estava enganada outra vez, pois seus dias eram inquietos e suas noites, insones, ou repletas de sonhos de "pode ser" ou de um "talvez seja" que se revestia de "é ele". Além disso, estava passando por um período difícil com Pollyanna.

Pollyanna estava intrigada. Cheia de perguntas e desassossego. Pela primeira vez em sua vida estava lidando com a pobreza de verdade. Conhecera pessoas que não tinham o suficiente para comer, que vestiam farrapos, e que viviam em quartos muito pequenos, sujos e escuros. Seu primeiro impulso, naturalmente, fora "ajudar". Com Mrs. Carew ela fez duas visitas a Jamie, e alegrou-se enormemente com a melhora das condições que encontrou lá, depois que "aquele homem, Dodge, consertara as coisas". Porém, para Pollyanna, isso era apenas uma gota no oceano. Havia também todos aqueles homens com aparência de doente, mulheres infelizes e crianças maltrapilhas na rua... os vizinhos de Jamie. Cheia de confiança, procurou Mrs. Carew para ajudá-los.

— Muito bem! — exclamou Mrs. Carew ao saber do pedido. — Então quer que toda a rua receba papel de parede novo, tinta e novas escadas, é isso? Diga-me, gostaria de mais alguma coisa?

— Oh, sim, muitas coisas — respondeu Pollyanna, contente. — Sabe, existem muitas coisas que todos eles precisam. E será ótimo conseguir essas coisas para eles. Como eu gostaria de ser rica para ajudar também; mas ficarei quase tão contente quanto a senhora quando os ajudar.

Mrs. Carew soltou uma exclamação de surpresa. Não perdeu tempo, embora tenha perdido um bocado de paciência, em explicar que não tinha a menor intenção de fazer qualquer outra coisa no "Beco dos Murphys", e que não havia motivo para fazer isso. Ninguém esperava que ela fizesse. Havia concluído todas as obrigações possíveis, e fora realmente bem generosa, como qualquer um diria, pelo que fizera no prédio onde moravam Jamie e os Murphy. (Não achou necessário mencionar que era a proprietária do prédio.) Explicou para Pollyanna que existiam inúmeras instituições de caridade, bem eficientes, cujo trabalho era ajudar todos os pobres que necessitassem, e que ela doava dinheiro para essas instituições com frequência e liberalidade.

Mesmo assim, Pollyanna não se convenceu.

— Mas não entendo — argumentou ela — por que é bom, ou até melhor, para um monte de gente se reunir e fazer o que todos deveriam fazer por si mesmos. Tenho certeza de que eu mesma preferiria dar a Jamie, agora, um bom livro, a deixar para uma sociedade velha fazer isso; e sei também que ele gostaria de receber de mim.

— É bem provável — respondeu Mrs. Carew impaciente. — Mas é possível que fosse melhor para Jamie receber o livro de pessoas que soubessem que tipo de leitura escolher para ele.

Isso a levou a fazer uma pequena preleção sobre (a maior parte da qual Pollyanna não entendeu) "empobrecer os pobres" e "os males de dar indiscriminadamente" e também os "efeitos perniciosos da caridade desorganizada".

— Além disso — acrescentou ela, em resposta à expressão perplexa no rosto de Pollyanna —, é muito provável que eu ofereça ajuda e eles não aceitem. Você se lembra de Mrs. Murphy recusar, logo no começo, que eu mandasse roupa e comida, embora eles aceitassem o auxílio dos vizinhos do primeiro andar.

— É verdade — concordou Pollyanna. — Existe mesmo alguma coisa aí que não entendo. Mas não me parece certo que a gente tenha tantas coisas boas e eles não tenham nada.

À medida que os dias passavam, os sentimentos de Pollyanna só aumentavam em vez de diminuir; as perguntas e os comentários que fazia em nada aliviaram o estado no qual Mrs. Carew se encontrava. Pollyanna percebeu que mesmo o teste do jogo do contente, neste caso, estava a ponto de falhar. Ela mesma se expressava sobre isso:

— Não vejo como encontrar alguma coisa, nesse assunto dos pobres, para ficar alegre. Claro, podemos ficar contentes por nós mesmos não sermos pobres como eles; mas sempre que penso em como sou feliz por não ser assim, sinto pena deles por serem como são, e não consigo mais ficar feliz. E também podemos ficar contentes por existirem pessoas pobres para podermos ajudá-las. Mas, se a gente não ajudar, como poderemos ficar contentes?

Com esse raciocínio, Pollyanna não conseguia encontrar quem lhe desse uma resposta satisfatória.

Ela fazia essas perguntas especialmente a Mrs. Carew, que ainda era assombrada pelas visões do Jamie que se fora, do Jamie que poderia ser, e ficava ainda mais inquieta, mais infeliz e mais desesperada. Nem ao menos se alegrava com a proximidade do Natal. Todo lugar onde houvesse o enfeite de azevinho ou o brilho dourado trazia um pouco de dor, pois sempre simbolizava para Mrs. Carew uma meia vazia, uma meia que poderia ser de Jamie.

Finalmente, uma semana antes do Natal, ela enfrentou o que imaginou ser a última batalha contra si mesma. Resoluta, mas sem verdadeira alegria no rosto, deu ordens para Mary chamar Pollyanna.

— Pollyanna — começou ela, de maneira abrupta. — Eu resolvi... aceitar Jamie. O carro vai chegar a qualquer momento. Vou até lá agora, para trazê-lo para casa. Pode vir comigo, se quiser.

Uma expressão radiante surgiu no rosto de Pollyanna.

— Puxa, como estou contente! Que bom! — gritou a menina. — Nossa, estou tão contente que tenho vontade de chorar. Mrs. Carew, por que será que quando a gente fica muito contente tem vontade de chorar?

— Pode ter certeza de que não sei, Pollyanna — respondeu Mrs. Carew, absorta.

Ainda não havia nenhum traço de alegria no rosto dela.

Chegando ao pequeno quarto dos Murphys, Mrs. Carew não demorou muito para dizer o que a trazia ali daquela vez. Em poucas frases contou a história do Jamie perdido, e falou de suas esperanças de que Jamie pudesse ser ele. Não fez segredo de suas dúvidas sobre o fato de o menino ser quem buscava; ao mesmo tempo, disse que havia decidido levá-lo para casa e dar a ele tudo o que pudesse. Então, um tanto cansada, disse quais os planos que fizera a respeito dele.

Ao pé da cama, Mrs. Murphy escutava, chorando baixinho. Do outro lado do aposento, Jerry Murphy, os olhos arregalados, emitia um ocasional "Puxa Vida! Que coisa!". Quanto a Jamie, na cama, no início havia escutado com a expressão de quem via uma porta se abrir para um paraíso havia muito desejado; mas aos poucos, enquanto Mrs. Carew falava, um novo olhar formou-se. Lentamente ele os cerrou e voltou o rosto para o outro lado.

Quando Mrs. Carew parou de falar, houve um silêncio antes que Jamie voltasse para ela a cabeça e respondesse. Então viram que seu rosto estava extremamente pálido e os olhos cheios de lágrimas.

— Obrigado, Mrs. Carew, mas não posso ir — disse ele, com simplicidade.

— Você não pode... o quê? — gemeu ela, como se duvidasse dos próprios ouvidos.

— Jamie! — espantou-se Pollyanna.

— Ah, qual é, menino? O que foi? — interveio Jerry, apressadamente. — Não reconhece uma boa oportunidade quando vê uma?

— Reconheço, sim, mas não posso ir — afirmou o garoto aleijado.

— Mas Jamie, Jamie, pense. Pense só no que significa para você! — pediu Mrs. Murphy, ao pé da cama.

— Estou pensando. Pensa que não sei o que estou fazendo, do que estou desistindo? — balbuciou ele. Depois voltou-se para Mrs. Carew, com olhos úmidos. — Não posso deixar que faça tudo isso por mim. Se a senhora se importasse, seria diferente. Mas, na verdade, não se importa. Não quer a mim. Quer o Jamie verdadeiro, e não sou o Jamie verdadeiro. Não acha que sou. Posso ver isso em seu rosto.

— Eu sei. Mas... mas... — começou a dizer Mrs. Carew, impotente.

— Não é como se eu fosse igual aos outros meninos, como se pudesse andar — interrompeu ele, apaixonadamente. — A senhora se cansaria de mim com rapidez. Posso até enxergar isso. Não suportaria ser uma carga para a senhora. Naturalmente, se a senhora se importasse... como mamãe, aqui... — ele usou a mão para limpar as lágrimas, depois voltou a cabeça para o outro lado. — Não sou o Jamie que a senhora quer; não posso ir.

Com as últimas palavras, as mãos finas do menino cerraram-se até que os nós dos dedos mostraram-se mais brancos que o velho xale que cobria a cama.

No silêncio que se seguiu, nada foi ouvido, nem mesmo o ruído da respiração; então, lentamente, Mrs. Carew levantou-se. O rosto estava completamente sem cor, mas havia algo ali que sufocou o soluço que chegava aos lábios de Pollyanna.

— Vamos Pollyanna — foi tudo que ela disse.

— Bem, desta vez você abusou do direito de ser bobo! — resmungou Jerry Murphy para o menino na cama, assim que a porta se fechou.

Todavia, o menino na cama chorava como se realmente a porta que batera fosse a porta que levava ao Paraíso... e que agora se fechava para sempre.

❖

CAPÍTULO XII

Atrás do balcão

Mrs. Carew estava muito irritada. Ter-se deixado levar até o ponto de querer trazer o menino aleijado para casa, depois escutá-lo calmamente recusar, era algo intolerável. Ela não tinha o hábito de ter seus convites ignorados nem seus desejos contrariados.

Além disso, agora que ela não podia ficar com o menino, tornara-se consciente de um terror quase frenético de que ele fosse o verdadeiro Jamie. Sabia que seu verdadeiro motivo para querer ficar com ele não era porque se importava com ele nem ao menos porque desejara ajudá-lo e torná-lo feliz, mas porque imaginara que, ao acolher o menino em casa, iria aplacar sua consciência e silenciar para sempre a eterna questão em sua cabeça... "E se ele fosse mesmo seu pequeno Jamie?"

Certamente não ajudava em nada o fato de que o menino adivinhara suas intenções, e dera como motivo de sua recusa o fato de que ela "não se importava". Para certificar-se, Mrs. Carew agora dizia para si mesma, com orgulho, que de fato não se "importava" que ele não fosse o filho de sua falecida irmã, e que ela iria "esquecer aquele assunto".

Mas não esqueceu. Por mais que insistisse em não ter responsabilidade nem relação alguma com o assunto, com a mesma persistência, toda essa responsabilidade do relacionamento vinha até ela na forma de dúvidas e pânico. Mesmo que voltasse seus pensamentos de maneira resoluta para outros assuntos, pairavam à sua frente visões de um rapaz de olhos melancólicos naquele quarto dominado pela pobreza. E havia, também, Pollyanna. Ela não se comportava mais como antes. Num espírito completamente "impoliânico" ela vagava pela casa, sem conseguir interessar-se por coisa alguma.

— Não, não estou doente — respondia ela, quando questionada.

— Então qual é o problema?

— Bem, não é nada. Só que eu estava pensando em Jamie, sabe? Que ele não tem essas coisas bonitas... tapetes, quadros e cortinas.

Era o mesmo com a comida. Pollyanna na verdade parecia estar perdendo o apetite; mas novamente afirmava que não se tratava de doença.

— Não... — dizia ela, suspirando. — É que parece que não tenho fome. Quando começo a comer, lembro-me de Jamie, e que ele só tem rosquinhas velhas e pão velho... então perco a fome.

Mrs. Carew, impulsionada por um sentimento que não compreendia bem, estava determinada a realizar alguma mudança em Pollyanna a qualquer custo e encomendou uma grande árvore, duas dúzias de grinaldas ornamentais e uma grande quantidade de azevinhos e bolas de Natal. Pela primeira vez em muitos anos, a casa ficou acesa e brilhante com escarlates e dourados. Houve até uma festa de Natal, pois Mrs. Carew pediu que Pollyanna convidasse algumas colegas da escola para a véspera de Natal.

Até mesmo Mrs. Carew, porém, ficou desapontada, pois, embora Pollyanna sempre demonstrasse sua gratidão e algumas vezes até se interessasse e ficasse excitada, ainda ostentava um rosto sério. Ao final da festa de Natal, o clima parecia mais de tristeza do que de alegria; à primeira visão da árvore brilhante, começou a soluçar.

— O que foi agora, Pollyanna? — quis saber Mrs. Carew. — Qual é o motivo agora?

— Não foi nada, desculpe — respondeu a menina. — Tudo está tão perfeito, tão bonito, que tive de chorar. Fiquei pensando em como Jamie iria adorar ver isso.

Foi nesse instante que a paciência de Mrs. Carew terminou.

— Jamie, Jamie, Jamie! — exclamou ela. — Pollyanna, não consegue parar de falar sobre esse menino? Sabe perfeitamente bem que não é minha culpa o fato de ele não estar aqui. Eu pedi que ele viesse para cá. Além do mais, onde está aquele seu jogo do contente? Acho que seria uma ótima ideia você jogar agora.

— Mas estou jogando! É isso que não entendo. Nunca pensei que fosse ficar tão estranho. Antes, quando eu ficava contente com as coisas, eu ficava feliz. Mas agora, por causa de Jamie, fico muito contente por ter tapetes, quadros e coisas tão gostosas para comer, e que posso andar e correr, ir para a escola e tudo isso; mas quanto mais fico contente por mim mesma, mais triste fico por ele. Nunca percebi que o jogo tivesse um efeito tão estranho, e não sei o que está acontecendo. A senhora sabe?

Mrs. Carew, com um gesto de impotência, simplesmente voltou-se e se afastou, sem dizer palavra.

Foi no dia seguinte ao Natal, quando algo maravilhoso aconteceu e Pollyanna, por algum tempo, quase esqueceu Jamie. Mrs. Carew a tinha levado às compras, e enquanto tentava decidir entre uma gargantilha de renda belga e outra de renda francesa, Pollyanna observou, além do balcão, um rosto que lhe pareceu vagamente familiar. Por um momento ela o observou com a testa franzida; então, com um gritinho, correu pelo corredor.

— É você... é você! — exclamou ela para uma moça que arrumava na vitrine uma bandeja com laços cor-de-rosa. — Como estou contente de encontrar você!

A moça atrás do balcão voltou a cabeça e ficou olhando espantada para Pollyanna. Mas quase imediatamente seu rosto moreno e sombrio se iluminou com uma expressão alegre de reconhecimento.

— Ora vejam se não é minha amiguinha do Parque Municipal! — exclamou ela.

— Sou eu mesma, e fico contente que tenha me reconhecido — alegrou-se Pollyanna. — Você não voltou mais. Procurei por você muitas vezes.

— Eu não podia, tinha de trabalhar. Aquele foi nosso último feriado, e... são cinquenta centavos, madame — disse a moça, respondendo à pergunta de uma senhora simpática quanto ao preço do laço branco e preto sobre o balcão.

— Cinquenta centavos? Hmm! — hesitou a senhora, manipulando o laço e terminando por deixá-lo sobre o balcão, com um suspiro. — Ele é muito bonito, minha querida, com certeza — em seguida se afastou.

Imediatamente atrás dela surgiram duas jovens de rosto alegre, que, entre muitos risos e conversas, escolheram uma criação de veludo vermelho com brilhos de joias e um laço que parecia feito pelas fadas, de tule e botões de rosa. À medida que as meninas se afastavam, conversando, Pollyanna suspirou.

— É isso o que faz o dia inteiro? Puxa, como deve se sentir feliz por ter escolhido este trabalho.

— Feliz?

— Sim. Deve ser divertido estar com tantas pessoas e todas diferentes! E você pode conversar com elas. Tem de conversar com elas, é seu trabalho. Eu adoraria. Acho que é o que farei quando crescer. Deve ser divertido observar tudo o que elas compram.

— Divertido? Feliz? — disse a jovem, do outro lado do balcão. — Bem, menina, acho que se soubesse a metade do que... Custa um dólar, madame — interrompeu-se ela apressadamente, respondendo à pergunta de uma jovem sobre um laço amarelo de veludo brilhante.

— Bem, estava na hora mesmo. Perguntei duas vezes — reclamou a jovem.

A moça atrás do balcão mordeu os lábios.

— Não a escutei, madame.

— Não posso fazer nada. Seu trabalho é escutar, não é? Para isso você é paga, não é? Quanto custa este preto aqui?

— Cinquenta centavos.

— E esse azul?

— Um dólar.

— Não seja impertinente, mocinha! Se continuar com essa má vontade vou falar com sua chefe. Deixe eu ver aqueles cor-de-rosa.

Os lábios da balconista se abriram, depois cerraram apertados. Obedientemente ela apanhou no balcão a bandeja de laços cor-de-rosa; os olhos faiscavam e as mãos tremiam um pouco. A jovem cliente escolheu cinco laços, perguntou o preço de quatro deles, depois voltou-se:

— Não vi nada que gostasse.

— Bem — disse a balconista para Pollyanna, que estava de olhos arregalados. — O que acha do meu trabalho agora? Alguma coisa para ficar contente?

Pollyanna riu, um tanto ansiosa.

— Nossa, ela foi mesmo mal-educada, não? Mas em compensação foi engraçada também, não acha? Ainda assim pode-se ficar contente por todas não serem iguais a ela, não se pode?

— Acho que sim — respondeu a garota, com um débil sorriso. — Mas sobre aquele jogo do contente sobre o qual falamos no parque, posso dizer que talvez funcione bem para você, mas... São cinquenta centavos, madame — interrompeu ela novamente, em resposta a uma pergunta vinda do outro lado do balcão...

— Está tão sozinha quanto antes? — quis saber Pollyanna, pensativa, assim que a cliente foi embora.

— Bem, não posso dizer que dei cinco festas, nem que estive em mais de sete desde que a gente se viu — respondeu a moça, com tanta amargura, que Pollyanna percebeu o sarcasmo.

— Bem, mas você fez algo agradável no Natal, não fez?

— Fiz, sim. Fiquei na cama o dia inteiro, com os pés em frangalhos e li quatro jornais e uma revista. Então, à noite, fui para um restaurante, onde tive de pagar trinta e cinco centavos por uma torta de galinha, em vez de vinte e cinco.

— O que você tinha nos pés?

— Estavam cheios de bolhas. De tanto ficar em pé, da correria das compras de Natal.

— Ah, e não teve árvore, nem festa, nem nada parecido? — quis saber Pollyanna, triste e solidária.

— Não mesmo.

— Que pena, gostaria que tivesse visto a minha — suspirou a menina. — Estava linda, e, ora veja, acho que poderá ver a árvore, afinal. Ainda não a desmontamos. Você pode vir hoje, ou amanhã, e...

— Pollyanna! — interrompeu Mrs. Carew, com voz fria. — Onde você estava? Procurei por você em todos os lugares. Fui até o departamento de roupas.

Pollyanna voltou-se com um gritinho de alegria.

— Ah, Mrs. Carew, estou contente por ter vindo — alegrou-se a menina. — Esta é... bem, ainda não sei o nome dela, mas eu a conheço, então está tudo certo. Eu a conheci no Parque Municipal há muito tempo. Ela está solitária e não conhece ninguém. E o pai dela era um pastor, como o meu, só que está vivo. E ela não teve nenhuma árvore de Natal, só pés em frangalhos e torta de galinha; eu queria que ela visse a minha, a árvore, quero dizer — continuou Pollyanna, sem parar para respirar. — Eu a convidei para ir até em casa esta noite, ou amanhã. Posso acender tudo outra vez?

— Bem, Pollyanna — começou Mrs. Carew, em tom de desaprovação.

A jovem atrás do balcão porém, a interrompeu, com ar mais desaprovador ainda.

— Não se preocupe, madame. Não tenho a menor intenção de ir.

— Mas, por favor, você sabe como eu quero que vá — disse Pollyanna.

— Reparei que a madame não fez nenhum convite — lembrou a jovem, com certa malícia.

Mrs. Carew ficou vermelha de raiva e voltou-se como se estivesse saindo; Pollyanna, entretanto, segurou-lhe o braço, falando febrilmente com a garota atrás do balcão, que, no momento, não atendia nenhum cliente.

— Ela irá convidar; irá, sim — dizia Pollyanna. — Sei que ela quer que você vá, sabe? Não faz ideia de como Mrs. Carew é boa, e quanto dinheiro ela distribui para associações de caridade e essas coisas.

— Pollyanna! — repreendeu Mrs. Carew, com voz aguda. Novamente fez menção de sair; desta vez, porém, ficou presa nas palavras da balconista:

— Sei como é! Existem muitas assim, que se entregam ao trabalho de salvamento. Sempre existem muitas mãos estendidas para os que não deram certo. Isso é bom. Não vejo nada de errado nisso. Só que algumas vezes penso se há alguém que se dedique a ajudar as meninas antes que alguma coisa dê errado. Por que não dão às meninas boas lares com livros, quadros, tapetes macios e música, além de alguém por perto para cuidar? Talvez nesse caso não tivéssemos tantas... meu Deus, o que estou dizendo? — interrompeu-se ela, um tanto chocada com sua ousadia. Em seguida, voltou-se para uma jovem que apanhara um laço azul: — São cinquenta centavos, madame.

Mrs. Carew ouviu-a, enquanto se afastava com Pollyanna.

❖

CAPÍTULO XIII

Uma espera e uma vitória

Era um plano maravilhoso. Pollyanna o formulou completamente em cinco minutos; então contou a Mrs. Carew. Ela não o achou maravilhoso, e disse isso claramente.

— Ah, mas tenho certeza de que eles vão achar maravilhoso — argumentou Pollyanna, em resposta às objeções. — E pense como será fácil fazer isso! A árvore está como estava, exceto pelos presentes, e podemos arranjar outros. Não vai demorar muito até a véspera do Ano-Novo, e pense quão feliz ela vai ficar em vir aqui. A senhora também não ficaria se no Natal só tivesse os pés doendo e uma torta de galinha?

— Minha querida, que criança impossível é você! — disse Mrs. Carew, franzindo as sobrancelhas. — Não ocorre a você que nem sabemos o nome dela?

— É, não sabemos! Isso é engraçado, pois sinto que a conheço muito bem — sorriu Pollyanna.

— Sabe, conversamos muito no parque naquele dia, e ela me disse o quanto era solitária, e que o lugar mais solitário do mundo era uma multidão numa cidade grande, porque as pessoas não ligam nem reparam umas nas outras. Sim, havia um que reparou; mas reparou demais, foi o que ela disse, quando nem deveria reparar nela. Engraçado, não é? Se a gente pensar um pouco. Enfim, ele foi até o parque e queria que ela o acompanhasse a algum lugar, porém ela resolveu não ir. Ele era um rapaz muito bonito, pelo menos até ficar bravo, no fim. As pessoas não são tão bonitas quando ficam bravas, não é? Hoje, também, havia uma dama procurando laços, que disse... bem, ela disse um monte de coisas desagradáveis, sabe? E ela também não pareceu nem um pouco bonita, depois que começou a falar. Mas vai me deixar com essa árvore até a véspera do Ano-Novo, não vai, Mrs. Carew? E convidar essa moça que vende laços, e Jamie? Ele está melhor agora, e poderia vir. Claro, Jerry terá de trazê-lo na cadeira de rodas, mas, de qualquer forma, também queremos a presença de Jerry.

— Sim, é claro, Jerry também! — exclamou Mrs. Carew, com ironia. — E por que parar em Jerry? Tenho certeza de que ele tem muitos amigos que adorariam vir, e...

— Oh, Mrs. Carew, posso? — exclamou Pollyanna, adorando aquilo. — Nossa, como a senhora é boa, generosa! Eu sempre quis...

Mrs. Carew quase engasgou de surpresa.

— Não, Pollyanna, eu... — começou ela, protestando.

Mas Pollyanna entendeu de outra forma a interrupção dela, e continuou o que dizia:

— A senhora é mesmo muito boa, a melhor pessoa que conheci, e não vou deixá-la dizer que não é. Agora sim, sei que terei uma festa de verdade! Tem o Tommy Dolan e a irmã dele, Jennie, as duas crianças dos McDonalds, e três garotas que não sei o nome, que vivem no andar abaixo dos Murphys, e muitas outras, se a gente tiver espaço. Imagine só como eles vão ficar felizes quando a gente contar para eles! Sabe, Mrs. Carew, parece que nunca vi nada tão perfeito em toda a minha vida... tudo feito pela senhora! Agora vou começar a escrever os convites, assim eles ficarão sabendo o que vai acontecer.

E Mrs. Carew, que não acreditava ser aquilo possível, escutou a si mesma murmurando um "sim", que, ela sabia, traria a responsabilidade de realizar uma festa junto à árvore de Natal para uma dúzia de crianças do Beco dos Murphys e uma jovem balconista, cujo nome não conhecia.

Talvez na memória de Mrs. Carew ainda ouvisse a voz da jovem, dizendo: "Só que algumas vezes penso se há alguém que se dedique a ajudar as meninas antes que alguma coisa corra errado". Talvez em seus ouvidos ainda persistisse a história da mesma jovem que achava uma multidão o lugar mais solitário do mundo e ainda assim se recusara a sair com o homem que tinha "reparado demais" nela. Talvez no coração de Mrs. Carew estivesse a esperança indefinida de que em algum lugar estaria a paz que ela tanto desejava. Talvez fosse uma combinação dessas três coisas com a distorção que Pollyanna fazia de seu sarcasmo irritado, transformando-o na ampla boa vontade de uma anfitriã simpática. Fosse o que fosse, estava feito; e mais uma vez ela se viu envolvida em planos e combinações, cujo centro era Pollyanna e a festa.

Para sua irmã, Mrs. Carew escreveu contando tudo e encerrou desta forma:

> O que vou fazer exatamente não sei, mas suponho que terei de continuar fazendo o que estou fazendo. Não há outro jeito. Claro, se Pollyanna começar a passar sermões, coisa que ainda não fez, eu a mando direto para você.

Della, lendo essa carta no Sanatório, riu com a conclusão.

"Então ela não começou a passar sermões!", repetiu, rindo para si mesma. "Abençoada seja essa menina! E você, Ruth Carew, já se dispôs a dar duas festas de Natal em uma semana, numa casa que costumava ser sempre envolvida por um clima escuro; agora está toda acesa e cheia de vermelhos e verdes de alto a baixo. Mesmo assim, a menina ainda não passou sermões!"

A festa foi um enorme sucesso. Até Mrs. Carew admitiu isso. Jamie, em sua cadeira de rodas, Jerry com seu vocabulário surpreendente e expressivo, e a jovem balconista (cujo nome era Sadie Dean), competiam entre si mesmos para entreter os convidados mais tímidos. Sadie Dean, para surpresa de todos e talvez dela própria também, mostrou um conhecimento enorme sobre os mais variados jogos; esses jogos, além das histórias de Jamie e do bom humor permanente de Jerry, mantiveram a todos rindo até que fosse servido o jantar e começasse a farta distribuição de presentes na árvore enfeitada, arrancando suspiros de felicidade das crianças. Se Jamie (que foi o último a partir, com Jerry) olhava ao redor um tanto pensativo, ninguém notou. Apesar disso, Mrs. Carew, quando foi se despedir, murmurou em voz baixa, próxima ao ouvido dele, meio impaciente, meio embaraçada:

— Bem, Jamie, mudou de ideia sobre vir para cá?

O menino hesitou. Uma cor pálida subiu ao seu rosto. Voltou-se e observou-lhe os olhos, pensativo. Então balançou a cabeça.

— Se todos os dias pudessem ser como esta noite, eu poderia — suspirou ele. — Mas sei que não seria. Haveria um amanhã, e a semana seguinte, e o ano que vem; sei que antes da semana que vem iria desejar que eu não tivesse vindo.

Se Mrs. Carew imaginava que a festa da véspera de Ano-Novo

fora o final dos esforços de Pollyanna a favor de Sadie Dean, ela ficou decepcionada, pois, logo na manhã seguinte, começaram a falar sobre a jovem.

— Estou muito contente por ter encontrado Sadie outra vez — comentou ela, alegremente. — Mesmo que eu não tenha sido capaz de encontrar o verdadeiro Jamie, encontrei outra pessoa para a senhora amar. E com certeza a senhora vai adorar amá-la, porque é só outra forma de amar a Jamie.

Mrs. Carew inspirou fundo e soltou um suspiro de exasperação. Essa fé inabalável que Pollyanna demonstrava na bondade de seu coração, e o desejo sem hesitação de que ela quisesse "ajudar a todos" era algo muito desconcertante, e às vezes bastante aborrecido. Ao mesmo tempo, era algo difícil de contrariar, sob aquelas circunstâncias, especialmente quando os olhos confiantes da menina estavam postos em seu rosto com admiração.

Sentia-se impotente para protestar, parecia que lutava contra cordões de seda invisíveis.

— Mas Pollyanna, eu... nós... essa jovem... você sabe que ela não é realmente Jamie.

— Sei que não é — Pollyanna apressou-se em admitir. — E, com certeza, estou triste por ela não ser. Entretanto, ela é o Jamie de alguém, quer dizer, aqui ela não tem ninguém que a ame e... repare nela. Por isso, quando se lembrar de Jamie, imagino que deva se sentir contente porque existe alguém que a senhora pode ajudar, assim como gostaria que ajudassem Jamie, onde quer que ele esteja.

Mrs. Carew estremeceu e deu um pequeno gemido.

— Mas eu quero o meu Jamie — lamentou-se ela.

Pollyanna observou-a com olhos de quem entendia.

— Eu sei, é a presença da criança. Mr. Pendleton me falou sobre isso, só que a senhora tem a mão da mulher.

— Mão da mulher?

— Isso, para fazer um lar, sabe? Ele disse que era preciso a mão de uma mulher e a presença de uma criança para fazer um lar. Isso foi quando ele me queria, e eu encontrei Jimmy para ele.

— Jimmy? — Mrs. Carew ergueu os olhos, um tanto surpresa com a menção de qualquer variação do nome procurado.

— Isso mesmo. Jimmy Bean.

— Ah, sim, Jimmy Bean — repetiu ela, relaxando.

— Sim. Ele era do orfanato, e tinha fugido. Eu o encontrei. Ele disse que desejava outro tipo de lar, com uma mãe em vez de uma diretora. Não consegui achar a parte da mãe, mas achei para ele Mr. Pendleton, que o adotou. O nome dele agora é Jimmy Pendleton.

— Mas não era Bean?

— Sim, era Bean.

— Ah! — disse Mrs. Carew, desta vez com um longo suspiro.

Mrs. Carew viu Sadie Dean muitas vezes nos dias que se seguiram aos da festa de Ano-Novo. Encontrou também Jamie, muitas vezes. De uma forma ou de outra, Pollyanna conseguia trazê-los frequentemente até a casa; assim, Mrs. Carew, para sua surpresa e seu aborrecimento, não conseguiu evitar. Seu consentimento e até seu prazer com as visitas foram dados como certos por Pollyanna, de modo que ela se viu impotente para explicar à menina que nem a aprovação nem a satisfação eram levadas em conta, no que se referia a ela.

Mrs. Carew, porém, quer ela mesma percebesse ou não, estava aprendendo muitas coisas, coisas que jamais aprenderia em outros tempos, trancada em seus aposentos, com ordens para Mary de não ser perturbada. Estava aprendendo o que significava ser uma jovem sozinha numa cidade grande, tendo que ganhar a vida e sem ninguém que se importasse... a não ser os que se importavam demais, ou de menos.

— Mas o que quis dizer — perguntou ela nervosamente a Sadie numa noite — quando falou aquele primeiro dia na loja sobre ajudar as garotas?

Sadie Dean empalideceu.

— Sinto muito ter sido rude.

— Não se importe com isso. Diga-me o que quis dizer. Pensei muito nisso desde então.

Por um instante a garota permaneceu em silêncio, depois falou, com certa amargura:

— Foi porque eu conheci uma garota uma vez, e estava pensando nela. Ela veio da minha cidade, e era bonita e boa pessoa, embora não tivesse muito juízo. Por um ano ficamos juntas, dividindo o mesmo quarto, cozinhando nossos ovos no mesmo fogareiro, e comendo nosso picadinho e bolinhos de peixe no mesmo restaurante barato. Nunca havia nada a fazer de noite, a não ser caminhar pela região movimentada, ir ao cinema se tivéssemos dez centavos para gastar, ou então ficar no quarto. Bem, nosso quarto não era agradável. Era quente no verão, frio no inverno, e o bico de gás, tão acanhado e falhava tanto que não podíamos ler ou costurar, mesmo que a gente não estivesse cansada demais para fazer isso, o que quase sempre acontecia. Além do mais, sobre nossa cabeça havia uma tábua solta, na qual sempre alguém balançava, e; abaixo de nós, havia um sujeito que estava aprendendo a tocar corneta. Já ouviu alguém aprendendo a tocar corneta?

— Não, acho que não — murmurou Mrs. Carew.

— Bem, garanto que não perdeu nada — observou a garota, com expressão amuada.

Depois de uma pausa, continuou sua história.

— Às vezes, especialmente no Natal e nos feriados, costumávamos passear aqui na avenida e em outras ruas, procurando janelas em que as cortinas estivessem erguidas e pudéssemos ver o interior. Éramos muito sozinhas especialmente nesses dias, e nos fazia bem ver casas com pessoas, lâmpadas nos centros das mesas e crianças brincando; apesar disso, nós duas sabíamos que aquilo nos fazia sentir piores, porque estávamos irremediavelmente fora daquilo tudo. Mais duro ainda era ver os automóveis e os jovens alegres dentro deles, rindo e conversando. Sabe, a gente era jovem e queria rir e conversar. Queríamos nos divertir, também, e de vez em quando minha amiga começou a fazer isso... se divertir.

"Bem, para encurtar uma longa história, um dia desfizemos nossa parceria, ela seguiu o caminho dela e eu fiquei no meu. Não gostava das companhias com as quais ela estava andando e disse isso. Ela não quis desistir, por isso nos separamos. Não a vi por quase dois anos, depois recebi um bilhete dela e fui até lá. Isso aconteceu no mês passado. Ela estava numa dessas casas de caridade. Era um lugar adorável, com tapetes macios, belos quadros, plantas, flores, livros, um piano, um belo quarto e todo o possível feito para ela. Mulheres ricas vinham em seus automóveis e carruagens para levá-la passear, e a concertos e matinês. Ela estava aprendendo estenografia, e iam ajudá-la a conseguir uma colocação assim que ela estivesse pronta. Todos eram muito bons, foi o que ela me contou, mostravam que queriam ajudar de todas as maneiras possíveis. Contudo, ela me disse também outra coisa: 'Sadie, se eles tivessem feito metade do esforço para mostrar para mim que se importavam e queriam me ajudar há mais tempo, quando eu era honesta, digna de respeito, trabalhadora e tinha saudades de casa, eu não estaria aqui precisando da ajuda deles agora'. Nunca esqueci isso. É tudo. Entenda, não é que eu tenha alguma reclamação sobre o trabalho de resgate; é ótimo, e eles devem mesmo continuar fazendo isso. Só penso que não haveria tanto para eles fazerem, se mostrassem seu interesse um pouco mais cedo."

— Mas eu pensei que existissem lares para garotas que trabalham, e organizações que fizessem esse tipo de coisa — balbuciou Mrs. Carew, numa voz que poucos de seus amigos teriam reconhecido.

— Existem, sim. A senhora já viu o interior de alguma delas?

— Bem, não, embora eu sempre doe dinheiro a elas — dessa vez o tom de voz de Mrs. Carew parecia um pedido de desculpas.

Sadie Dean sorriu, quase com curiosidade.

— Sim, eu sei. Existem muitas mulheres caridosas que doam dinheiro para eles e que nunca viram o interior desses lugares. Por favor, não entenda o que estou dizendo como algo contra essas casas. São uma boa coisa. Talvez a única coisa que se faça para ajudar; mas é como se fossem apenas uma gota no oceano em relação ao que é necessário. Tentei uma delas uma vez, mas havia um clima... de alguma forma eu senti... Por outro lado, de que adianta? Provavelmente não são todas como aquela ou talvez a culpa fosse minha. Se eu tentasse descrever, acho que a senhora não entenderia. Seria preciso morar ali; e a senhora nunca chegou a ver o interior de uma delas. Mas não posso deixar de me perguntar por que as mulheres caridosas não colocam o coração e o interesse primeiro na prevenção, em vez de depois ter de salvar as garotas. Pronto! Não era minha intenção falar tanto. Mas a senhora perguntou.

— Sim, perguntei — disse Mrs. Carew com voz abafada, enquanto virava para se afastar.

Ela não aprendia somente com Sadie Dean o que jamais aprendera antes, mas também com Jamie.

Jamie vinha sempre. Pollyanna gostava de tê-lo por perto e ele gostava de estar ali. No começo, é verdade, tinha hesitado; mas em pouco tempo acalmara suas dúvidas e se entregara à vontade, dizendo a si mesmo (e a Pollyanna) que, afinal, ir visitar não era o mesmo que "ficar para sempre".

Mrs. Carew sempre encontrava o menino e Pollyanna sentados nas poltronas da biblioteca próximas à janela, com a cadeira de rodas estacionada ao lado. Algumas vezes eles estavam debruçados sobre um livro. (Um dia ela ouviu Jamie dizer a Pollyanna que ele não se importaria em ser deficiente se tivesse tantos livros quanto Mrs. Carew, e que seria feliz a ponto de voar se tivesse ambos, livros e pernas.) Outras vezes o menino contava histórias e Pollyanna escutava absorta, com os olhos arregalados.

Mrs. Carew ficou intrigada com o interesse de Pollyanna, até que um dia ela mesma parou e escutou. Depois disso não se perguntou mais, e passou igualmente a escutar. Mesmo que a linguagem do menino ainda fosse rude e incorreta, sempre era vívida e pitoresca, de modo que Mrs. Carew encontrou a si mesma, de mãos dadas com Pollyanna, seguindo histórias da "Idade de Ouro" narradas por um menino de olhos brilhantes.

Aos poucos Mrs. Carew começava a compreender, também, o que significava estar, em espírito e ambição, no centro de grandes feitos e aventuras maravilhosas, enquanto, na verdade, era apenas um menino deficiente numa cadeira de rodas. Contudo, o que Mrs. Carew não compreendeu foi o papel que esse menino deficiente começava a desempenhar em sua vida. Não compreendeu como a presença dele estava se tornando constante nem como agora ela se interessava em encontrar algo novo "para que Jamie lesse". Nem compreendeu o quanto ele se tornava, dia após dia, mais parecido com o Jamie perdido, filho de sua irmã falecida.

Quando passou fevereiro, março, abril e chegou maio, aproximava-se a data marcada para Pollyanna retornar a sua casa. Subitamente, Mrs. Carew se deu conta do que essa partida significaria para ela.

Ficou surpresa e espantada. Até então, acreditava que teria prazer com a partida de Pollyanna. Dissera que mais uma vez a casa ficaria quieta, e o brilho do sol, do lado de fora. Mais uma vez estaria em paz, seria capaz de se esconder do mundo que a aborrecia e a cansava. Mais uma vez seria livre para liberar sua consciência dolorida pelas lembranças queridas do pequeno menino perdido que havia tanto tempo fora para o desconhecido e fechara a porta atrás de si. Tudo isso ela acreditava que fosse acontecer quando Pollyanna voltasse para casa.

Porém, agora que Pollyanna ia mesmo para casa, o cenário era bem diferente. A "casa quieta com o sol do lado de fora" prometia ser "tenebrosa e insuportável". A tão esperada "paz" seria "solidão deprimente"; e quanto a ser capaz de se "esconder do mundo que a aborrecia e a cansava", e a ser "livre para liberar sua consciência dolorida pelas lembranças queridas do pequeno menino perdido"... como se algo fosse capaz de apagar as lembranças do novo Jamie (que poderia ser o antigo Jamie) com seus olhos tristes e suplicantes.

Agora, Mrs. Carew sabia muito bem que sem Pollyanna a casa ficaria vazia; e sem aquele menino, Jamie, seria pior ainda. Para o seu orgulho, saber disso não era agradável. Para seu coração, era uma tortura, desde que o menino dissera por duas vezes que não viria. Por algum tempo, durante os últimos dias da estada de Pollyanna, a luta foi amarga, embora o orgulho sempre mantivesse vantagem. Então, quando o que ela considerava ser a última visita dele, o coração venceu, e ela perguntou a Jamie se ele viria, para ser para ela o outro Jamie que perdera.

O que ela disse, jamais conseguiu se lembrar depois; mas o que o menino disse, ela jamais esqueceu. No total, ficou condensado em seis palavras curtas.

Pelo tempo que pareceu um minuto muito longo, os olhos examinaram-lhe o rosto; depois, os dele se iluminaram quando murmurou:

— Sim. Agora... a senhora se importa.

CAPÍTULO XIV

Jimmy e o monstro de olhos verdes

Esta vez Beldingsville não acolheu Pollyanna literalmente com bandas de música e bandeirolas, talvez porque a hora da chegada só fosse conhecida de alguns poucos da cidade. Mas certamente não houve falta de cumprimentos por parte de todos, desde o instante em que ela saiu do trem, com sua tia Polly e o Dr. Chilton. Nem Pollyanna perdeu tempo em começar uma série de visitas rápidas a todos os seus velhos amigos. Na verdade, nos dias que se seguiram, segundo Nancy, "não se poderia dizer onde ela estava, e quando a gente conseguia saber, ela já não estava lá".

E sempre, em todos os lugares que Pollyanna visitou, vinha a pergunta: "O que achou de Boston?" Talvez ela não tenha respondido a essa pergunta de maneira mais completa do que para Mr. Pendleton. Como sempre acontecia, quando lhe era feita essa pergunta, ela começava a resposta com um franzir de testa.

— Oh, eu gostei muito... adorei... uma parte.

— Mas não toda? — sorriu Mr. Pendleton.

— Não. Houve coisas... gostei muito de ir para lá — apressou-se em explicar. — Me diverti muito, e muitas coisas eram tão estranhas e diferentes, sabe? Como fazer a refeição à noite em vez de ao meio-dia, quando seria o certo. Mas todos foram tão bons para mim, e vi tantas coisas maravilhosas... a Colina Bunker, o Parque Municipal, os carros de turismo em Boston, quilômetros de quadros e estátuas em lojas, além de ruas que não tinham fim. E nunca vi tantas pessoas.

— Bem, então gostou, sei que gosta de pessoas — comentou o homem.

— Gosto, sim — disse Pollyanna, franzindo a testa novamente e ponderando. — Mas qual a vantagem de ter tantas pessoas se a gente não pode conhecê-las? Mrs. Carew não deixava. Ela mesma não conhecia as pessoas. Disse que lá era assim, não se conhecia a todos. — Ela fez uma pequena pausa, antes de finalizar. — Considero que essa foi a parte de que menos gostei; que as pessoas não conheçam umas às outras. Seria tão mais agradável se elas se conhecessem! Pense só, Mr. Pendleton, existem muitas pessoas que vivem nas ruas sujas e estreitas, e nem ao menos têm feijão e bolinhos de peixe para comer, nem coisas tão boas quanto as dos barris dos missionários para vestir. E há também as outras pessoas, Mrs. Carew e muitas iguais a ela, que vivem em casas muito bonitas, e possuem tanta coisa para vestir e comer que não sabem o que fazer com elas. Então, se essas pessoas simplesmente soubessem das outras pessoas...

Ela foi interrompida por uma gargalhada de Mr. Pendleton.

— Minha querida, já ocorreu a você que essas pessoas não se importam em conhecer umas às outras? — indagou ele, com ar zombeteiro.

— Mas algumas delas se importam — argumentou Pollyanna, defendendo seu ponto de vista. — Por exemplo, tem Sadie Dean. Ela vende lindos laços numa grande loja, e quer conhecer pessoas. Eu a apresentei a Mrs. Carew e a levamos em casa, e recebemos também Jamie e muitas outras crianças; e ela ficou tão contente por conhecer a todos! Foi isso que me fez pensar que se várias pessoas do tipo de Mrs. Carew pudessem conhecer as pessoas do outro tipo... Entretanto, eu não poderia fazer a apresentação. Eu mesma não conheci muitos, sabe? Mas se eles pudessem se conhecer, de modo que as pessoas ricas pudessem dar aos pobres parte de seu dinheiro...

Novamente Mr. Pendleton interrompeu com uma gargalhada.

— Pollyanna, Pollyanna, acho que você agora está em águas mais profundas — riu ele. — Parece que é uma socialista fervorosa antes mesmo de saber o que é isso.

— Como? — questionou Pollyanna, com ar de dúvida. — Não acho que saiba o que é um socialista. Mas sei o que é ser sociável, e gosto de pessoas sociáveis. Se for qualquer coisa parecida com isso, não me importo em ser uma. Até gosto.

— Não duvido, Pollyanna. Mas quando se trata desse seu esquema para redistribuição de riqueza... — sorriu ele. — Tem um problema nas mãos que pode ser difícil de resolver.

Pollyanna suspirou.

— Eu sei — admitiu ela. — Era assim que Mrs. Carew falava. Ela dizia que eu não entendia direito; que isso iria deixá-la pauperizada, e seria confuso, pernicioso e, bem, era alguma coisa parecida com isso — disse a menina, enquanto o homem começava a rir. — De qualquer forma, não entendo por que algumas pessoas têm tanto e outras não têm nada, e não gosto disso. E se algum dia eu tiver muito, vou dar para as pessoas que não têm nada, mesmo que isso me torne pauperizada e seja confuso, pernicioso, e...

Mr. Pendleton agora ria tão alto que Pollyanna, depois de um instante de resistência, desistiu e começou a rir com ele. Após algum tempo recuperou o fôlego.

— De qualquer jeito, não entendo mesmo dessas coisas.

— Não, meu bem, acho que não entende mesmo — disse o homem, com o olhar enternecido e a voz subitamente séria. — Mas me diga uma coisa, quem é esse Jamie sobre o qual tem falado desde que voltou?

E Pollyanna contou.

Ao falar de Jamie, ela perdeu seu olhar preocupado e surpreso. Pollyanna adorava falar de Jamie. Ele era algo que ela compreendia e que não trazia problemas com palavras grandes e com sons assustadores. Além disso, nesse aspecto em particular, Mr. Pendleton estaria especialmente interessado no fato de Mrs. Carew ter levado o menino para casa, pois quem melhor do que ele entenderia a necessidade da presença de uma criança?

Na verdade, Pollyanna falava com todos sobre Jamie. Presumia que todos estariam tão interessados quanto ela. Em várias ocasiões ela não se decepcionou com o interesse demonstrado; mas um dia ficou surpresa. Foi Jimmy Pendleton quem tocou no assunto.

— Escute, olhe aqui — disse ele, irritado, numa tarde. — Será que não havia ninguém em Boston a não ser esse tal de Jamie?

— Como assim, Jimmy Bean, o que quer dizer? — indagou Pollyanna.

O menino ergueu um pouco o queixo.

— Não sou Jimmy Bean. Sou Jimmy Pendleton. E quero dizer que, pela sua conversa, não tinha mais ninguém em Boston, a não ser esse menino maluco que chama os passarinhos e esquilos de "Lady Lancelot" e toda essa baboseira.

— Ora, Jimmy Be... Pendleton! — começou Pollyanna, surpresa. — Jamie não é maluco! É um bom menino. E conhece muitos livros e histórias! E pode até fazer histórias da cabeça dele. Aliás, não é

"Lady Lancelot", é "Sir Lancelot"! E se você soubesse metade do que ele sabe, saberia isso também — finalizou ela, com olhos faiscantes.

Jimmy Pendleton corou fortemente e pareceu envergonhado. Cada vez com mais ciúmes, continuou procurando motivos.

— De qualquer modo não acho que esse nome seja grande coisa, Jamie! — disse ele, com um muxoxo. — Parece maricas; conheço alguém que acha isso, também.

— Quem seria? — quis saber Pollyanna, peremptoriamente.

— Meu pai — respondeu ele, em voz baixa.

— Seu pai? — repetiu Pollyanna, espantada. — Mas como ele poderia conhecer Jamie?

— Ele não conhecia. Não era sobre esse Jamie. Era sobre mim.

Ele ainda falava em tom sério e baixo, voltando os olhos para o outro lado. Apesar disso, havia uma suavidade curiosa em sua voz, que sempre surgia quando ele falava do pai.

— Sobre você?

— Sim. Foi pouco tempo antes de ele morrer. Ficamos quase uma semana com um fazendeiro. Papai ajudou com a colheita do feno e eu também ajudei, um pouco. A esposa do fazendeiro foi muito boa para mim, e logo estava me chamando de "Jamie". Não sei por que, mas chamou. E um dia meu pai escutou. Ficou muito bravo, tão bravo que eu sempre me lembrei do que ele disse. Disse que "Jamie" não era nome para um menino e que nenhum filho dele seria chamado assim. Disse que era um nome de maricas, e que ele o odiava. Acho que nunca o tinha visto tão bravo como naquela noite. Não quis nem ficar para terminar o trabalho, ele e eu voltamos para a estrada naquela mesma noite. Eu não achei muito bom porque gostava dela, da esposa do fazendeiro. Ela era boa para mim.

Pollyanna assentiu, solidária e interessada. Não era sempre que Jimmy falava sobre seu passado misterioso, anterior ao momento em que o conheceu.

— E o que aconteceu depois? — quis saber ela, esquecida do tema principal da discussão, o nome "Jamie", que foi tachado de "maricas".

O menino suspirou.

— Simplesmente continuamos até encontrar outro lugar. E foi lá que meu pai morreu. Então me colocaram no orfanato.

— E depois você fugiu e eu o encontrei naquele dia, perto da casa de Mrs. Snow. Conheço-o desde então — exultou Pollyanna.

— É, você me conhece desde então — repetiu ele, mas numa

voz diferente. Jimmy retornara ao presente, e ao seu desconforto. — Portanto, não sou *Jamie*.

Disse isso com ênfase na última palavra e afastou-se, deixando uma Pollyanna surpresa e magoada atrás de si.

— Bem, de qualquer forma, fico contente por ele não se comportar sempre assim — suspirou ela, observando a figura compacta do rapaz, com seu andar arrogante e surpreendentemente irritado.

❖

CAPÍTULO XV

Tia Polly fica assustada

Pollyanna estava em casa há cerca de uma semana quando a carta de Della Wetherby chegou para Mrs. Chilton.

Gostaria de fazê-la entender o que sua sobrinha fez por minha irmã, mas acredito não conseguir. Precisaria tê-la conhecido antes. A senhora a viu, com certeza, e talvez tenha percebido a aura de tristeza e decepção na qual ela se envolveu há muitos anos. Mas não tem ideia da amargura que lhe ia no coração, da falta de objetivo e interesse, da insistência em seu eterno lamentar.

Então veio Pollyanna. Eu não lhe disse, mas minha irmã lamentou sua promessa de ficar com a menina, quase no mesmo minuto em que foi feita. Ela estabeleceu a condição de que, no momento em que Pollyanna começasse a fazer sermões, ou desse lições de moral, voltaria diretamente para mim. Bem, isso ela não fez, pelo menos minha irmã afirma que não; e ela saberia. Ainda assim... mas, deixe-me contar o que encontrei quando estive lá ontem. Talvez nada mais possa dar uma ideia melhor do que sua pequena Pollyanna realizou. Para começar, quando me aproximei da casa, reparei que todas as janelas estavam abertas, completamente abertas. No minuto em que entrei, ouvi música. *Parsifal*. Os estúdios estavam abertos, e o ar tinha perfume de rosas.

"Mrs. Carew e o senhor Jamie estão na sala de música", disse a criada. E foi lá que os encontrei, minha irmã e o jovem que ela aceitou em sua casa, ouvindo por um desses aparelhos modernos que contêm toda a companhia de ópera, incluindo a orquestra.

O menino estava em sua cadeira de rodas. Estava pálido, mas

com uma expressão de felicidade no rosto. Minha irmã parecia dez anos mais moça. O rosto, geralmente pálido, estava levemente rosado e os olhos brilhavam. Mais tarde, depois que conversei um pouco com o menino, minha irmã e eu subimos para seu quarto, e lá ela me falou de Jamie. Não do antigo Jamie, com lágrimas nos olhos e suspiros tristes, mas do novo Jamie, sem suspiros nem lágrimas.

Em vez disso, havia um interesse entusiástico: "Della, ele é maravilhoso! Gosta de tudo o que é melhor em arte, literatura e música, só precisa, naturalmente, de um pouco de treino e desenvolvimento. Vou providenciar isso. Amanhã chega um tutor. Claro que a linguagem dele é péssima; ao mesmo tempo ele lê tantos livros maravilhosos que o vocabulário é enorme, e você devia ouvir as histórias que ele conta! Na educação geral ele é deficiente, mas tem muita vontade de aprender, portanto, isso logo será remediado. Ele adora música, e pretendo dar a ele a educação que desejar. Já providenciei um estoque de discos cuidadosamente escolhidos. Gostaria que tivesse visto o rosto dele quando escutou pela primeira vez a música do Santo Graal. Ele conhece tudo sobre o Rei Artur e a Távola Redonda, e conversa sobre os cavaleiros, lordes e damas como você e eu conversamos sobre os membros de nossa família. Só não sei, às vezes, quando ele se refere a Sir Lancelot, se é o antigo cavaleiro ou o esquilo do Parque Municipal. E, Della, acredito que ele possa andar. Vou pedir para o Dr. Ames examiná-lo..."

E ela falava e falava, enquanto eu, surpresa e muda, me sentia tão feliz! Conto-lhe tudo isso, cara Mrs. Chilton, para que possa ver quão interessada ela está no crescimento e no desenvolvimento do menino, e o quanto, a despeito de si mesma, ela mudou sua atitude em relação à vida. Ela não poderia fazer o que está fazendo por esse menino, Jamie, e deixar de fazer por ela mesma. Acredito que nunca mais voltará a ser aquela mulher mal-humorada e amarga que foi um dia. E tudo por causa de Pollyanna.

Pollyanna! Criança querida... e a melhor parte disso é que ela é inconsciente de todo esse processo. Não acho nem que minha irmã tenha percebido o que está ocorrendo no interior de seu próprio coração e de sua vida, e certamente Pollyanna também não; seria a última a entender o papel que representa nessa mudança.

Agora, cara Mrs. Chilton, como posso agradecer-lhe? Sei que não posso, por isso não vou ao menos tentar. Ainda assim, em seu coração acredito que saiba o quanto sou grata à senhora e a Pollyanna.

DELLA WETHERBY

— Bem, parece que houve mesmo uma cura — sorriu o Dr. Chilton, quando sua esposa terminou de ler a carta para ele.

Para sua surpresa, ela ergueu a mão, num gesto de protesto.

— Thomas, por favor! — pediu ela.

— Por que, Polly, qual o problema? Não está contente porque o remédio funcionou?

Mrs. Chilton deixou-se cair em sua poltrona.

— Lá vai você de novo, Thomas — suspirou ela. — Claro que estou contente de aquela pobre mulher ter corrigido os erros de seu caminho e descoberto que ela pode ser útil para alguém. E com certeza estou contente que Pollyanna tenha conseguido isso. Mas não fico contente por ouvir falar dessa criança como se ela fosse um vidro de remédio, ou uma "cura". Não percebe isso?

— Bobagem! Afinal, qual o problema? Chamo Pollyanna de tônico desde que a conheço.

— Problema? Thomas Chilton, essa criança está crescendo a cada dia que passa. Quer estragá-la? Até aqui ela sempre foi inconsciente de seu poder extraordinário. E nesse ponto está o segredo do sucesso dela. No instante em que ela conscientemente quiser mudar a maneira de ser de alguém, você sabe tão bem quanto eu que ela ficará simplesmente impossível. Deus me livre de que ela coloque na cabeça ser algo parecido com um remédio universal para a pobre humanidade doente.

— Bobagem! Eu não me preocuparia com isso — riu o médico.

— Mas eu me preocupo, Thomas.

— Polly, pense bem no que ela já fez. Lembre-se de Mrs. Snow e John Pendleton, e nos muitos outros que não são mais as pessoas que costumavam ser, nem mais nem menos do que Mrs. Carew. E foi Pollyanna quem realizou isso. Deus lhe abençoe o coração!

— Sei que foi ela — assentiu Mrs. Polly Chilton, enfática. — Mas não quero que Pollyanna saiba que foi ela. Naturalmente, de certa forma, ela sabe. Sabe que os ensinou a jogar o jogo do contente, e que eles todos ficaram muito mais felizes em consequência disso. E está bem que seja assim. É um jogo, o jogo dela, e eles o jogam juntos. Para você eu admito que Pollyanna nos fez um dos mais poderosos sermões que já ouvi; mas no minuto em que ela souber disso... bem, não quero que saiba. É só. E já que estamos no assunto, gostaria de dizer que resolvi ir com você para a Alemanha neste outono. No começo pensei em não ir, afinal, não queria deixar Pollyanna, e ainda não pretendo. Vou levá-la comigo.

— Levá-la conosco? Ótimo! Por que não?

— Tenho de fazer isso. Além do mais, ficaria contente em planejar permanecer por lá alguns anos, como você disse que gostaria. Quero retirar Pollyanna de Beldingsville por algum tempo. Gostaria que continuasse doce e intocada, se eu puder. E ela não deverá abrigar ideias tolas na cabeça, se estiver ao meu alcance poder evitar. Por acaso, Thomas Chilton, queremos que ela se transforme numa criança pedante e insuportável?

— Não, com certeza — riu o médico. — Mas já que falamos sobre esse assunto, não acho que alguma coisa ou alguém consiga fazer isso. Contudo, a ideia de irmos para a Alemanha me agrada. Sabe que eu não queria voltar, mas o fizemos por Pollyanna. Então o quanto antes retornarmos para lá, melhor para mim. E gostaria de ficar para praticar um pouco, além de estudar.

— Então estamos combinados — assentiu tia Polly, com um suspiro satisfeito.

CAPÍTULO XVI

À espera de Pollyanna

Beldingsville inteira estava vibrando de excitação. Não tinha havido tanta conversa nas esquinas e por sobre as cercas dos quintais, desde que Pollyanna Whittier viera para casa, do Sanatório, andando. Agora, também, o centro de interesse era Pollyanna. Mais uma vez, ela voltava para casa... mas uma Pollyanna diferente e também uma acolhida diferente!

Pollyanna tinha vinte anos agora. Por seis anos passara seus invernos na Alemanha, e os verões, viajando com o Dr. Chilton e sua esposa. Apenas uma vez durante esse período ela estivera em Beldingsville, e somente por quatro curtas semanas, no verão em que completara dezesseis anos. Agora retornava para casa, para ficar, segundo a notícia; ela e sua tia Polly. O médico não estaria com elas. Seis meses antes, a cidade ficara chocada com a notícia de que o médico morrera de repente. Beldingsville esperava então que Mrs. Chilton e Pollyanna voltassem para o velho lar. Entretanto elas não voltaram. Em vez disso, chegara a informação de que a viúva e sua sobrinha permaneceriam no exterior por algum tempo. A notícia dizia que, num ambiente completamente novo, Mrs. Chilton tentava buscar alívio e consolo para sua enorme dor.

Muito breve, entretanto, rumores vagos e alguns não tão vagos começaram a fluir através da cidade, afirmando que financeiramente nem tudo estava bem com Mrs. Polly Chilton. Determinadas ações de empresas ferroviárias, nas quais era sabido que o capital dos Harringtons estivera concentrado, oscilaram bastante, depois caíram em ruína. Outros investimentos, segundo o relatório, estavam igualmente em condições precárias. Das posses do médico, pouco podia ser esperado. Ele não fora um homem rico e suas despesas haviam sido grandes nos últimos seis anos. Assim, Beldingsville não se surpreendeu quando, seis meses após a morte do médico, chegara a notícia de que Mrs. Polly Chilton e Pollyanna estavam voltando para casa. Mais uma vez o velho solar Harrington, há tanto tempo fechado e silencioso, mostrou janelas abertas e portas escancaradas. Mais uma vez Nancy, agora Mrs. Timothy Durgin, varreu, escovou e espanou até que o antigo local brilhasse em estado impecável.

— Não; não tive ordem para fazer isso, não; não tive — explicou Nancy aos amigos e vizinhos curiosos que paravam ao portão, ou que, ousadamente vinham até a porta. — Minha sogra tinha a chave, naturalmente, e sempre vinha arejar e ver se as coisas estavam bem; Mrs. Chilton acaba de escrever e avisar que ela e Miss Pollyanna chegam nesta semana, na sexta-feira, e que gostaria de ver os quartos e lençóis arejados, e que depois deixasse, no dia, a chave embaixo do capacho da porta do lado.

Nancy meneava a cabeça.

— Ora, embaixo do capacho! Como se eu fosse deixar as pobrezinhas entrarem sozinhas nesta casa, abandonada como está, e eu, a só uma milha de distância, ficaria sentada no meu quarto como uma dama refinada e sem coração, não mesmo! Como se as pobrezinhas já não tivessem sofrido o suficiente sem isso... vir para a casa sem o doutor, que Deus o tenha! E sem dinheiro também! Uma vergonha que isso tenha acontecido. Pensar que Mrs. Polly, quer dizer, Mrs. Chilton está pobre! Não consigo imaginar uma coisa dessas, não consigo.

Talvez Nancy não tivesse falado com tanto interesse com ninguém como fez com um jovem alto e bem-apessoado, de olhar especialmente franco e um sorriso particularmente triunfante, que estava parado à porta lateral depois de chegar em meio galope num puro-sangue brioso, às dez horas da manhã de quinta-feira. Ao mesmo tempo, com ninguém ela falara com tanto embaraço, no tocante à forma de tratamento; pois sua língua tropeçava entre "Seu Jimmy, isto é, Sr. Bean, quero dizer, Mister Pendleton" e hesitava com uma precipitação nervosa que provocou no jovem uma alegre gargalhada.

— Não importa, Nancy! Use o que lhe parecer mais fácil. Já descobri o que queria saber: Mrs. Chilton e sua sobrinha são mesmo esperadas amanhã.

— Sim, senhor; são, sim, senhor — confirmou ela. — Uma pena! Não isso, porque estou contente que elas venham, mas o senhor sabe as circunstâncias em que elas vêm.

— Eu entendo — assentiu o jovem, sério, seus olhos percorrendo a bela casa antiga. — Bem, suponho que nada se possa fazer quanto a isso. Mas estou contente que esteja fazendo o que está fazendo. Vai ajudar bastante.

Ele terminou de falar, sorrindo, e conduziu o cavalo pela alameda de acesso à casa.

Nos degraus, Nancy meneou a cabeça sabiamente, murmurando:

— Não fico surpresa de *Seu* Jimmy não ter esperado que a grama crescesse para vir saber notícias de Pollyanna. Eu disse, há muito tempo, que isso ia acontecer, e agora é bem capaz, porque ele ficou alto e bonito. Espero que aconteça; espero, sim. Vai ser como num livro, ela encontrando-se com ele e indo para a casa de Mr. Pendleton. Puxa, quem imaginaria que aquele Jimmy Bean iria ser assim! Nunca vi alguém mudar tanto, nunca mesmo — concluiu ela, com um último olhar para a figura que desaparecia pela estrada.

Um pensamento parecido deve ter passado pela mente de John Pendleton na mesma manhã, pois, na varanda da enorme casa da Colina Pendleton, John Pendleton observava a aproximação rápida do mesmo animal com o mesmo cavaleiro; em seus olhos havia uma expressão muito parecida à dos olhos de Mrs. Nancy Durgin. Em seus lábios também havia um "Por Deus! Que belo par!", enquanto cavalo e cavaleiro passavam a caminho do estábulo.

Cinco minutos depois, o jovem dobrava a esquina da casa e subia os degraus da varanda.

— Bem, meu rapaz, é verdade mesmo? Elas vêm? — quis saber o homem, com visível ansiedade.

— Sim.

— Quando?

— Amanhã — respondeu o jovem, deixando-se cair na cadeira.

Com a tensão na voz do jovem, John Pendleton franziu a testa. Lançou um olhar rápido ao rosto do jovem. Por um instante hesitou; então, de modo um tanto abrupto, perguntou:

— O que foi, filho, algum problema?

— Problema? Não, nenhum.

— Bobagem! Eu o conheço. Você saiu daqui uma hora atrás com tanta pressa que nem cavalos selvagens poderiam ter impedido você. Agora está encolhido nessa cadeira, e parece que nem os mesmos cavalos selvagens poderiam tirar você daí. Se eu não o conhecesse bem, seria capaz de pensar que não está contente pela chegada de nossas amigas.

Ele fez uma pausa, para ser preenchida com uma resposta. Que não veio.

— Jim, não está contente que elas estejam chegando?

— Claro que estou. — O jovem riu nervosamente.

— É que não está parecendo nem um pouco.

Ele riu outra vez. Seu rosto ficou corado.

— É que eu estava pensando em Pollyanna.

— Pollyanna! Mas, homem, você não fez nada além de falar sobre Pollyanna desde que voltou de Boston e descobriu que ela era esperada. Achei que estivesse morrendo de vontade de ver Pollyanna.

O outro se curvou para a frente, intencionalmente curioso.

— É exatamente esse o ponto! O senhor mesmo disse há pouco. É como se ontem os cavalos selvagens não pudessem me impedir de ver Pollyanna, e hoje, agora, que sei que ela vem, eles não poderiam me arrastar para vê-la.

— Jim!

Perante a incredulidade no rosto de John Pendleton, o jovem deixou-se cair na poltrona com um riso embaraçado.

— Eu sei. Parece loucura, mas não espero que possa entender. No fundo, acho que desejei que Pollyanna não crescesse. Ela era tão adorável, do jeito que era. Gosto de pensar nela como quando a vi por último, com o rosto sardento e pequeno, rabos de cavalo loiros, as palavras ditas entre lágrimas: "Estou contente por estar indo; mas acho que ficarei um pouco mais contente quando voltar". Foi a última vez que a vi. Lembra? Estávamos no Egito naquela vez em que ela esteve aqui, quatro anos atrás.

— Eu sei. Entendo exatamente o que quer dizer. Acho que me senti da mesma forma. Eu a vi em Roma, no inverno passado.

O outro voltou-se, ansioso.

— É mesmo, o senhor a viu. Conte-me sobre ela.

Um brilho sagaz surgiu no olhar de John Pendleton.

— Mas eu pensei que não quisesse saber sobre Pollyanna crescida.

Com uma careta, o jovem descartou o que ouvira.

— Ela está bonita?

— Ah, os jovens — disse John Pendleton, dando de ombros. — Sempre a primeira questão, se ela é bonita.

— Bem, ela é?

— Vou deixar que julgue por si mesmo. Se você... não, pensando bem, vou contar, porque você poderia ficar desapontado. Pollyanna não é bonita, não no tocante às feições, aos cachos e às sardas no rosto. Na verdade, para mim, a grande cruz da vida de Pollyanna é ela ter certeza de não ser bonita. Há muito tempo ela me contou que cachos negros era uma das primeiras coisas que gostaria de ter quando fosse para o Céu; no ano passado, em Roma, ela disse outra coisa. Não foi muito no que se refere às palavras, mas percebi certa mágoa por trás delas. Disse que gostaria que alguém escrevesse um romance com uma heroína que tivesse cabelos lisos e sardas no nariz; mas que achava bom ficar feliz porque os livros não tinham personagens assim.

— Isso me parece mesmo com a antiga Pollyanna.

— Ah, você vai descobrir que ela continua sendo Pollyanna — disse o homem, sorrindo de maneira enigmática. — Além disso, eu a acho bonita. Os olhos são adoráveis. Ela é o retrato de alguém saudável. Tem o porte alegre e primaveril da juventude e todo o seu rosto se ilumina quando ela fala, de modo que a gente se esquece de reparar se o rosto dela é comum ou não.

— Ela ainda joga o jogo?

John Pendleton sorriu, contente.

— Imagino que sim, mas não fala muito sobre ele agora, segundo percebi. De qualquer forma, não falou comigo sobre isso, nas duas ou três vezes em que a encontrei.

Fez-se um curto silêncio, depois o jovem Pendleton disse:

— Acho que isso era uma das coisas que estava me preocupando. Esse jogo que foi tão importante para tantas pessoas. Significou tanta coisa em tantos lugares, pela cidade inteira. Eu não poderia suportar a ideia de ela desistir e não jogá-lo mais. Ao mesmo tempo, eu não posso imaginar uma Pollyanna perpetuamente ensinando às pessoas a ficarem contentes por alguma coisa. Bem, como havia dito, acho que eu não queria que Pollyanna crescesse.

— Pois eu não me preocuparia com isso — disse o homem mais velho, dando de ombros, com um sorriso singular. — Com Pollyanna tudo sempre foi muito claro, tanto no sentido literal quanto no figurativo; acho que você vai perceber que ela continua vivendo os mesmos princípios, embora talvez não exatamente da mesma forma. Pobre menina, creio que ela precise de algum tipo de jogo para tornar sua existência suportável, pelo menos no momento.

— Está se referindo ao fato de que Mrs. Chilton perdeu dinheiro? Elas estão pobres, então?

— Desconfio que sim. Na verdade estão em má situação, no que se refere a dinheiro, que eu saiba. A própria fortuna de Mrs. Chilton encolheu enormemente, e o capital do pobre Tom era muito pequeno, e ele encheu-se de pequenas dívidas, por serviços profissionais nunca pagos, que jamais o serão. Tom não conseguia dizer "não" quando sua ajuda era solicitada, e todos os malandros da cidade sabiam disso e se aproveitavam. As despesas dele foram pesadas ultimamente. Além disso, ele esperava grandes realizações quando completasse seu trabalho especial na Alemanha. Naturalmente, supôs que a esposa e Pollyanna estivessem amplamente amparadas pelas posses dos Harringtons; então não tinha preocupações nessa direção.

— Entendo... entendo. Isso é muito ruim.

— Mas não é tudo. Estive com Mrs. Chilton e Pollyanna em Roma, cerca de dois meses depois da morte de Tom, e Mrs. Chilton estava em péssimo estado. Além de estar triste, tinha começado a enfrentar dificuldades nas finanças, e estava quase desvairada. Recusou-se a vir para casa. Disse que não tinha a intenção de ver Beldingsville, nem ninguém daqui, nunca mais. Sabe, ela sempre foi uma mulher particularmente orgulhosa e tudo o que acontecia a estava afetando de uma forma bastante curiosa. Pollyanna disse que sua tia parecia tomada pela ideia de que Beldingsville não aprovara seu casamento com o Dr. Chilton, na idade dela; agora que ele tinha morrido, ela sentia que eles não participariam de qualquer pesar que ela demonstrasse. Ressentia-se, também, do fato de que agora todos sabiam que ela estava pobre, além de viúva. Resumindo, ela havia entrado num estado mórbido, doentio, tão pouco razoável quanto terrível. Pobre Pollyanna, foi maravilhoso para mim observar o modo de ela lidar com aquilo tudo. O fato é que, se Mrs. Chilton continuar a manter essa atitude, a menina vai ficar mal. Por isso eu disse que Pollyanna iria necessitar de algum tipo de jogo, mais do que ninguém.

— É uma pena tudo isso estar acontecendo com Pollyanna! — exclamou o jovem, com voz pouco firme.

— Sim, e você pode ver que nada vai bem pelo modo como estão voltando, quietas, sem avisar a ninguém. Isso foi coisa de Polly Chilton, garanto. Ela não quer encontrar ninguém. Segundo sei, ela não escreveu para outra pessoa, a não ser a esposa do velho Tom, a Sra. Durgin, que tinha as chaves.

— Sim, foi o que Nancy me contou... uma alma boa! Ela abriu toda a casa e conseguiu, de alguma forma, fazer com que a casa não pareça uma tumba de esperanças e alegrias perdidas. Os jardins estão relativamente bem, porque o velho Tom os têm mantido bem cuidados. Mas tudo isso faz meu coração ficar apertado.

Houve um longo silêncio, depois John Pendleton sugeriu:

— Elas devem ser recebidas.

— Serão.

— Você vai até a estação?

— Vou.

— Então sabe em que trem elas vão chegar.

— Não, e nem Nancy sabe.

— Então como vai recebê-las?

— Vou começar pela manhã e esperar cada trem, até que tenham chegado — riu o jovem, fazendo uma espécie de careta. — Timothy também vai, com a charrete da família. Afinal, não existem tantos trens assim, nos quais elas possam chegar.

— Bem, eu sei — disse John Pendleton. — Jim, admiro sua coragem, mas não seu juízo. Estou contente que tenha resolvido seguir sua intuição e não o juízo, e desejo a você boa sorte.

— Obrigado, senhor — sorriu o jovem, pesarosamente. — Preciso mesmo de sua bênção. Preciso, sim; se preciso, como diz Nancy.

❖

CAPÍTULO XVII

Quando Pollyanna chegou

À medida que o trem se aproximava de Beldingsville, Pollyanna observava ansiosamente sua tia. Durante o dia inteiro, Mrs. Chilton fora ficando cada vez mais inquieta, mais e mais taciturna, e Pollyanna receava o momento em que chegassem à estação tão familiar.

Olhando para a tia, o coração de Pollyanna se apertava. Pensava que era difícil de acreditar que uma pessoa pudesse mudar e envelhecer tanto em seis curtos meses. Os olhos de Mrs. Chilton estavam sem brilho; a face, pálida e murcha; e sua testa, percorrida por linhas de preocupação. Sua boca se curvava para baixo nos cantos, e o cabelo estava penteado para trás à moda pouco atraente que usava quando Pollyanna a vira pela primeira vez, muitos anos antes. Toda a suavidade e doçura que pareciam ter vindo até ela no período do casamento haviam caído como se fosse um manto, deixando a antiga dureza e amargura que foram dela quando era Mrs. Polly Harrington, não amada e sem amor.

— Pollyanna! — chamou a voz incisiva de Mrs. Chilton.

Pollyanna voltou-se com ar culpado. Tivera a impressão de que a tia lera seus pensamentos.

— Sim, tia?

— Onde está aquela bolsa preta, a pequena?

— Está aqui.

— Gostaria que você apanhasse nela meu véu negro. Estamos quase chegando.

— Mas está tão quente e abafado, tia!

— Pollyanna, pedi o véu negro. Se você fizer, por favor, o que pedi, sem discutir, seria bem mais fácil para mim. Quero o véu. Acha que vou dar a Beldingsville oportunidade de ver como estou me sentindo?

— Oh, tia, eles nunca estarão com esse espírito — protestou Pollyanna, procurando o tão desejado véu na bolsa. — Além disso, não haverá ninguém para nos encontrar. Não avisamos a ninguém da nossa chegada.

— Sim eu sei. Não dissemos para ninguém, mas demos instruções a Mrs. Durgin para arejar a casa e colocar a chave sob o capacho hoje. Acha que Mary Durgin fez segredo dessa informação? Não mesmo. Metade da cidade sabe que estaremos hoje aqui, e uma dúzia ou mais virá "dar uma passada" na estação no horário de o trem chegar. Eu os conheço! Querem ver como se parece uma Polly Harrington pobre. Eles...

— Ah, tia — disse Pollyanna, com lágrimas nos olhos.

— Se eu não estivesse tão sozinha, se ele estivesse aqui... — ela se calou e virou a cabeça para o outro lado. Seus lábios tremiam. — Onde está esse véu? — perguntou, com voz rouca.

— Está aqui, minha querida — confortou Pollyanna, cujo único objetivo no momento era colocar o véu nas mãos da tia, apressadamente. — Estamos quase chegando. Ah, tia, eu bem que gostaria que o velho Tom ou Timothy viessem nos apanhar.

— E ir para casa em grande estilo, como se a gente pudesse se permitir manter cavalos e carruagens? Quando sabemos que teremos de vendê-los amanhã? Não, eu agradeço, Pollyanna, mas prefiro usar uma carruagem de aluguel, nessas circunstâncias.

— Eu sei, mas... — o trem estacou, com um sacolejo, e a frase de Pollyanna terminou em suspiro.

Enquanto as duas mulheres desembarcavam na plataforma, Mrs. Chilton, com seu véu negro, não olhava para nenhum dos lados. Pollyanna, entretanto, cumprimentou com gestos e sorriu em meia dúzia de direções antes de dar dois passos. Repentinamente, viu-se olhando para um rosto familiar, mas, ao mesmo tempo, estranhamente não familiar.

— Ora vejam se não é Jimmy! — alegrou-se ela, estendendo a mão com cordialidade. — Bem, suponho que agora eu deva dizer: Mr. Pendleton — corrigiu-se ela. — Agora que está tão alto e elegante.

— Gostaria de ver você tentar me tratar assim — respondeu o jovem, erguendo o queixo, numa atitude típica de quando era um garoto.

Voltou-se para cumprimentar Mrs. Chilton, porém, com a cabeça virada para o outro lado, ela seguia na frente. Ele então se virou para Pollyanna outra vez.

— Se quiserem vir por aqui, ambas — ele apressou-se em acrescentar. — Timothy veio com a carruagem.

— Oh, como ele é bom! — manifestou-se Pollyanna, olhando para a figura escura e velada à sua frente. — Tia querida, Timothy está aqui. E veio com a carruagem. Está para o lado de cá. E este é Jimmy, tia. Jimmy Bean, lembra dele?

Em seu nervosismo e embaraço Pollyanna não reparou que se referira ao jovem com o nome de infância. Mrs. Chilton, entretanto, percebeu. Com visível relutância, voltou-se para o rapaz e inclinou a cabeça, num gesto quase imperceptível.

— Mr. Pendleton foi muito atencioso, com certeza, mas sinto muito que tenham tido tanto trabalho, o senhor e Timothy — disse ela, friamente.

— Não foi trabalho nenhum, garanto — riu o jovem, tentando disfarçar seu embaraço. — Se me derem os bilhetes, posso retirar a bagagem de vocês.

— Obrigada — começou Mrs. Chilton. — Tenho certeza de que somos capazes de...

Mas Pollyanna, com um aliviado "muito obrigada", já havia passado os papéis ao rapaz. A dignidade exigia que Mrs. Chilton não dissesse mais nada.

O percurso para casa foi silencioso. Timothy, um tanto magoado com a recepção que teve no encontro com a antiga patroa, sentou-se rígido e ereto, com os lábios apertados. Mrs. Chilton, depois de dizer "bem, criança, seja como quiser; suponho que agora a gente tenha de ir para casa nela!", recaíra em mutismo sério. Pollyanna, entretanto, não estava séria, nem tensa, nem triste. Com olhos saudosos e úmidos, saudava cada ponto amado do caminho, à medida que passavam por ele. Só falou uma vez, para dizer:

— Jimmy não está ótimo? Ele melhorou muito. Que belos olhos e sorriso.

Disse isso e aguardou, esperançosa. Mas não veio nenhuma resposta, e ela finalizou com:

— Bem, essa é minha opinião, pelo menos.

Timothy estava chateado e também receoso de dizer a Mrs. Chilton o que esperar chegando à casa; assim, as portas abertas de par em par e os quartos adornados com flores, além de Nancy fazendo mesuras no pórtico, foram uma completa surpresa para Mrs. Chilton e Pollyanna.

— Puxa, Nancy, que coisa adorável — comentou Pollyanna, apeando com leveza. — Titia, Nancy veio nos dar boas-vindas. E veja como tudo está encantador por aqui!

A voz de Pollyanna trazia uma alegria determinada, embora soasse trêmula. Essa volta para casa sem o querido médico que tanto amara não era fácil para ela, por isso sabia como deveria ser para sua tia. Sabia, também, que Polly Chilton temia perder o controle perante Nancy, e que nada seria pior do que isso a seus olhos. Por trás do pesado véu negro, Pollyanna sabia que os olhos estariam úmidos e os lábios tremendo. Sabia também que, para ocultar esses fatos, sua tia provavelmente agarraria a primeira oportunidade para encontrar algum defeito e usar sua raiva para ocultar o fato de seu coração estar sofrendo. Por isso não se surpreendeu com as primeiras palavras pouco calorosas para Nancy, seguidas de um cortante:

— Foi muita bondade de sua parte, Nancy, mas na verdade preferia que não tivesse feito nada.

Toda a alegria deixou o rosto de Nancy. Ela deu a impressão de ficar magoada e assustada.

— Oh, Mrs. Polly, quero dizer, Mrs. Chilton. Pareceu-me que eu não podia deixar que a senhora... — balbuciou ela.

— Não tem importância, Nancy — interrompeu Mrs. Chilton. — Não quero falar sobre isso.

Com a cabeça orgulhosamente erguida, saiu do aposento. Um minuto mais tarde, a porta de seu quarto batia, no andar superior.

Nancy voltou-se, abalada.

— Miss Pollyanna, o que foi? O que fiz de errado? Pensei que ela fosse gostar. Só queria ajudar.

— Claro que sim — respondeu Pollyanna, remexendo sua bolsa à procura do lenço. — Foi muito amável o que fez, lindo.

— Só que ela não gostou.

— Gostou, sim. Mas não queria demonstrar. Estava com receio de demonstrar outras coisas, e... Oh, Nancy, Nancy, estou tão contente de poder chorar!

No instante seguinte, Pollyanna chorava no ombro de Nancy.

— Pronto, minha querida, pode chorar, pode chorar — disse Nancy, batendo carinhosamente nos ombros erguidos, e com a outra mão pegava o avental para enxugar as próprias lágrimas que teimavam em escorrer.

— Sabe, não devo chorar na frente dela — soluçou Pollyanna. — E foi difícil vir para cá... é a primeira vez, você sabe. Eu compreendo o que ela está sentindo.

— Claro que sim, pobrezinha — acalmou-a Nancy. — E eu não devia ter feito algo para envergonhá-la.

— Mas você não fez — corrigiu Pollyanna, apressadamente. — É o jeito dela, Nancy. Sabe, ela não gosta de demonstrar o quanto sofre pelo doutor. E tem tanto medo de demonstrar que vai usar qualquer desculpa para ter o que dizer. Ela faz isso comigo, do mesmo jeito. Por isso sei como é, entende?

— Entendo, sim. Sei como é; sei, sim — respondeu Nancy, pressionando os lábios. Suas mãos batiam cada vez mais afetuosamente, se possível, nos ombros de Pollyanna. — De qualquer forma, estou contente de ter vindo, por você.

— Também estou — desabafou Pollyanna, respirando fundo e afastando-se com delicadeza, para enxugar os olhos. — Já estou melhor. E lhe agradeço muito, Nancy, pelo que fez. Mas não se prenda por nós, quando for sua hora de ir.

— Como! Pensei em ficar por um tempo — declarou Nancy, fungando.

— Ficar! Mas, Nancy, pensei que estivesse casada. Não é esposa de Timothy?

— Claro. Mas ele não se importa, sendo por vocês. Ele quer que eu fique para ajudar vocês.

— Nancy, não podemos permitir — protestou Pollyanna. — Não podemos ter ninguém agora, você sabe. Vou fazer eu mesma o trabalho. Tia Polly disse que, até que a gente saiba como estão as coisas, temos de viver com toda a economia possível.

— Como se eu fosse aceitar dinheiro de... — começou Nancy, indignada, mas interrompeu-se ao se deparar com a expressão de Pollyanna, e deixou as palavras sumirem num murmúrio de reclamações enquanto corria da sala para a cozinha, para cuidar do frango com creme, que estava no forno.

Só depois de o jantar ter ficado pronto e de tudo ter sido colocado em ordem, foi que Mrs. Timothy Durgin consentiu em sair dali, com seu marido; mesmo assim foi com evidente relutância e pedindo muito que a deixassem voltar "para ajudar, só um pouquinho", a qualquer hora.

Depois de Nancy ir embora, Pollyanna veio à sala onde Mrs. Chilton estava sentada sozinha, a mão sobre os olhos.

— Querida, posso acender a luz? — indagou Pollyanna, alegremente.

— Bem, suponho que sim.

— Nancy não foi um amor de fazer tantas coisas boas para nós?

Nenhuma resposta.

— Onde ela encontrou essas flores, não imagino. Ela as colocou em todos os aposentos, e nos dois banheiros também.

Ainda nenhuma resposta.

Pollyanna suspirou entrecortadamente e lançou um olhar ao rosto encoberto da tia. Depois de um instante ela recomeçou, esperançosa.

— Vi o velho Tom no jardim. Pobre homem, o reumatismo dele está pior do que nunca. Estava quase dobrado ao meio. Ele perguntou particularmente pela senhora.

Mrs. Chilton voltou-se, interrompendo a sobrinha.

— Pollyanna, o que vamos fazer?

— Fazer? Bem, o melhor que pudermos, querida.

Mrs. Chilton fez um gesto impaciente.

— Ora, Pollyanna, fale sério por um instante. Em pouco tempo vai descobrir que é mesmo sério. O que vamos fazer? Como você sabe, meu recebimento de dinheiro parou quase por completo. Naturalmente, algumas coisas são valiosas, eu suponho; mas Mr. Hart diz que poucos irão pagar algo no momento. Temos alguma coisa no banco, e um pouco mais entrando. E temos esta casa. Mas que uso poderá ter a casa? Não podemos comê-la, nem vesti-la. É grande demais para nós, no modo que teremos de viver; e não conseguiríamos vendê-la nem pela metade do valor que vale realmente, a menos que aconteça de encontrarmos a pessoa que a deseje.

— Vender? Titia, a senhora não faria isso, vender esta bela casa cheia de coisas bonitas!

— Talvez tenha de fazer isso, Pollyanna. Infelizmente, temos de comer.

— Eu sei, e eu sempre estou com tanta fome — queixou-se Pollyanna, rindo. — Apesar disso, estou contente por meu apetite ser tão bom.

— É bem você. Encontrar alguma coisa para ficar contente. Mas o que faremos, criança? Gostaria que falasse sério por um minuto.

Uma mudança rápida estampou-se no rosto de Pollyanna.

— Estou falando sério, tia Polly. Creio que eu conseguiria ganhar algum dinheiro.

— Minha menina, e pensar que um dia eu escutaria uma coisa

como essa; uma filha dos Harringtons tendo que ganhar seu pão! — lamentou-se a mulher.

— Mas essa não é a maneira certa de encarar esse assunto — riu Pollyanna. — A senhora devia ficar contente por uma filha dos Harringtons ser esperta o suficiente para ganhar seu sustento! Isso não é nenhuma desgraça, tia Polly.

— Talvez não. Mas também não é agradável para o nosso orgulho, depois da posição que já ocupamos em Beldingsville, Pollyanna.

Pollyanna não escutou. Seus olhos pareciam estar distraídos, fixos em algum ponto no espaço.

— Se ao menos eu tivesse algum talento! Se eu pudesse fazer algo melhor do que qualquer outra pessoa no mundo — suspirou ela, por fim. — Posso cantar um pouco, tocar um pouco, bordar um pouco e cerzir um pouco; mas não posso fazer nenhuma dessas coisas suficientemente bem para cobrar por elas. — Interrompeu-se, e depois de um minuto de silêncio continuou: — Acho que o de que mais gosto é cozinhar e cuidar da casa. A senhora sabe que eu adorava aqueles invernos alemães, quando Gretchen não vinha no dia em que a gente queria. Mas não gostaria de fazer isso na cozinha dos outros.

— Como se eu fosse permitir! Pollyanna! — estremeceu Mrs. Chilton novamente.

— Porém, trabalhar em nossa própria cozinha não iria trazer nada para nós, nenhum dinheiro, quero dizer — queixou-se Pollyanna. — E é de dinheiro que a gente precisa.

— Com efeito — suspirou tia Polly.

Estabeleceu-se um longo silêncio quebrado por Pollyanna.

E pensar que depois de tudo o que a senhora fez por mim, titia, pensar que agora, se pudesse, seria uma oportunidade esplêndida de ajudar! E ainda assim, não posso. Ah, por que eu não nasci com algum dom que valesse dinheiro?

— Vamos, criança, não diga isso. Claro, se o doutor...

As palavras caíram no silêncio.

Pollyanna levantou a cabeça e ergueu-se de um salto.

— Minha querida, não fique assim! — exclamou ela, com uma total mudança de atitude. — Não se queixe, titia. O que impede que eu desenvolva algum talento maravilhoso um dia desses? Além disso, acho tudo muito excitante. Existe tanta coisa incerta e é muito divertido a gente querer coisas e depois esperar que elas venham. Viver sabendo que a gente vai conseguir tudo o que deseja é tão monótono! — finalizou ela, com um pequeno riso.

Mrs. Chilton, entretanto, não riu. Simplesmente suspirou e disse:
— Pollyanna, que menina é você!

❖

CAPÍTULO XVIII

Uma questão de adaptação

Os primeiros dias em Beldingsville não foram fáceis nem para Mrs. Chilton nem para Pollyanna. Foram dias de adaptação; e dias de adaptação raramente são fáceis.

Da viagem e da excitação não foi fácil colocar a mente para considerar o preço da manteiga e os abusos do açougueiro. Depois de se ter todo o tempo para si mesmas, não era fácil descobrir a próxima tarefa que precisava ser feita. Amigos e vizinhos vinham visitar, e, embora Pollyanna os acolhesse com uma cordialidade exagerada, Mrs. Chilton, quando possível, desculpava-se e se recolhia; dizia amargamente para a sobrinha:

— Curiosidade, eu suponho, de ver como é Polly Harrington vivendo pobre.

Do Dr. Chilton pouco se falava, e ainda assim Pollyanna sabia bem que ele nunca estava ausente dos pensamentos da tia; e que mais da metade de seu mau humor não passava do manto habitual para ocultar uma emoção mais profunda que ela não queria mostrar.

Pollyanna viu várias vezes Jimmy Pendleton durante o primeiro mês. Ele veio primeiro com John Pendleton para uma visita um tanto formal e cerimoniosa, não que fosse qualquer das duas coisas antes de tia Polly entrar no aposento; depois, foi ambas as coisas. Por algum motivo, tia Polly não se desculpou nessa ocasião. Depois disso, Jimmy veio sozinho, uma das vezes com flores, outra com um livro para tia Polly e duas vezes sem nenhuma desculpa. Pollyanna sempre o acolheu com prazer autêntico. Tia Polly, depois daquela primeira vez, não mais o viu. Para a maior parte dos amigos, Pollyanna falou pouco sobre a mudança da situação. Com Jimmy, entretanto, falou livremente, e seu bordão constante era: "Se ao menos eu pudesse fazer algo para ganhar dinheiro!"

— Estou virando a criatura mais mercenária que você já viu — disse ela. — Antes eu calculava tudo em dólar; agora, tudo em centavos. Sabe, a tia Polly se sente tão pobre...

— É uma pena — disse Jimmy.

— Sei disso. Mas, honestamente, acho que ela se sente mais pobre do que realmente é, ela remói muito isso. Gostaria de poder ajudar!

Jimmy olhou para o rosto tristonho e ansioso com olhar brilhante, e os seus próprios olhos se amenizaram.

— O que você *quer* fazer se puder? — indagou ele.

— Ah, eu gostaria de cozinhar e cuidar da casa — sorriu Pollyanna, com um suspiro pensativo. — Adoro bater ovos e açúcar, e escutar o bicarbonato borbulhando com sua pequena melodia na xícara de leite azedo. Fico contente quando tenho um dia de cozinha à minha frente. Só que não posso ganhar dinheiro com isso, a não ser na cozinha de outra pessoa. E acho que não gosto o suficiente para isso.

— Espero que não — disse o jovem.

Mais uma vez ele olhou para o rosto expressivo à sua frente. Dessa vez os cantos da boca se curvaram um pouco. Ele mordeu os lábios e falou, corando ligeiramente.

— Bem, naturalmente você pode se casar. Já pensou nisso, Miss Pollyanna?

Pollyanna deu uma risada alegre. A voz e as maneiras, inegavelmente, eram aquelas de uma garota intocada até pelas mais distantes flechas do Cupido.

— Não, nunca irei me casar — disse ela. — Em primeiro lugar, não sou bonita, você sabe; e, em segundo lugar, pretendo viver com minha tia Polly, para cuidar dela.

— Não é bonita, é? Será que nunca lhe ocorreu que pode haver uma diferença de opinião quanto a isso, Pollyanna? — perguntou ele, com expressão curiosa.

Pollyanna sacudiu a cabeça.

— Não pode haver. Tenho espelho, sabia? — respondeu ela, com um olhar alegre.

"Pareceu coqueteria. Em outra garota poderia ser mesmo coqueteria", pensou Pendleton. Porém, observando o rosto à sua frente, Jimmy Pendleton entendeu que não era isso. Também entendeu, na mesma hora, por que Pollyanna parecia diferente de todas as meninas que ele conhecera. Algo da antiga forma que ela encarava as coisas perdurava.

— Por que não é bonita? — perguntou ele.

Mesmo enquanto fazia a pergunta, e certo de que conhecia o caráter de Pollyanna, Pendleton conteve o fôlego a propósito de sua temeridade. Não pôde evitar pensar que outra garota rapidamente teria se ressentido com a afirmação de não ser bonita. Mas as primeiras palavras de Pollyanna lhe mostraram que seu receio era infundado.

— Bem, simplesmente não sou — riu ela, com uma ponta de tristeza. — Não fui feita assim. Talvez não se lembre mas há muito tempo, quando eu era uma garotinha, sempre me pareceu que uma das coisas mais bonitas que o Céu iria me trazer quando eu chegasse lá seriam cachos negros.

— É esse seu maior desejo agora?

— Não, talvez não seja mais — hesitou Pollyanna. — Mas ainda acho que gostaria dos cachos. Além disso, meus cílios não são suficientemente longos e meu nariz não é grego, nem romano, nem nenhum desses desejáveis formatos que pertencem a um tipo definido. É simplesmente um nariz. E meu rosto é longo demais, ou curto demais, esqueci qual deles; medi uma vez num desses testes de "correção de beleza" e não era o ideal. Dizia que a largura do rosto deveria ser igual à de cinco olhos, e a largura dos olhos igual a... alguma outra coisa. Esqueci o que, também só sei que o meu não era.

— Que retrato lúgubre — riu Pendleton, olhando atento, admirando o rosto cheio de vida e os olhos expressivos da garota. Então perguntou: — Você já se olhou no espelho enquanto conversava, Pollyanna?

— Claro que não!

— Pois você deveria experimentar.

— Que ideia engraçada! Imagine a mim fazendo isso — riu ela. — O que devo dizer? Assim? "Agora, Pollyanna, já que seus cílios não são longos e que seu nariz é só um nariz, fique contente por ter cílios e nariz!"

Pendleton uniu-se ao riso dela, mas uma expressão estranha subiu-lhe ao rosto.

— Então quer dizer que ainda joga o jogo — observou ele, timidamente.

Ela voltou completamente os olhos suaves para ele.

— Claro que sim! Puxa, Jimmy, não acho que poderia ter passado pelos últimos seis meses se não fosse esse abençoado jogo — disse ela, com um leve tremor na voz.

— Não tenho ouvido você falar muito sobre isso — comentou ele.

Ela mudou de cor.

— Sei disso. Acho que tenho medo de falar demais às pessoas de fora, que não se importam, sabe? Não parece soar da mesma forma para mim agora, aos vinte, do que era quando eu tinha dez. Percebo isso. As pessoas não gostam de ouvir sermões, você sabe — terminou ela, com um sorriso extravagante.

— Sei, mas às vezes me pergunto, Pollyanna, se você realmente compreende o que é esse jogo, e o que realizou para as pessoas que o estão jogando.

— Eu sei o que ele fez para mim — respondeu ela, em voz baixa, olhando para o outro lado.

— Sabe? Realmente funciona, se você jogar — afirmou ele, depois de um silêncio breve. — Alguém disse que seria capaz de revolucionar o mundo, se todos realmente praticassem. Acredito nisso.

— Sim. Mas algumas pessoas não querem ser transformadas — sorriu Pollyanna. — Encontrei um homem na Alemanha no ano passado. Ele tinha perdido seu dinheiro e estava com má sorte, de maneira geral. Nossa, como ele estava triste! Alguém na minha presença tentou animá-lo dizendo-lhe que as coisas podiam ser piores. Você devia ter escutado esse homem! Ele disse: "Se existe alguma coisa que me irrita neste mundo é dizerem para mim que as coisas podem ser piores e que eu devia ser grato pelo que restou. Essas pessoas que ficam por aí com um sorriso que não se apaga no rosto e dizem como são gratas por poderem respirar, ou comer ou andar, ou deitar, elas não servem para mim. Não quero comer, nem andar, nem deitar, quando as coisas estão como estão no momento. E quando me dizem que eu devia ser agradecido por alguma coisa ou outra, me dá vontade de sair e dar um tiro em alguém!" Imagine o que eu teria conseguido se tivesse tentado ensinar o jogo a esse homem! — riu Pollyanna.

— Não me importo. Ele precisava disso — respondeu Jimmy.

— Sem dúvida, mas ele não me teria agradecido o fato de ensiná-lo.

— Acho que não mesmo. Mas veja! Com sua atual filosofia e esquema de viver, ele torna infeliz a si mesmo e a todos em volta, não é? Suponha que ele estivesse jogando o jogo. Enquanto ele tentava descobrir algo para ficar contente no meio de tudo o que lhe aconteceu, não poderia estar ao mesmo tempo resmungando e reparando em como as coisas eram ruins; isso já seria um lucro. Ele se tornaria uma pessoa bem mais fácil de conviver, tanto para ele quanto para seus amigos. No entanto, só pensar na rosquinha em vez de no buraco não poderia tornar as coisas piores para ele, mas talvez pudesse melhorá-las. Ele não sentiria um vazio na boca do estômago, e a digestão seria melhor. Digo-lhe que os problemas não são bons para se abraçar. Eles possuem muitos espinhos.

Pollyanna sorriu, aprovando.

— Isso me faz pensar no que eu disse para uma senhora pobre, certa vez. Ela era uma das auxiliadoras no Oeste, e era o tipo de pessoa que realmente apreciava ficar triste e contar a todos as causas de sua infelicidade. Eu tinha talvez dez anos e tentava ensinar o jogo a ela. Reconheço que não tive muito sucesso, mas acabei entendendo o motivo, pois lhe disse: "Bem, de qualquer forma a senhora pode ficar contente por ter tantas coisas que a fazem infeliz, já que adora ser assim!"

— Essa foi boa — riu Jimmy.

Pollyanna ergueu as sobrancelhas.

— Receio que ela não tenha apreciado mais do que o homem na Alemanha teria, se eu tivesse dito o mesmo a ele.

— Mas é bom que eles saibam, e você deve mesmo contar — começou Pendleton, interrompendo-se e encarando a amiga com uma expressão tão intrigada que Pollyanna ficou surpresa.

— O que foi, Jimmy?

— Nada. Só estava pensando — disse ele, apertando os lábios. — Aqui estou eu incentivando você a fazer exatamente aquilo que eu tinha medo que você fizesse antes de vê-la. Quer dizer, antes de ver você eu estava com medo que... que... — ele se atrapalhou, sem conseguir parar, e ficou vermelho.

— Bem, Jimmy Pendleton, não pense em parar por aí, senhor — interveio Pollyanna. — O que quer dizer com isso, por favor?

— Oh, nada de mais.

— Estou esperando — murmurou Pollyanna.

A voz e os modos eram calmos e confiantes, embora os olhos brilhassem brejeiros.

O jovem hesitou, observou-lhe o rosto sorridente e depois capitulou.

— Tudo bem, vamos fazer do seu jeito. É que eu andei me preocupando um pouco com o jogo, com medo de que você estivesse falando nele da forma que costumava, e...

Foi interrompido por uma gargalhada alegre.

— Viu, eu não disse? Até mesmo você estava preocupado que eu fosse aos vinte o que costumava ser aos dez!

— Não, eu não quis dizer que... Pollyanna, eu pensei honestamente que... quer dizer, eu sabia...

Mas Pollyanna simplesmente colocara as mãos nos ouvidos e estava rindo outra vez.

CAPÍTULO XIX

Duas caras

Foi ao final de junho que a carta de Della Wetherby chegou até Pollyanna.

"Estou escrevendo para lhe pedir um favor", escreveu Miss Wetherby. "Espero que possa me informar sobre uma casa de família em Beldingsville que possa hospedar minha irmã durante o verão. Seriam três pessoas: Mrs. Carew, sua secretária e seu filho adotivo, Jamie. (Lembra de Jamie, não lembra?) Eles não querem ir para um simples hotel ou uma pensão. Minha irmã está bastante cansada, e o médico a aconselhou a ir para o interior, para uma mudança de ares que a fizesse descansar. Ele sugeriu Vermont ou New Hampshire. Imediatamente pensamos em Beldingsville e em você; imaginamos se você não poderia recomendar o lugar certo para nós. Disse a Ruth que escreveria para você. Eles querem ir logo, no início de julho, se possível. Seria muito pedir que você entrasse em contato conosco se souber de algum lugar? Por favor, dirija-se a mim aqui mesmo. Minha irmã está conosco aqui no Sanatório para uma semana de tratamento.

Aguardando uma resposta favorável.

Cordialmente sua,

DELLA WETHERBY

Nos primeiros três minutos depois de terminada a leitura da carta, Pollyanna sentou-se com a testa franzida, mentalmente procurando entre os lares de Beldingsville uma possibilidade de acomodação para seus velhos amigos. Então uma reviravolta ocorreu em seus pensamentos, e com uma alegre exclamação ela foi ao encontro de sua tia na sala de estar.

— Titia, titia — chamou-a, arfando. — Acabei de ter uma ideia adorável. Eu disse que alguma coisa iria acontecer, e que em algum ponto eu iria desenvolver um talento. Pois bem, aconteceu agora. Ouça! Acabei de receber uma carta de Miss Wetherby, a irmã de Mrs. Carew, onde eu fiquei quando fui passar o inverno em Boston, lembra? Elas querem vir para o interior para passar o verão, e Miss Wetherby escreveu para saber se conheço algum lugar para eles ficarem. Sabe, eles não querem um hotel ou uma simples pensão. Primeiro pensei que não conhecesse nenhum, mas agora conheço. Conheço, sim, tia Polly. Adivinhe onde é?

— Nossa, menina, como estamos correndo — espantou-se Mrs. Chilton. — Eu poderia pensar que você tem cerca de doze anos, em vez de ser uma mulher crescida. Sobre o que está falando, afinal?

— Sobre um lugar para hospedar Mrs. Carew e Jamie. Descobri um — afirmou Pollyanna.

— É mesmo? Bem, onde é esse lugar? E que possível interesse esse assunto pode ter para mim, minha criança? — murmurou Mrs. Chilton.

— Porque esse lugar é aqui. Vamos recebê-los aqui, titia.

— Pollyanna!

Mrs. Chilton sentou-se ereta, apavorada.

— Titia, não diga "não", por favor — suplicou Pollyanna, ansiosa. — Não vê? Essa é minha oportunidade, a oportunidade que eu estava esperando; e ela veio cair bem nas minhas mãos. Podemos fazer isso de um jeito ótimo. Temos muito espaço, e a senhora sabe que sei cozinhar e cuidar da casa. Virá dinheiro em troca desse esforço, pois eles pagarão bem, sei disso; eles irão gostar de vir, tenho certeza. Haverá três pessoas, pois virá uma secretária com eles.

— Mas, Pollyanna, não posso! Transformar essa casa numa pensão? A mansão Harrington numa pensão comum? Ah, Pollyanna! Não posso, não.

— Mas não seria uma pensão comum, tia. Seria uma pensão especial. Além disso, são nossos amigos. Seria como ter nossos amigos hospedados numa visita; com a diferença de que serão hóspedes pagantes, portanto estaremos ganhando dinheiro; o dinheiro de que precisamos, titia, o dinheiro que estamos precisando — enfatizou ela.

Um espasmo de orgulho ferido atravessou o rosto de Polly Chilton. Com um gemido baixo, recostou-se novamente à cadeira.

— Mas como fazer isso? Você não poderia fazer sozinha a parte do trabalho, minha criança — disse ela, debilmente.

— Claro que não — concordou Pollyanna. (Ela agora pisava em terra firme. Sabia que a discussão estava ganha.) — Mas eu poderia cozinhar e supervisionar, e uma das irmãs mais novas de Nancy poderia ajudar com o resto. Mrs. Durgin faria a parte de lavanderia assim como faz agora.

— Mas, Pollyanna, não estou bem, você sabe que não estou. Eu não poderia fazer muita coisa.

— Claro que não. Não há motivo para que faça — disse com altivez. — Ah, tia, não será esplêndido? Parece bom demais para ser verdade, dinheiro caindo em nossas mãos desse jeito!

— Caindo em nossas mãos? Francamente, Pollyanna! Você ainda tem algumas coisas a aprender neste mundo, e uma delas é que hóspedes de verão não dão dinheiro às mãos de alguém sem esperar um retorno amplo. Quando você arrumar, carregar, assar e cozinhar até ficar exausta, e quando quase se matar tentando servir a todos, e lhe pedirem desde ovos frescos até bom tempo, irá acreditar no que digo.

— Tudo bem, tia, vou lembrar-me disso — riu Pollyanna. — Mas não pretendo me preocupar agora; e vou me apressar em escrever a Miss Wetherby agora mesmo, assim posso dar a missiva a Jimmy Bean para que leve ao correio, quando ele vier esta tarde.

Mrs. Chilton se remexeu, inquieta.

— Pollyanna, gostaria que você chamasse esse jovem pelo seu nome correto. Esse Bean me arrepia quando você fala. Agora o nome dele é Pendleton, que eu saiba.

— É mesmo, titia, mas eu me esqueço disso a metade do tempo. Eu o chamo assim até conversando com ele, às vezes, e claro que isso é péssimo, porque ele na verdade é adotado e tudo o mais. Mas é que estou tão animada com esse assunto — declarou ela, e depois saiu da sala dançando.

Tinha a carta pronta para Jimmy quando ele veio às quatro da tarde. Ainda tremia de excitação e não perdeu tempo em contar ao visitante o que acontecera.

— Estou morrendo de vontade de vê-los — disse ela, quando falou sobre seus planos. — Não os vi mais desde aquele inverno que passei lá. Eu contei a você, não contei? Sobre Jamie.

— Contou, sim — disse o jovem, em tom controlado.

— Não será maravilhoso, esplêndido, se eles vierem?

— Bem, não sei se eu chamaria exatamente de esplêndido — disse ele.

— Não acha esplêndido que eu tenha uma oportunidade de ajudar tia Polly, mesmo que seja por pouco tempo? Claro que é esplêndido, Jimmy.

— Bem, o que penso é que pode ser difícil para você — disse Jimmy, com uma ponta de irritação.

— Pode ser, claro, em algumas coisas. Mas ficarei contente com o dinheiro e pensarei nisso o tempo inteiro. Nossa — suspirou ela —, como sou mercenária, Jimmy!

Por um bom tempo não houve resposta; depois, um tanto abruptamente ele perguntou:

— Com que idade estaria esse Jamie, agora?

Pollyanna sorriu alegremente para ele.

— Agora me lembro, você nunca gostou muito do nome dele: Jamie. Mas não importa, agora ele está adotado legalmente, se não me engano, e usa o nome de Carew. Portanto, pode chamá-lo assim.

— Só que não me disse a idade que Jamie tem — lembrou Jimmy, sem entusiasmo.

— Acho que ninguém sabe ao certo, na verdade. Ele não sabia, mas imagino que ele tenha a sua idade. Gostaria de saber como ele está agora. Mas perguntei tudo sobre ele na carta.

— Ah, perguntou — repetiu ele.

Olhou para a carta em sua mão, girando-a entre os dedos, um tanto desdenhosamente. Gostaria de perdê-la, rasgá-la, dá-la para alguém, jogá-la fora, fazer qualquer coisa com ela, menos colocá-la no correio.

Jimmy sabia perfeitamente que estava com ciúmes, que sempre tivera ciúmes daquele jovem com nome tão parecido e ao mesmo tempo tão diferente do seu. Agora que estava apaixonado por Pollyanna, entendia e ficava irritado com aquilo. O motivo é que não queria que o estranho jovem com nome delicado viesse a Beldingsville e ficasse por perto, estragando seus bons momentos. Quase declarou isso a Pollyanna, mas algo impediu que as palavras saíssem de seus lábios; depois de um tempo partiu, levando a carta com ele.

Ficou evidente nos dias que se seguiram que Jimmy não perdera a carta, nem a rasgara, nem a amassara ou dera a alguém, pois Pollyanna recebera uma resposta rápida e feliz de Miss Wetherby. Quando Jimmy voltou, escutou-a lendo a resposta, ou melhor, parte dela, pois Pollyanna disse antes de ler:

— A primeira parte é apenas o que ela diz sobre estar feliz em vir para cá, e essas coisas. Além disso, você saberá por você mesmo logo, logo. Dependo muito de você, Jimmy, para me ajudar a tornar tudo agradável para eles.

— Depende, é?

— Não seja sarcástico, só porque não gosta do nome de Jamie — ralhou Pollyanna, com severidade simulada. — Tenho certeza de que você gostará dele, quando o conhecer. E irá adorar Mrs. Carew.

— Irei? Bem essa é uma perspectiva séria. Espero que a senhora em questão seja cordial o suficiente para retribuir.

— E será — disse Pollyanna. — Agora me escute, que vou ler a resposta. Essa carta é da irmã dela, Miss Wetherby, do Sanatório, você sabe.

— Muito bem, continue — pediu ele, numa tentativa bastante evidente de demonstrar interesse.

Pollyanna, ainda sorrindo de maneira enigmática, começou a ler:

> Você me pede para contar tudo sobre todos. É uma missão extensa, mas tentarei fazer meu melhor. Para começar, acho que vai descobrir que minha irmã está muito mudada. Os novos interesses em sua vida durante os últimos seis anos fizeram maravilhas por ela. No momento, ela está um pouco magra e cansada por trabalhar demais, mas um bom descanso irá remediar isso e você verá como está jovem, vigorosa e feliz. Por favor, repare que eu disse *feliz*. Isso não significa tanto para você quanto para mim, naturalmente, pois você era muito criança para perceber o quanto ela era infeliz quando você veio passar o inverno aqui em Boston. A vida era um sofrimento, algo sem esperança para ela naquela época; e agora as coisas estão repletas de interesse e alegria.
>
> Em primeiro lugar ela tem Jamie, e quando os vê juntos ninguém precisa dizer o que ele significa para ela. Continuamos sem saber se ele é o verdadeiro Jamie, mas minha irmã o ama como se fosse o próprio filho, e agora o adotou legalmente, creio que você já saiba. Ela também tem as suas meninas. Lembra de Sadie Dean, a vendedora? Bem, por se interessar por ela, e tentando ajudá-la a ter uma vida mais feliz, minha irmã ampliou seus esforços pouco a pouco, até que tivesse muitas meninas que a encaram agora como seu anjo particular e pessoal. Ela fundou uma Casa para Jovens Trabalhadoras. Meia dúzia de homens e mulheres ricos e influentes estão associados a ela, embora seja ela a cabeça e os ombros de tudo, e jamais hesite em se doar para cada uma das garotas. Pode imaginar como ficou

estressada. O principal reforço e apoio para ela é sua secretária, a própria Sadie Dean. Vai descobrir que ela mudou também, ainda que seja a mesma Sadie. Quanto a Jamie, pobre Jamie! A grande mágoa da vida dele é que ele jamais poderá andar. Por algum tempo ele teve esperança. Esteve no Sanatório aos cuidados do Dr. Ames durante um ano, e melhorou tanto que agora pode andar de muletas. Mas o pobre sempre será deficiente, no tocante às pernas, embora nunca em respeito a qualquer outro aspecto. Enfim, depois que a gente conhece Jamie, não se pensa nele como um deficiente, a alma dele é tão livre! Não sei explicar, mas sei que vai entender o que digo quando o encontrar; ele manteve, num grau maravilhoso, seu entusiasmo juvenil e a alegria de viver. Existe apenas uma coisa e uma só, acredito, que teria o poder de empanar o brilho do espírito e deixá-lo desesperado, seria descobrir que não é Jamie Kent, nosso sobrinho. Há tanto tempo ele está na família, e deseja tanto pertencer a ela, que se convenceu de que é mesmo Jamie; se não for, espero que jamais descubra.

— Pronto, aí está tudo o que ela diz sobre eles — anunciou Pollyanna, dobrando as folhas repletas de caligrafia miúda e regular. — Não é interessante?

— Realmente! Puxa vida! Deve ser difícil para esse pobre sujeito, sem dúvida — havia uma ponta de sinceridade na voz de Jimmy agora. Repentinamente, começou a pensar o que suas próprias pernas significavam para ele. Até, por um instante, aceitou que o pobre deficiente tivesse parte das atenções de Pollyanna, desde que ele não fosse abusar desse tempo, naturalmente.

— Difícil! Você não sabe nada sobre isso, Jimmy Bean — riu Pollyanna. — Eu sei porque fiquei sem poder andar uma vez, sei como é.

— Sim, sem dúvida — disse o jovem, franzindo a testa e se remexendo em sua cadeira.

Jimmy, encarando os olhos brilhantes e a expressão solidária de Pollyanna, de repente não teve tanta certeza de estar querendo que Jamie viesse para a cidade, já que só de pensar nele ela ficava daquele jeito!

❖

CAPÍTULO XX

Os hóspedes pagantes

Os poucos dias que antecederam a chegada daquelas "pessoas horríveis", como dizia tia Polly ao referir-se aos hóspedes pagantes da sobrinha, foram cheios, mesmo para sua sobrinha, mas também foram felizes, já que Pollyanna se recusou a estar cansada, ou desencorajada, ou desanimada, sem importar quais fossem os problemas de seu dia a dia. Chamando Nancy e a irmã mais nova, Betty, para ajudá-la, Pollyanna sistematicamente percorreu a casa, aposento por aposento, e preparou o conforto e a conveniência para seus hóspedes esperados. Mrs. Chilton fez pouco para ajudar. Em primeiro lugar, não estava bem. Em segundo lugar, sua atitude mental em relação à ideia não se voltava para o conforto ou a assistência, mas para o efeito que isso teria para o orgulho e o nome dos Harringtons, e em seus lábios estava o constante queixume:

— Pollyanna, Pollyanna, quem diria que o nome dos Harringtons chegaria a isso!

— Mas não chegou, minha querida — respondeu Pollyanna, por fim, sorridente. — São os Carews que estão vindo para o lar dos Harringtons!

Mrs. Chilton não se deixava convencer com tanta facilidade, e respondeu apenas com um olhar reprovador e um suspiro profundo, de modo que Pollyanna foi forçada a deixá-la viajar sozinha pela estrada da depressão.

No dia combinado, Pollyanna foi com Timothy (que agora era dono dos cavalos dos Harringtons) à estação para receber o trem da tarde. Até essa hora não havia nada a não ser confiança e um alegre sentimento de antecipação, no coração de Pollyanna. Mas o apito da locomotiva trouxe até ela o pânico da dúvida, da timidez e do desânimo. Compreendeu repentinamente o que ela, Pollyanna, estava a ponto de realizar, quase sozinha e sem ajuda. Lembrou-se da riqueza de Mrs. Carrew, da posição social dela e do gosto refinado. Lembrou também que ali estaria um novo Jamie, bem diferente do menino que ela conhecera um dia. Por um instante ela pensou em fugir, estar em outro lugar, qualquer lugar.

— Timothy, estou enjoada. Não estou bem, vou dizer a eles para não virem — gaguejou ela, preparando-se para sair.

— Madame! — exclamou Timothy, surpreso.

Um olhar para o rosto surpreso de Timothy foi o suficiente. Pollyanna riu e endireitou os ombros.

— Não é nada. Não se importe com isso. Claro que eu não quis dizer isso, Timothy. Bem a tempo, eles estão quase aqui — ofegou ela, recuperando o controle.

Reconheceu-os imediatamente. Ainda que houvesse dúvida em sua mente, as muletas nas mãos do jovem alto de olhos castanhos teriam chamado sua atenção.

Houve alguns minutos de cumprimentos ansiosos e frases incoerentes, e em seguida ela encontrou-se na carruagem com Mrs. Carew a seu lado, e Jamie e Sadie Dean em frente. Teve então, pela primeira vez, uma oportunidade de ver seus amigos e de reparar nas mudanças que os seis anos haviam trazido.

Em relação a Mrs. Carew, seu primeiro sentimento foi de surpresa. Esquecera que os cílios dela eram tão longos, e que os olhos sombreados por eles eram tão bonitos. Chegou a pilhar-se pensando com inveja de quão perfeito o rosto dela combinava, ponto a ponto, com aquela temível tabela do teste de beleza. Mais do que qualquer outra coisa, porém, ela se alegrou pela ausência das antigas rugas de tristeza e amargura.

Então, voltou-se para Jamie. Novamente se surpreendeu, pelo mesmo motivo, pois Jamie também ficara mais bonito. Os olhos escuros, a pele pálida e o cabelo escuro e ondulado haviam tornado suas feições mais atraentes. Em seguida olhou de relance as muletas ao lado dele e uma onda de compaixão contraiu sua garganta.

De Jamie, Pollyanna voltou-se para Sadie Dean.

Sadie, no tocante às feições, parecia bastante com aquela que Pollyanna vira no Parque Municipal; porém não precisou de um segundo olhar para notar que Sadie, no que dizia respeito ao cabelo, vestido, temperamento, modos e disposição, era uma pessoa bem diferente.

Então Jamie falou:

— Que bom que nos permitiu vir. Sabe do que lembrei quando escreveu nos dizendo que poderíamos vir?

— Bem, não, claro que não.

Pollyanna ainda observava as muletas ao lado dele, e sua garganta ainda se estreitava de compaixão.

— Pensei naquela menininha no Parque Municipal com um saco de amendoins para Sir Lancelot e Lady Guinevere, e entendi que você estava nos colocando no lugar deles, pois, se tivesse um saco de amendoins e nós não tivéssemos nenhum, não ficaria contente até compartilhar tudo conosco.

— Um saco de amendoins — riu Pollyanna.

— Bem, nesse caso, naturalmente, seu saco de amendoins transformou-se em quartos espaçosos no interior, leite de vaca e ovos tirados do ninho das galinhas — continuou ele, com um sorriso. — Mas basicamente é a mesma coisa. E é melhor avisar você, lembra de como Sir Lancelot era guloso? — ele fez uma pausa, repleta de significado.

— Muito bem, acho que assumo o risco — riu Pollyanna, pensando em como estava contente por tia Polly não estar presente para escutar suas piores previsões se realizarem com tanta facilidade. — Pobre Sir Lancelot, fico pensando se alguém o está alimentando agora, ou até se ele continua lá.

— Se ele está lá, então está bem alimentado — interveio Mrs. Carew alegremente. — Este menino engraçadinho sai pelo menos uma vez por semana com os bolsos cheios de amendoins e não sei mais que coisas. Podemos segui-lo a qualquer hora, indo atrás da trilha de pequenos grãos que ele deixa pelo caminho; quando peço meu cereal para o café da manhã, metade das vezes recebo a resposta: "O patrãozinho Jamie deu para os pombos, madame".

— É verdade, mas deixe eu contar sobre o parque — começou Jamie, cheio de entusiasmo.

No minuto seguinte, Pollyanna achou-se escutando fascinada as histórias de um par de esquilos no gramado cheio de sol. Mais tarde entendeu o que Della Wetherby quis dizer em sua carta, pois, quando chegaram à casa, foi quase um choque ver que Jamie apanhava as muletas e saía da carruagem com o auxílio delas. Ela percebeu então que, nos poucos dez minutos em que conversaram, tinha esquecido que ele era deficiente.

Para grande alívio de Pollyanna, o primeiro e temido encontro entre tia Polly e Mrs. Carew correu muito melhor do que temera a princípio. Os recém-chegados ficaram tão contentes e maravilhados com a casa antiga e tudo o que estava nela, que foi quase uma impossibilidade que a dona continuasse com sua atitude rígida de desaprovação resignada. Além do mais, como ficou claramente evidente antes que uma hora se passasse, o charme e magnetismo pessoal de Jamie penetraram até mesmo a armadura de desconfiança de tia Polly; Pollyanna sabia que pelo menos um dos temidos problemas não era mais um problema, pois tia Polly já começara a bancar a anfitriã empertigada, mas graciosa, com seus hóspedes.

Apesar do alívio pela mudança de atitude de tia Polly, Pollyanna descobriu que nem tudo parecia navegar em águas plácidas. Havia trabalho, e muito, a ser feito. A irmã de Nancy, Betty, era agradável e tinha boa vontade, mas não trabalhava como Nancy, o que Pollyanna logo descobriu. Precisava ser treinada e isso consumia tempo. Pollyanna se preocupava também de que alguma coisa não corresse a contento. Naqueles dias, achava que uma cadeira empoeirada era um crime, e um bolo murcho, uma tragédia.

Gradualmente, entretanto, depois de incessantes pedidos e argumentação por parte de Mrs. Carew e Jamie, Pollyanna começou a cumprir suas tarefas com menos rigidez, percebendo que o verdadeiro crime aos olhos de seus amigos não era a cadeira empoeirada nem o bolo sem crescer, mas as rugas de preocupação e ansiedade em seu rosto.

— Como se não fosse o suficiente você nos deixar vir — declarou Jamie. — Não precisa se matar de trabalhar para nos fazer comida.

— Além disso, não deveríamos mesmo comer tanto, de qualquer forma — riu Mrs. Carew. — Ou teremos "fastio" como diz uma das minhas meninas quando come demais.

Foi maravilhosa, afinal, a facilidade com a qual os novos membros da família se encaixaram na rotina diária. Antes que se passassem vinte e quatro horas, Mrs. Carew tinha conseguido que Mrs. Chilton fizesse perguntas realmente interessadas sobre o novo Lar para Jovens Trabalhadoras e Sadie Dean e Jamie estavam discutindo para ver quem iria ajudar a colher flores ou descascar ervilhas.

Os Carews estavam na mansão dos Harringtons há quase uma semana, quando, numa tarde, John Pendleton e Jimmy vieram para uma visita. Pollyanna tinha esperança de que viessem logo. Na verdade, pedira a eles que viessem logo, antes que os Carews chegassem. Fez as apresentações, com visível orgulho.

— Vocês são todos meus bons amigos, gostaria que conhecessem uns aos outros, e que também fossem amigos — explicou ela.

Que Jimmy e Mr. Pendleton ficassem impressionados com o charme e a beleza de Mrs. Carew não surpreendeu a Pollyanna; mas o olhar de Mrs. Carew ao se deparar com Jimmy a surpreendeu muito. Foi quase um olhar de reconhecimento.

— Diga, Mr. Pendleton, já nos encontramos antes? — quis saber ela.

Os olhos francos de Jimmy encontraram o olhar dela diretamente, admirado.

— Acredito que não — sorriu ele. — Tenho certeza de que nunca a encontrei. Pois, se a tivesse encontrado, com efeito me lembraria — completou ele, curvando-se.

O tom da frase foi tão intencional que todos riram, e John Pendleton comentou, rindo:

— Muito bem, filho, para um jovem que está começando, foi muito melhor do que eu mesmo faria.

Mrs. Carew corou levemente e aderiu às risadas.

— Bem, deixando a brincadeira de lado — comentou ela sem perder tempo —, certamente existe algo familiar em seu rosto. Acho que devo ter visto você em algum lugar, se não o conheço.

— Talvez já o tenha feito — afirmou Pollyanna. — Em Boston. Jimmy vai para lá, na escola técnica, nos invernos. Ele pretende construir barragens e represas, sabe? Quando crescer, quero dizer — finalizou ela, olhando alegremente para o rapaz de um metro e oitenta e dois centímetros de altura perante Mrs. Carew.

Todos riram novamente, quer dizer, todos menos Jamie; apenas Sadie Dean reparou que Jamie, em vez de rir, fechou os olhos como se estivesse sentindo alguma dor. Só ela soube como e por que o assunto foi mudado com tanta rapidez, pois ela mesma o mudou. Foi Sadie, também, que, quando surgiu a oportunidade, trouxe de volta o assunto para livros, flores, animais e pássaros, coisas que Jamie conhecia e compreendia, em lugar de pontes e represas que (Sadie sabia) Jamie jamais poderia construir. Não foi percebido por ninguém que ela tivesse feito essas coisas, e muito menos por Jamie, o mais envolvido de todos.

Quando a visita terminou e os Pendleton saíram, Mrs. Carew referiu-se ao sentimento curioso que a acometera, querendo lembrar onde vira o jovem Pendleton antes.

— Sei que já o vi antes, em algum lugar. Claro que deve ter sido em Boston, mas... — disse ela, deixando a sentença incompleta; depois de quase um minuto, acrescentou: — Bem, de qualquer forma, é um belo jovem. Gostei dele.

— Estou tão contente que tenha gostado. Também gosto — declarou Pollyanna. — Sempre gostei dele.

— Então o conhece há bastante tempo? — quis saber Jamie, em tom pensativo.

— Sim. Eu o conheci há muitos anos, quando era uma garotinha. Ele era Jimmy Bean naquela época.

— Jimmy Bean! Ora, ele não é filho de Mr. Pendleton, então? — quis saber Mrs. Carew, surpresa.

— Não, apenas por adoção.

— Adoção! — exclamou Jamie. — Então ele não é um filho de verdade, não mais do que eu.

Havia uma nota curiosa, quase de alegria na voz dele.

— Não, Mr. Pendleton não teve filhos. Nunca se casou. Ele ia se casar certa vez, mas não deu certo — Pollyanna corou e falou com acanhamento.

Jamais esquecera que fora sua própria mãe que, muito tempo atrás, dissera "não" ao próprio John Pendleton, e fora a responsável pelos longos anos de celibato desse homem.

Mrs. Carew e Jamie, entretanto, sem saber de nada disso, observando apenas o rubor no rosto de Pollyanna, chegaram à mesma conclusão.

Perguntaram a si mesmos: "Seria possível que esse homem, John Pendleton, tenha se apaixonado por Pollyanna, sendo ela tão jovem?"

Naturalmente, não disseram isso em voz alta, portanto, não houve resposta. Naturalmente, também, o pensamento, ainda que não mencionado foi guardado num canto oculto da mente deles, para futura referência, se surgisse.

CAPÍTULO XXI

Dias de verão

Antes que os Carews chegassem, Pollyanna havia dito a Jimmy que contava com ele para entreter os hóspedes. Jimmy não expressou grande desejo de ser útil nessa área, mas, antes que os Carews completassem uma quinzena na cidade, ele se mostrara não apenas cheio de boa vontade, mas ansioso em realizar isso, a julgar pela frequência e extensão de suas visitas, além das ofertas dos cavalos e carros dos Pendletons.

Entre ele e Mrs. Carew brotou imediatamente uma cálida amizade, baseada no que parecia ser uma afeição forte entre ambos. Caminhavam juntos e conversavam, e chegavam a fazer planos diversos, para o Lar para Jovens Trabalhadoras, a serem executados no inverno seguinte, quando Jimmy estivesse em Boston. Jamie também participava, por uma questão de atenção, e Sadie também não era esquecida. Sadie, conforme Mrs. Carew demonstrava amplamente, devia ser encarada como alguém da família; Mrs. Carew era cuidadosa em providenciar que ela fizesse parte em todos os planos para diversões.

Nem Jimmy vinha sozinho com sua oferta de distração. Com frequência cada vez maior, John Pendleton vinha com ele. Cavalgadas, passeios e piqueniques eram planejados e executados; longas e deliciosas tardes eram passadas entre livros e conversas na varanda dos Harringtons.

Pollyanna estava adorando. Não apenas seus hóspedes pagantes estavam livres do tédio e das saudades, mas seus bons amigos, os Carews, conheciam cada vez melhor seus outros bons amigos, os Pendletons. Então, como uma galinha cuidando de seus pintinhos, ela orbitava em torno das reuniões na varanda, e fazia tudo o que era possível para manter o grupo unido e contente.

Entretanto, nem os Carews nem os Pendletons ficavam satisfeitos em ter Pollyanna apenas como observadora em seu entretenimento, e insistiam para que ela se juntasse a eles. Não aceitavam um "não" como resposta, na verdade, e Pollyanna com muita frequência percebia que lhe abriam os caminhos.

— Como se a gente fosse aceitar que você ficasse nessa cozinha quente colocando a cobertura no bolo! — reclamou Jamie em determinado dia, depois de haver penetrado na fortaleza de seus domínios. — Está uma manhã maravilhosa, e vamos todos até o vale, levando nosso almoço. E você vai conosco.

— Mas, Jamie, não posso. Não posso mesmo — recusou Pollyanna.

— Por que não? Não terá de fazer o jantar para nós, não estaremos aqui para comê-lo.

— Mas tem o almoço.

— Errado outra vez. Levaremos o almoço conosco, então não precisa fazer nada por aqui. Agora, que tal você ir junto com o almoço?

— Jamie, não posso. Tenho a cobertura do bolo para fazer.

— Não queremos cobertura no bolo.

— E tenho de tirar o pó.

— Não queremos também.

— E as encomendas para amanhã.

— Sirva-nos bolachas e leite. Preferimos ter você com bolachas e biscoitos a ter uma refeição com peru e sem você.

— Mas nem comecei a dizer as coisas que tenho de fazer hoje.

— Então é melhor nem começar — respondeu Jamie, alegremente. — Pare de dar desculpas, e coloque seu chapéu. Estive com Berta na sala de jantar e ela disse que vai preparar a refeição para levarmos. Agora se apresse.

— Jamie, não seja bobo. Não posso ir — riu Pollyanna, tentando recusar, enquanto ele lhe puxava a manga. — Não posso ir ao piquenique com você!

Mas acabou indo. Não somente naquela ocasião, mas em várias outras. Não conseguia deixar de ir, na verdade, pois se descobria resistindo não apenas a Jamie, mas também a Jimmy e a Mr. Pendleton, para não mencionar Mrs. Carew e Sadie Dean, até mesmo tia Polly.

— Claro que estou contente por ir — suspirava ela, feliz, quando uma parte do trabalho era retirado de seu caminho, a despeito de seus protestos. — Mas, com certeza, nunca houve hóspedes como os meus, escolhendo bolachas com leite e outras coisas frias; e nunca houve uma anfitriã como eu correndo pelo campo e se divertindo desse jeito!

O clímax veio quando, um dia, John Pendleton (e tia Polly não cessava de se espantar, porque nem parecia John Pendleton) sugeriu que fossem todos acampar durante duas semanas num pequeno lago ao pé das montanhas, a sessenta e cinco quilômetros de Beldingsville.

A ideia teve aprovação entusiástica por parte de todos, com exceção de tia Polly. Ela disse em particular para Pollyanna que era bom e justo que John Pendleton saísse da preguiça habitual que por tantos anos fora seu estado de espírito, mas também não seria desejável que agora quisesse tornar-se um menino de vinte anos outra vez; e que isso, em sua opinião, era o que estava acontecendo ali. Publicamente contentou-se em dizer que ela certamente não iria a nenhum acampamento maluco para dormir em solo úmido e comer insetos e aranhas, em nome da diversão, pois não parecia uma coisa sensata para ninguém que tivesse mais de quarenta anos.

Se John Pendleton sentiu-se atingido por essas palavras, não deu mostra alguma. Certamente não houve diminuição de interesse ou de entusiasmo da parte dele, e os planos para o acampamento continuaram, pois ficou decidido que, mesmo sem a presença de tia Polly, não havia motivo para que os outros não fossem.

— Mrs. Carew será a anfitriã que necessitamos — declarou Jimmy.

Por uma semana, não se falou senão em barracas, suprimentos, máquinas fotográficas e equipamentos de pesca, e pouco foi feito que não dissesse respeito aos preparativos para a viagem.

— Vamos fazer tudo de uma forma realista. Até mesmo os insetos e aranhas de Mrs. Chilton — propôs Jimmy, sorrindo alegremente para os olhos desaprovadores e severos de sua anfitriã. — Nada de refeitório central, mesmo feito de troncos! Queremos fogueiras de verdade, com batatas cozidas nas cinzas, e depois nos sentar para contar histórias e assar milho num espeto de pau.

— E queremos nadar, remar e pescar — completou Pollyanna. Interrompeu-se, de repente, ao olhar para o rosto de Jamie. — Quer dizer, não queremos fazer essas coisas o tempo todo. Existem coisas bem mais sossegadas que a gente quer fazer, como ler e conversar.

Os olhos de Jamie escureceram. Seu rosto empalideceu. Seus lábios se entreabriram, porém, antes que as palavras brotassem, Sadie Dean já estava falando:

— Ah, mas em acampamentos e piqueniques, a gente espera fazer coisas típicas ao ar livre — comentou ela, ardentemente. — E tenho certeza de que desejamos isso. No verão passado, estivemos no Maine e você devia ver o peixe que Mr. Carew pegou. Foi bem... melhor você contar — disse ela, voltando-se para Jamie.

Jamie riu e balançou a cabeça.

— Eles nunca acreditariam numa história de pescador como essa — objetou ele.

— Experimente — desafiou Pollyanna.

Jamie ainda negou com a cabeça, mas a cor retornara a seu rosto, e seus olhos ficaram vivos e brilhantes outra vez. Pollyanna, olhando para Sadie Dean, imaginou vagamente por que ela teria se recostado outra vez na poltrona, com ar de evidente alívio.

Finalmente chegou o dia estabelecido para a partida, que foi feita no grande carro de passeio de John Pendleton, com Jimmy ao volante. Um zunido, um rugido pulsante, um coro de despedidas, e partiram, com um longo uivo da sirene sob os dedos hábeis de Jimmy. Nos dias que se seguiram, Pollyanna frequentemente voltava em pensamento àquela primeira noite no campo. A experiência fora nova e maravilhosa em muitos aspectos.

Eram quatro horas quando a viagem automobilística de sessenta quilômetros chegou ao final. Desde as três e meia o grande carro estivera percorrendo com dificuldade uma estrada de madeireiros, não projetada para automóveis de seis cilindros. Para o carro em si e para a mão que o dirigia, essa parte da viagem foi a mais cansativa; para os alegres passageiros, porém, que não tinham responsabilidades relativas a buracos ocultos e curvas lamacentas, foi delicioso, tornando-se mais e mais emocionante a cada nova vista que se descortinava através dos arcos verdes de vegetação, e a cada risada que ecoava ao desviar dos galhos mais baixos.

O local escolhido para o acampamento era conhecido de John Pendleton havia anos, e ao avistá-lo ele teve uma sensação agradável de alívio.

— É perfeitamente adorável — ecoaram todos.

— Bom que gostaram! Achei que seria adequado — assentiu John Pendleton. — Mesmo assim, eu estava um pouco preocupado, pois esses lugares costumam mudar muito. Naturalmente, o mato está um pouco crescido por aqui, mas não tanto que a gente não possa limpar.

Todos então se colocaram a trabalhar, limpando a área, montando as duas barracas e descarregando o automóvel. Fazendo a fogueira e arrumando a "cozinha e a despensa".

Foi aí que Pollyanna começou a reparar especialmente em Jamie, e temer por ele. Percebeu de repente que todos os buracos, morrinhos e o solo coberto de folhas de pinheiro não eram como um chão acarpetado para um par de muletas, e reparou que Jamie também estava percebendo isso. Viu que, a despeito da enfermidade, ele tentava realizar sua parte no trabalho; essa visão a perturbava. Por duas vezes ela o interceptou, tomando dos braços dele as caixas que ele tentava carregar.

— Deixe-me levar isso. Você já fez o bastante — pediu ela. Da segunda vez acrescentou: — Sente-se em algum lugar para descansar, Jamie. Você parece cansado.

Se observasse com cuidado, teria visto a alteração de cor na testa dele. Mas não estava prestando atenção, portanto não percebeu. Para sua surpresa, porém, notou que Sadie Dean adiantou-se um instante depois, com os braços repletos de caixas e pediu em voz alta:

— Oh, Mr. Carew, por favor, pode me ajudar com isto?

No instante seguinte, Jamie, mais uma vez lutando com o problema de equilibrar várias caixas e duas muletas, progredia em direção às barracas.

Com uma palavra rápida de protesto na ponta da língua, Pollyanna voltou-se para Sadie Dean. Mas o protesto estancou em sua garganta, pois Sadie levou o indicador aos lábios, caminhando em sua direção.

— Sei que não pensou — disse ela, em voz baixa, enquanto se aproximava. — Mas não percebe? Ele fica magoado, quando a gente pensa que ele não pode fazer coisas como as outras pessoas. Veja, como ele está feliz agora!

Pollyanna olhou, e de fato era assim. Viu Jamie completamente atento, equilibrando seu peso numa das muletas e baixando sua carga para o chão. Reparou na luz de felicidade no rosto dele, e ouviu-o dizer:

— Aqui está outra contribuição de Miss Dean. Ela me pediu para trazer.

— Bem, estou vendo — respondeu Pollyanna.

Voltou-se para Sadie Dean. Mas Sadie já se fora.

Depois disso, Pollyanna passou a observar Jamie atentamente, embora tivesse o cuidado de não deixar que ele ou qualquer outra pessoa percebesse. E quando o observava, seu coração doía. Por duas vezes ela o viu falhar ao realizar uma tarefa; uma vez com uma caixa pesada demais para ele levantar; outra vez com uma mesa dobrável que era desajeitada para se carregar com muletas. E a cada vez ela percebeu o olhar rápido dele para ver se alguém tinha reparado. Notou também que, sem dúvida, ele estava ficando cada vez mais cansado, e apesar do sorriso alegre, o rosto dele ficava mais pálido e acinzentado, como se ele sentisse dor.

"Creio que deveríamos ter pensado melhor", disse para si mesma com os olhos em lágrimas. "Gostaria que tivéssemos pensado mais antes de trazê-lo para um lugar como este. Acampar, que ideia! E com um par de muletas! Por que não nos lembramos disso antes?"

Uma hora mais tarde, ao redor da fogueira do acampamento, depois do jantar, Pollyanna teve sua resposta; o fogo brilhando à sua frente e a fragrância suave da escuridão ao seu redor fizeram com que mais uma vez sentisse o encantamento das histórias que saíam dos lábios dele; mais uma vez esqueceu as muletas de Jamie.

❖

CAPÍTULO XXII

Companheiros

Os seis formavam um grupo alegre e amigável. Não havia fim para os novos momentos prazerosos a cada novo dia, sem contar o companheirismo, que parecia ser parte da nova experiência que estavam vivendo.

Como Jamie disse, numa noite, quando estavam todos sentados ao redor do fogo:

— Vejam, parece que nos conhecemos muito melhor aqui no acampamento, melhor do que se passássemos um ano na cidade.

— É verdade. Imagino por que seria assim — murmurou Mrs. Carew, os olhos seguindo, hipnotizados, as chamas que saltavam.

— Acho que é alguma coisa no ar — comentou Pollyanna, feliz. — Existe alguma coisa no céu, nos bosques e no lago, que é tão... tão..., é só isso.

— Acho que você quer dizer que o mundo fica de fora — disse Sadie Dean, com um curioso tremor na voz. (Sadie não se juntara às risadas que ecoaram após a conclusão das palavras de Pollyanna.) — Aqui tudo é tão real e verdadeiro que nós também podemos ser nosso eu real e verdadeiro, não o que o mundo estabelece que somos, porque somos ricos, pobres, humildes ou grandes; mas o que somos de verdade, por nós mesmos.

— É... — ecoou Jimmy, distraído. — Tudo isso é muito bonito, mas nosso bom-senso diz que é porque não temos as senhoras Tom, Dick ou Harry sentadas em suas varandas, comentando a cada vez que nos movemos e imaginando para onde vamos, por que vamos e quanto tempo pretendemos ficar!

— Oh, Jimmy, assim você tira a poesia das coisas — reprovou Pollyanna, rindo.

— Mas esse é meu negócio — protestou ele. — Como supõe que vou construir pontes e barragens se não enxergar algo além de poesia numa cachoeira?

— Você não pode, Pendleton. É sempre a ponte que faz diferença — declarou Jamie, numa voz que pareceu agitar a todos em volta da fogueira.

Foi apenas por um instante, porém, até que Sadie Dean rompesse o silêncio:

— Ora, eu prefiro sempre ter a cachoeira, sem nenhuma ponte que estrague a vista!

Todos riram, e foi como se a tensão se dissolvesse. Então Mrs. Carew levantou-se.

— Vamos, vamos, crianças, a severa aia diz que está na hora de dormir!

Com um alegre coro de boa-noite, o grupo separou-se.

Assim se passaram os dias. Para Pollyanna foram dias maravilhosos, e a parte mais compensadora era o encanto da convivência estreita, uma convivência que, apesar de diferir nos detalhes individuais, era agradável para todos.

Com Sadie Dean ela conversou sobre o novo Lar, e sobre o maravilhoso trabalho que Mrs. Carew vinha fazendo. Conversaram, também, sobre os velhos tempos, quando Sadie ainda vendia laços no balcão, e sobre o que Mrs. Carew fizera por ela. Pollyanna ouviu, também, sobre o pai e a mãe "lá em casa", e a alegria que Sadie, por sua nova posição, tinha sido capaz de levar à vida deles.

— E, afinal de contas, foi você quem começou tudo, sabe? — disse ela um dia para Pollyanna.

Mas Pollyanna sacudiu a cabeça, dizendo enfaticamente:

— Bobagem! Tudo foi feito por Mrs. Carew.

Com a própria Mrs. Carew, Pollyanna também conversou sobre o Lar e sobre os planos para as garotas. Certa vez, numa caminhada ao pôr do sol, Mrs. Carew falou de si mesma e de sua nova visão da vida. E como Sadie Dean, disse:

— Afinal, foi você quem começou tudo, Pollyanna.

Mas Pollyanna, como fizera com Sadie, não quis aceitar a afirmação. Começou a falar de Jamie, e sobre o que ele tinha feito.

— Jamie é adorável — disse com afeto. — Eu o amo como se fosse meu filho. Não poderia gostar mais dele, ainda que fosse realmente o filho de minha irmã.

— Não acha que ele seja?

— Não sei. Nunca chegamos a algo realmente conclusivo. Algumas vezes tenho certeza de que é ele. Em outras, chego a duvidar. Acho que ele acredita que é, abençoado seja. Em todo caso, uma coisa é certa: de algum lugar veio o sangue bom que corre nas veias dele. Ele não é uma pessoa comum da rua, sabe? Tem seus talentos, e é maravilhoso como responde ao estudo e à educação.

— Claro — concordou Pollyanna. — E enquanto o amar assim, não importa na verdade se ele é ou não o verdadeiro Jamie.

Mrs. Carew hesitou. Em seus olhos surgiu a antiga sombra de dor no coração.

— Não no que se refere a ele. É só que de vez em quando fico pensando: se ele não for nosso Jamie, onde está Jamie Kent? Estará bem? Feliz? Terá alguém que o ame? Quando começo a pensar assim, Pollyanna, fico quase louca. Eu daria tudo o que tenho no mundo para saber se esse menino é Jamie Kent.

Em suas conversas posteriores com Jamie, Pollyanna, às vezes, se lembrava dessas palavras que haviam dito. Jamie estava seguro de si.

— É que eu sinto que é assim — dizia ele a Pollyanna. — Acredito que sou Jamie Kent. Acredito nisso há tanto tempo, que agora não suportaria descobrir que não sou ele. Mrs. Carew fez tanto por mim; pense só, se, afinal de contas, eu fosse só um estranho.

— Contudo, ela ama você, Jamie.

— Sei que ama, por isso iria me magoar mais ainda, não vê? Porque estaria magoando a ela. Ela quer que eu seja o verdadeiro Jamie. Sei que quer. Se eu pudesse fazer alguma coisa por ela, deixá-la orgulhosa de alguma forma! Se eu pudesse fazer alguma coisa para me sustentar, pelo menos, como um homem! Mas o que posso fazer, com essas coisas? — disse ele, apoiando as mãos nas muletas.

Pollyanna ficou chocada e perturbada. Pela primeira vez ela havia ouvido Jamie falar sobre sua enfermidade desde os dias da infância. Freneticamente procurou em sua mente a coisa certa para dizer; porém, antes que pudesse pensar em alguma coisa, o rosto de Jamie tinha passado por uma completa mudança.

— Por favor, esqueça o que eu disse! Não tive intenção — disse ele, alegremente. — E foi uma heresia com o jogo, não foi? Estou contente de poder usar muletas. São muito melhores do que a cadeira de rodas!

— E o Livro da Alegria, ainda escreve nele? — quis saber Pollyanna, numa voz um pouco trêmula.

— Claro que sim! Agora tenho vários volumes — respondeu

ele. — Todos em couro vermelho-escuro, com exceção do primeiro. É o velho caderninho que Jerry me deu.

— Jerry! Todo esse tempo estou querendo perguntar por ele — disse Pollyanna. — Onde está ele?

— Em Boston, e o vocabulário dele é tão colorido como sempre foi, só que agora a voz é mais grossa. Ainda está no negócio de jornais, com a diferença de que agora ele vai buscar as notícias, não vendê-las. É um repórter, sabe? Tive oportunidade de ajudar a ele e a mamãe. Você pode imaginar como fiquei contente? Mamãe está num sanatório, cuidando do reumatismo.

— Ela melhorou?

— Muito. Vai ter alta em pouco tempo e vai morar com Jerry. Ele está recuperando os estudos, nestes últimos anos, e me deixou ajudar, mas só como empréstimo. É muito incisivo nesse detalhe.

— Com certeza — aprovou Pollyanna. — Ele iria mesmo querer que fosse assim. Sei disso. Por esse motivo eu também quero ajudar tia Polly, depois de tudo o que ela fez por mim.

— Mas você a está ajudando neste verão.

Pollyanna ergueu as sobrancelhas.

— Sim, estou mantendo hóspedes de verão. É o que parece, não é? — desafiou ela, com um movimento floreado das mãos indicando os arredores. — Com efeito, nunca houve uma tarefa de anfitriã tão agradável como a minha! E devia ter ouvido as preleções sobre o que seriam os hóspedes de verão.

— Quais eram?

— Não poderia lhe contar. É um segredo mortal. Mas — interrompeu-se e suspirou, o rosto pensativo outra vez — isso não vai durar, você sabe. Não pode durar, como as temporadas de verão. Tenho de fazer algo nos invernos. Estive pensando, acho que vou escrever histórias.

Jamie voltou-se para ela, espantado.

— Você vai fazer o quê?

— Escrever histórias para vender, sabe? Não precisa ficar tão espantado! Muitas pessoas fazem isso. Conheci duas garotas na Alemanha que faziam.

— Você já experimentou? — quis saber ele, num tom estranho de voz.

— Não, ainda não — admitiu Pollyanna. Depois, na defensiva, continuou. — Eu lhe disse que agora estava tomando conta de hóspedes de verão. Não posso fazer as duas coisas ao mesmo tempo.

— Claro que não.

Ela lançou-lhe um olhar reprovador.

— Não acha que eu consiga?

— Eu não disse isso.

— Não, mas está escrito no seu rosto. Não vejo por que não posso. Não é como cantar. Não é preciso ter voz para isso. E não é como um instrumento que você precisa aprender a tocar.

— Acho que é um pouco como isso — afirmou Jamie, com voz baixa, desviando o olhar.

— Como assim? O que quer dizer? Ora, Jamie, é só papel e lápis, então não é como aprender a tocar piano ou violino!

Houve um instante de silêncio. Então veio a resposta, ainda naquela voz baixa, hesitante, e ainda com os olhos voltados para o outro lado.

— O instrumento que você toca, Pollyanna, será o grande coração do mundo; e me parece que é o mais maravilhoso de todos os instrumentos que podemos aprender. Sob seu toque, se você for hábil, irá produzir sorrisos ou lágrimas, como você escolher.

Pollyanna ensaiou um suspiro trêmulo. Seus olhos se umedeceram.

— Oh, Jamie, você tem um jeito tão bonito de colocar as coisas, sempre! Nunca pensei dessa forma. Mas é assim, não é? Como eu gostaria de fazer isso! Talvez não consiga realizar tudo. Mas tenho lido histórias nas revistas. Muitas delas. Parece que posso escrever algumas como aquelas; de qualquer forma adoro contar histórias. Sempre estou repetindo as que você conta; sempre rio e choro, também, assim como faço quando você as conta.

Jamie voltou-se rapidamente.

— Elas fazem mesmo você rir e chorar, Pollyanna, de verdade?

Havia uma curiosa ansiedade na voz dele.

— Claro que sim, e você sabe disso, Jamie. Assim como faziam, muito tempo atrás, no Parque Municipal. Ninguém consegue contar histórias como você, Jamie. Era você que devia escrever histórias, não eu. Diga-me, Jamie, por que não faz isso? Poderia fazê-lo com facilidade, tenho certeza!

Não houve resposta. Aparentemente Jamie não ouviu, talvez porque, naquele instante, estivesse prestando atenção a um esquilo que corria pelas moitas próximas.

Nem sempre era com Jamie, com Mrs. Carew ou com Sadie Dean que Pollyanna fazia caminhadas deliciosas acompanhadas de conversas interessantes; muitas vezes era com Jimmy, ou com John Pendleton.

Pollyanna agora tinha certeza de que nunca chegara a conhecer John Pendleton. A velha lentidão se fora completamente desde que iniciaram o acampamento. Ele remava, nadava, pescava e caminhava com quase tanto entusiasmo quanto o próprio Jimmy, e com quase tanto vigor. Ao redor da fogueira noturna do acampamento ele rivalizava com Jamie na narrativa de histórias de aventuras, tanto cômicas quanto emocionantes, que haviam acontecido com ele em suas viagens para o exterior.

— Aventuras no "deserto de Sarah" como Nancy costumava dizer — riu Pollyanna numa noite, enquanto se juntava ao grupo para pedir outra história.

Melhor do que tudo isso, entretanto, na opinião de Pollyanna, foram as vezes em que John Pendleton, sozinho com ela, falava sobre sua mãe e da época em que a conhecera e a amara, naqueles dias havia tanto passados. Que ele conversasse assim era uma alegria para Pollyanna, mas também uma grande surpresa, pois nunca no passado John Pendleton falara com tanta liberdade da garota que amara sem esperança. Talvez o próprio John sentisse um pouco dessa surpresa, pois certa vez disse a Pollyanna:

— Gostaria de saber por que estou falando com você dessa forma.

— Mas eu adoro que faça isso — respondeu Pollyanna.

— Eu sei, mas não achei que fosse fazer isso. Deve ser porque você é tão parecida com ela, quando a conheci. Você é muito parecida com sua mãe, querida.

— Bem, eu pensei que minha mãe fosse bonita! — espantou-se Pollyanna.

John Pendleton sorriu, divertido.

— Ela era, meu bem.

Pollyanna ficou ainda mais surpresa.

— Então não vejo como eu possa ser parecida com ela!

O homem riu abertamente.

— Pollyanna, se algumas garotas dissessem isso, eu... bem, não importa o que eu teria dito. Sua bruxinha, pobre pequena modesta Pollyanna!

Ela lançou um olhar de reprovação direto para os olhos alegres dele.

— Por favor, Mr. Pendleton, não me olhe assim, e não brinque sobre isso. Eu adoraria ser bonita, embora seja uma coisa boba para se dizer. E eu tenho um espelho, sabia?

— Pois então a aconselho que olhe para ele, quando estiver falando sobre isso — observou, conclusivamente.

Os olhos de Pollyanna se arregalaram.

— Foi exatamente isso o que Jimmy disse — espantou-se ela.

— Foi, é? Aquele malandro! — comentou John Pendleton, secamente. Então, com uma mudança típica de sua maneira peculiar de ser, acrescentou, em voz baixa: — Você tem os olhos e o sorriso de sua mãe, Pollyanna; para mim você é muito bonita.

E Pollyanna, com os olhos marejados, silenciou.

Por mais que fossem agradáveis essas conversas, ainda não eram como as conversas com Jimmy. Aliás, ela e Jimmy não precisavam conversar para se sentirem felizes. Jimmy sempre estava tão à vontade, e era tão cômodo! Conversassem ou não, sempre se entendiam. Seu coração não era forçado a nada, com Jimmy, ele era prazerosamente grande, forte e feliz. Jimmy não se lamentava por um sobrinho havia muito perdido, nem tinha mágoa por ter perdido um amor na juventude. Não precisava se equilibrar dolorosamente sobre um par de muletas, coisas que eram difíceis de ver, saber e pensar. Com Jimmy ela podia simplesmente ser alegre e livre. Jimmy, era adorável!

❖

CAPÍTULO XXIII

Amarrado a duas muletas

Aconteceu no último dia de acampamento. Para Pollyanna foi uma pena que tivesse ocorrido, pois foi a primeira nuvem a trazer uma sombra de arrependimento e infelicidade ao seu coração durante a viagem inteira, e ela se descobriu suspirando:

"Gostaria que tivéssemos ido para casa anteontem, então não teria acontecido".

Mas não tinham ido para casa "anteontem" e tudo acontecera; eis como as coisas se passaram.

Bem cedo, na manhã do último dia, todos começaram uma caminhada de três quilômetros até a "Bacia".

— Temos direito a mais um lauto banquete de peixes antes que a gente se vá — dissera Jimmy.

Todos concordaram alegremente.

Levando então o almoço e o equipamento de pesca, eles saíram bem cedo. Rindo e brincando com o modo de falar, seguiram a trilha estreita entre as árvores, liderados por Jimmy, que conhecia melhor o caminho. No início, logo atrás de Jimmy vinha Pollyanna, mas, gradualmente, ela ficou para trás com Jamie, que era o último da fila. Pollyanna percebeu na expressão de Jamie o que ela aprendera a reconhecer como o ponto de limite de sua capacidade e poder de resistência. Ela sabia que nada o ofenderia mais que chamar a atenção abertamente a essa situação. Ao mesmo tempo, também sabia que ele aceitava dela, mais do que dos outros, sua mão de apoio ocasional para transpor um tronco ou uma pedra. Portanto, na primeira oportunidade que tivera para fazer isso, sem dar na vista, deixara-se ficar para trás até chegar ao seu objetivo, que era Jamie. Ela se sentiu recompensada instantaneamente pelo modo como o rosto dele se iluminou, e na segurança com a qual ele encontrou e ultrapassou um tronco caído entre eles, sob o agradável pretexto (cuidadosamente encorajado por Pollyanna) de "ajudá-la a atravessar".

Uma vez fora da floresta, seguiram ao lado de um muro de pedra por algum tempo, com gramados ensolarados de ambos os lados, e uma fazenda a distância. Foi no gramado ao lado que Pollyanna viu a flor bastão dourado, que imediatamente cobiçou.

— Jamie, espere! Vou apanhar — exclamou ela. — Vai ficar muito bem num buquê para nossa mesa de piquenique!

Sem pensar muito, escalou a parede de pedra e deixou-se cair do outro lado.

Foi estranho o quão tentador parecera a flor dourada. À sua frente havia tantas flores, cada uma mais bonita que a outra, todas ao seu alcance. Com exclamações alegres e gritinhos para os lados de Jamie, Pollyanna, particularmente atraente em seu suéter vermelho, corria de flor em flor aumentando seu buquê. Tinha ambas as mãos cheias quando se deparou com o terrível bramido de um touro irritado, o grito agoniado de Jamie e o som dos cascos do animal descendo a encosta.

O que aconteceu a seguir nunca chegou a ficar claro para ela. Só sabe que deixou cair as flores e correu, como nunca antes correra, como nunca pensou que pudesse correr, de volta para a parede de pedra e para Jamie. Sabia que atrás dela estavam os ruídos dos cascos, sempre se aproximando mais e mais. À frente, ao longe, enxergava o rosto agoniado de Jamie e escutava seus gritos roucos. De algum lugar, veio o som de uma nova voz, a de Jimmy, gritando e encorajando-a.

Ainda assim continuou correndo, ouvindo cada vez mais próximos os sons dos cascos do animal. Num trecho, tropeçou e quase caiu. Tonta, endireitou o corpo e mergulhou para a frente. Sentiu as forças se esvaindo quando, próximo dela, escutou o chamado de Jimmy outra vez. No minuto seguinte sentiu-se arrancada dos próprios pés e mantida segura de encontro a algo que pulsava forte, o que percebeu vagamente ser o coração de Jimmy. Então vieram horrendos e indistintos gritos, e respirações quentes em meio ao ruído das patas do animal enlouquecido que se aproximava cada vez mais. Quase imediatamente sentiu-se do outro lado do muro, com Jimmy curvado sobre ela, implorando que dissesse que não estava morta.

Com um riso histérico que pareceu quase um soluço, ela se esforçou para sair dos braços dele e ficar em pé.

— Morta? Não mesmo, graças a você, Jimmy. Estou muito bem. Muito bem. Como fiquei contente, contente, contente, em escutar sua voz! Foi esplêndido! Como fez isso?

— Ora, não foi nada. Eu só...

Um grito chegou até eles e interrompeu as palavras de Jimmy. Ele voltou-se e percebeu Jamie caído na relva, o rosto para baixo, a uma pequena distância. Pollyanna já estava correndo na direção dele.

— Jamie, Jamie, o que houve? Caiu? Está machucado?

— O que foi, companheiro? Está machucado? — quis saber Jimmy.

Mesmo assim não houve resposta. Então, subitamente, Jamie ergueu metade do corpo e se voltou. Ambos viram-lhe o rosto, e recuaram chocados e surpresos.

— Machucado? Se estou machucado? — repetiu ele, com voz rouca, agitando as mãos. — Não acham que machuca assistir a uma coisa dessas e não ser capaz de fazer algo? Estar impotente, amarrado a um par de muletas? Pois eu lhes digo que não há nada no mundo que machuque mais do que isso.

— Mas... mas... Jamie — começou Pollyanna.

— Não! — interrompeu ele, quase com rudeza. — Não diga nada. Eu não queria fazer uma cena como esta — disse ele, emocionado.

Voltou-se e começou a retornar, com as muletas, pela trilha que levava ao acampamento. Por um minuto, como que paralisados, os dois observaram o caminho.

— Por Deus! — exclamou Jimmy. Depois com a voz um tanto trêmula: — Ele foi muito duro consigo mesmo.

— E eu nem pensei, e fiquei elogiando você, bem na frente dele — disse Pollyanna, quase soluçando. — E as mãos, você viu as mãos dele? Estavam sangrando, as unhas apertaram tanto que cortaram.

Falou e começou a correr pela trilha.

— Pollyanna, onde você está indo? — quis saber Jimmy.

— Vou até Jamie, claro! Acha que posso deixá-lo desse jeito? Venha, precisamos trazê-lo de volta.

Jimmy, com um suspiro que não foi por causa de Jamie, seguiu-a.

CAPÍTULO XXIV

Jimmy acorda

Por fora a expedição de pesca foi considerada um grande sucesso, mas por dentro...

Pollyanna algumas vezes se perguntou se era só com ela, ou se realmente havia um constrangimento indefinido em todos os companheiros. Certamente ela sentiu, e pensou ter evidências de que todos os outros sentiram o mesmo. Quanto ao motivo de tudo, sem hesitar ela atribuía ao último dia de acampamento, na expedição de pesca na Bacia.

Era verdade que ela e Jimmy haviam alcançado com facilidade a Jamie, e, depois de esforço considerável, o haviam persuadido a retornar e ir à Bacia com eles. Porém, a despeito da tentativa evidente para agir como se nada fora do comum tivesse acontecido, ninguém, na verdade, foi bem-sucedido nisso. Pollyanna, Jimmy e Jamie talvez tenham exagerado um pouco em sua alegria; os outros, apesar de não saberem com certeza o que tinha ocorrido, sentiram que algo não estava exatamente certo, embora tenham tentado ocultar o que sentiam.

Naturalmente, nesse estado de coisas, a alegria descontraída estava fora de questão. Até mesmo a anunciada refeição de peixe não parecera tão saborosa; e logo no início da tarde começaram a retornar ao acampamento.

Uma vez em casa, Pollyanna imaginara que o infeliz episódio do touro irritado fosse esquecido. Contudo, ela própria não conseguia esquecê-lo, portanto, para ser justa, não podia culpar os outros por não fazerem o mesmo. Sempre pensava naqueles momentos quando olhava para Jamie. Revia a agonia no rosto dele, a mancha rubra na palma de suas mãos. Seu coração doía por ele, e; porque doía tanto, a mera presença dele tornara-se um sacrifício para ela. Com remorso, confessava a si mesma que não queria estar com Jamie agora, nem falar com ele, mas isso não significava que deixasse de estar ao lado dele. Na verdade, permanecia perto dele mais do que antes, por sentir tanto remorso e tanto medo de que ele percebesse o estado de sua mente. Não perdia oportunidade de responder aos impulsos de camaradagem dele; e algumas vezes procurava-o deliberadamente. Fazia-o, porém, cada vez menos, pois com frequência cada vez maior, naqueles dias, Jamie parecia estar procurando sua companhia.

O motivo para isso, segundo Pollyanna, estava no mesmo incidente do touro e do salvamento. Não que Jamie se referisse diretamente a isso, ele nunca o fizera. E também parecia mais alegre do que comumente; mas Pollyanna percebia às vezes, sob todo esse comportamento, uma amargura que não estivera lá antes. Naturalmente, não podia deixar de perceber que em determinados momentos ele quase parecia evitar os outros, e suspirava, como se fosse de alívio, quando se via a sós com ela. Pensou saber por que isso acontecia, depois do que ele lhe disse um dia, quando observavam os outros jogando tênis.

— Você vê, Pollyanna, afinal não há ninguém que possa me entender como você.

— Entender?

De início, Pollyanna não percebeu o que ele queria dizer. Estiveram observando os jogadores por cinco minutos sem dizer uma palavra.

— É, porque você, durante algum tempo, também não podia andar.

— Oh, é verdade — respondeu ela.

Pollyanna percebeu que sua tristeza devia ter transparecido no rosto, pois ele mudou rapidamente de assunto, depois de uma risada.

— Ora vamos, Pollyanna, por que você não me diz que preciso jogar o jogo? Eu o faria, se estivesse em seu lugar. Esqueça isso, por favor. Fui insensível em deixar você assim!

Pollyanna sorriu e respondeu:

— Não, de maneira nenhuma.

Mas não "esqueceu". Não poderia. E isso apenas a deixou mais ansiosa por estar com Jamie e ajudá-lo no que pudesse.

"Vou sempre fazê-lo ver que sou muito feliz quando ele está comigo", pensou ela, enquanto se adiantava para participar do jogo de tênis.

Ela não era a única do grupo, porém, a perceber que havia algo deslocado e pouco natural. Jimmy Pendleton também sentia, embora tentasse não demonstrar.

Jimmy não parecia feliz naqueles dias. De um adolescente sem obrigações, cujas visões eram apenas maravilhosas travessias por abismos intransponíveis, ele passou a ser um jovem de olhos ansiosos, cujas visões eram as de um temido rival conquistando a garota que ele amava.

Jimmy tinha claro agora que estava apaixonado por Pollyanna. Suspeitava que se apaixonara havia muito tempo. Estava espantado, na verdade, descobrindo a si mesmo abalado e impotente perante a dificuldade que se abatera sobre ele. Sabia que mesmo suas amadas pontes não eram nada comparadas ao valor de um sorriso nos olhos de uma garota, e das palavras em seus lábios. Percebeu que a travessia mais maravilhosa do mundo para ele seria aquela que o ajudasse a cruzar o abismo do medo e da dúvida que sentia estender-se entre ele e Pollyanna; medo por causa de Jamie.

Só naquele dia em que vira Pollyanna em perigo no pasto é que percebeu como o mundo, o seu mundo, seria vazio sem ela. Só no momento em que correu buscando segurança, com Pollyanna em seus braços, é que percebeu o quanto ela era preciosa para ele. Por um instante, na verdade, com seus braços ao redor dela, e os dela apoiados em seu pescoço, sentira que ela de fato era dele; mesmo naquele momento de supremo perigo ele conheceu uma felicidade suprema. Depois, um pouco mais tarde, vira o rosto de Jamie e suas mãos. Para ele só poderia significar uma coisa: Jamie também amava Pollyanna, e tivera que ficar ali, impassível, "amarrado a um par de muletas". Foi o que ele disse. Jimmy acreditava que, se ele próprio fosse obrigado a ficar "amarrado a um par de muletas" enquanto outro salvava a garota que ele amava, ficaria exatamente como Jamie ficara.

Jimmy voltara do acampamento, naquele dia, com os pensamentos num turbilhão de medo e revolta. Perguntou-se se Pollyanna se interessava por Jamie; foi daí que veio o medo. Mas mesmo que ela demonstrasse só um pouco de interesse, será que ele precisaria ficar de lado, sem oferecer resistência, e deixar que Jamie, sem lutar, a ensinasse a se interessar mais por ele? A revolta viera daí. Na verdade, Jimmy decidiu que não faria isso. Seria uma luta justa entre ambos.

Então, apesar de estar sozinho, Jimmy ficou corado até a raiz dos cabelos. Seria mesmo uma luta "justa"? Poderia alguma luta entre ele e Jamie ser uma luta "justa"? Jimmy sentiu-se, repentinamente, como numa oportunidade, quando era garoto e desafiara um mais novo para lutar por uma maçã que ambos desejavam, e então, no primeiro golpe, descobriu que o garoto tinha um braço aleijado. Naquela oportunidade, claro, ele perdera de propósito; no caso atual, porém, era diferente. Não era uma maçã que estava em jogo. Era a felicidade de sua vida. E poderia até ser a felicidade da vida de Pollyanna também. Talvez ela não gostasse de Jamie, mas gostasse de seu velho amigo, Jimmy, se ele pelo menos uma vez demonstrasse o que desejava. Iria...

Mais uma vez corou e sentiu o rosto esquentar. Mas fez uma careta, de raiva; se ao menos pudesse esquecer o olhar de Jamie quando dissera "amarrado a duas muletas". Se apenas... mas qual seria a vantagem? Não era uma luta justa, e ele sabia disso. Sabia também, ali mesmo, que sua decisão seria o que de fato aconteceria mais tarde: ele iria observar e esperar. Daria a Jamie uma oportunidade; e, se Pollyanna demonstrasse que se importava com ele, Jimmy se retiraria e sairia de suas vidas; e ambos jamais saberiam o quanto ele estaria sofrendo. Retornaria às suas pontes, como se qualquer ponte, mesmo que levasse à própria lua, pudesse se comparar por um instante com Pollyanna! Mas ele o faria. Precisava fazer.

Tudo parecia muito bem e heroico, e Jimmy ficou tão exaltado que sentiu algo muito parecido com felicidade quando finalmente se deitou para dormir naquela noite. Porém o martírio na teoria e na prática diferem enormemente, como alguns pseudomártires descobriram desde tempos imemoriais. Estava muito bem decidir sozinho e no escuro que ele daria a Jamie sua oportunidade; mas era outra coisa fazer isso quando envolvia nada menos que deixar Pollyanna e Jamie juntos toda vez que os via. Além disso, estava preocupado com a atitude de Pollyanna em relação ao jovem deficiente. Parecia a Jimmy que ela realmente se importava com seu rival, pela preocupação demonstrada com o conforto dele, e tão ansiosa para estar com ele. Então, como se para acomodar qualquer dúvida na mente de Jimmy, chegou o dia em que Sadie Dean teve algo a dizer sobre o assunto. Estavam todos na quadra de tênis. Sadie estava sentada sozinha, quando Jimmy correu até ela.

— Você é a próxima na quadra com Pollyanna, não é? — indagou ele.

Ela balançou a cabeça.

— Pollyanna não está jogando esta tarde.

— Não está jogando? Por quê? — estranhou ele, que estivera contando em jogar com ela.

Por um instante, Sadie Dean não respondeu; depois, com evidente dificuldade, disse:

— Pollyanna me disse ontem à noite que achou que estava jogando tênis com muita frequência; que isso não parecia certo com Mr. Carew, já que ele não pode jogar.

— Sei disso, mas... — Jimmy interrompeu-se, sem saber o que dizer.

A ruga em sua testa aprofundou-se bastante. No instante seguinte ele se surpreendeu com a tensão na voz de Sadie, que começou a falar:

— Mas ele não quer que ela pare. Não quer que nenhum de nós dê qualquer vantagem para ele. É isso que o magoa. Ela não entende, não entende! Eu, sim. Só que ela pensa que entende.

Algo nos modos ou nas maneiras dela provocou compaixão no coração de Jimmy. Ele observou-lhe o rosto cuidadosamente. Uma pergunta lhe assomou aos lábios. Por um instante ele se refreou, depois, tentando esconder sua intenção com um sorriso brejeiro, deixou que viesse.

— Bem, Miss Dean, não está querendo transmitir a ideia de que... de que exista algum interesse especial entre eles, entre esses dois, está?

Ela lançou-lhe um olhar reprovador.

— Onde andavam seus olhos? Ela o adora! Quero dizer, ambos se adoram — corrigiu ela, apressadamente.

Jimmy, com uma exclamação abafada, voltou-se e se afastou abruptamente. Não confiava em si mesmo para permanecer ali por muito mais tempo. Não queria conversar, naquele momento, com Sadie Dean. Na verdade, saiu tão abruptamente que nem reparou que Sadie Dean também se voltara para outro lado e ocupara-se em contemplar a grama a seus pés, como se tivesse perdido algo. Todas as evidências apontavam para o fato de que ela também não desejava continuar com o assunto.

Jimmy Pendleton disse a si mesmo que não seria verdade; que tudo o que Sadie dissera eram trivialidades. Ainda assim, verdade ou não, não conseguia esquecer. Isso tingiu todos os seus pensamentos, e assomava a seus olhos como uma sombra, sempre que via Pollyanna e Jamie juntos. Observava às escondidas o rosto deles. Prestava atenção ao tom de suas vozes. Com o tempo, veio a acreditar que era tudo verdadeiro: que adoravam mesmo um ao outro; e seu coração, por consequência, ficou pesado como chumbo em seu interior. Fiel à sua promessa, afastou-se resolutamente. O destino estava traçado, disse a si mesmo. Pollyanna não era para ser dele.

Seguiram-se dias sem descanso para Jimmy. Não ousava ficar completamente afastado do solar dos Harringtons, pois suspeitariam de seu segredo. Estar com Pollyanna e com todos era uma tortura. Mesmo estar com Sadie Dean era desagradável, pois não conseguia esquecer que fora ela a abrir seus olhos. Jamie, certamente, não era um porto ou refúgio, naquelas circunstâncias; só sobrava Mrs. Carew. Mrs. Carew era uma anfitriã por si mesma, e Jimmy descobriu na associação com ela seu único conforto naqueles dias. Estivesse ele alegre ou sério, ela sempre sabia como se adaptar exatamente ao seu estado de espírito; e era maravilhoso ver que ela sabia coisas sobre pontes, o tipo de pontes que ele pretendia construir. Ela era sábia, também, e muito solidária, sabendo sempre a palavra certa a dizer. Em determinado dia ele quase lhe contou sobre "o envelope"; mas John Pendleton os interrompeu no momento errado, e então a história não foi contada. John Pendleton sempre os interrompia no momento errado, pensou ele algumas vezes. Então, quando se lembrava de tudo o que John Pendleton fizera por ele, ficava envergonhado.

"O envelope" era uma coisa que datava da infância de Jimmy, e jamais mencionara esse assunto, a não ser a John Pendleton; mesmo assim, uma única vez, na época de sua adoção. O envelope nada mais era que um grande envelope branco, puído pelo tempo e cheio de mistério atrás de um grande selo vermelho de lacre. Fora dado a ele por seu pai, e ostentava as seguintes instruções, pela mão de seu pai:

> "A meu filho, Jimmy. Para ser aberto apenas em seu trigésimo aniversário, a não ser em caso de morte dele, quando deverá ser aberto imediatamente."

Havia épocas em que Jimmy especulava bastante sobre qual seria o conteúdo do envelope. Em outras, ele esquecia sua existência. Nos dias do orfanato, seu maior terror fora que eles o descobrissem e o tirassem dele. Naqueles dias ele o escondera no forro de seu paletó. Nos últimos anos, por sugestão de John Pendleton, fora colocado no interior do cofre dos Pendletons.

— Pois não há forma de saber quão valioso possa ser — dissera John Pendleton, com um sorriso. — De qualquer forma, seu pai evidentemente queria que o mantivesse, e não queremos correr o risco de perdê-lo.

— Não, naturalmente que não quero perdê-lo — respondera

Jimmy. — Mas não estou contando que haja valor real nele, senhor. Meu pobre pai não tinha muita coisa de valor, segundo me recordo.

Esse fora o "envelope" que Jimmy chegou tão perto de mencionar a Mrs. Carew um dia, se John Pendleton não os tivesse interrompido.

"Ainda assim, talvez tenha sido melhor não dizer nada a ela", raciocinou ele, voltando para casa. "Ela poderia ter pensado que meu pai tinha algo de secreto em sua vida. E eu não gostaria que ela pensasse isso de meu pai."

❖

CAPÍTULO XXV

O jogo e Pollyanna

Antes do meio de setembro, os Carews e Sadie Dean despediram-se e voltaram para Boston. Por mais que soubesse da saudade que iria sentir, Pollyanna deu um suspiro de alívio quando o trem partiu da estação de Beldingsville, levando seus hóspedes. Pollyanna não admitiria ter sentido esse alívio para ninguém, e até para ela mesma desculpou-se em pensamento:

"Não é que eu não os ame muito, a cada um deles", suspirou ela, observando o trem desaparecer na primeira curva. "É que fico muito penalizada por Jamie o tempo inteiro; e estou tão cansada. Vou ficar contente, por algum tempo, de simplesmente voltar aos dias tranquilos com Jimmy."

Pollyanna, entretanto, não voltou aos velhos dias tranquilos com Jimmy. O período que se seguiu à partida dos Carews foi calmo, com certeza, mas não o passou "com Jimmy". Jimmy raramente se aproximava da casa agora, e, quando vinha visitar, não parecia o Jimmy que ela sempre conhecera. Estava inquieto, introspectivo e silencioso, ou então alegre e falador de uma forma pouco natural e nervosa, que era muito intrigante e perturbadora. Antes que se passasse muito tempo, ele foi para Boston e então ela não o viu mais.

Pollyanna ficou surpresa ao perceber o quanto sentiu a falta dele. Mesmo saber que ele estava na cidade e que ela poderia receber sua visita era melhor que o vazio tenebroso da certeza da ausência; mesmo os intrigantes estados de espírito alternando entre pensativo e alegre eram preferíveis ao silêncio do nada. Então, um dia, repentinamente, se deu conta de estar com o rosto quente e o olhar encabulado.

"Bem, Pollyanna Whittier", disse incisivamente para si mesma.

"Poder-se-ia dizer que está apaixonada por Jimmy Bean Pendleton! Será que não consegue pensar em nada a não ser nele?"

Foi quando ela obrigou a si mesma a ser bem alegre, cheia de vida, e colocar Jimmy Bean Pendleton para fora de seus pensamentos. Embora sem intenção, tia Polly ajudou-a na maneira como tudo aconteceu. Com a partida dos Carews, havia terminado a fonte principal de dinheiro e tia Polly recomeçou a verbalizar sua preocupação com o estado das finanças.

— Não sei realmente, Pollyanna, o que vai ser de nós — reclamava ela frequentemente. — Claro que ficamos um pouquinho melhor depois desse trabalho de verão, e temos ainda uma pequena reserva do patrimônio. Mas nunca sei quando irá parar, como todo o resto. Se ao menos pudéssemos fazer alguma coisa para produzir dinheiro imediato!

Certo dia, numa dessas lamentações, os olhos de Pollyanna recaíram na propaganda de um concurso de contos. Parecia tentador. Os prêmios eram valiosos e numerosos. As condições eram estabelecidas em letras grandes e brilhantes. Lendo tudo, pensava que vencer seria a coisa mais fácil do mundo. Continha até mesmo uma cláusula que parecia ter sido feita para a própria Pollyanna. Dizia:

> Isto é para você, que está lendo este convite. Qual o problema se você nunca escreveu uma história antes? Isso não quer dizer que não possa escrever uma. Experimente. Só isso. Não gostaria de ganhar três mil dólares? Dois mil? Mil? Quinhentos, ou mesmo cem dólares? Então, por que não tentar?

"Exatamente o que eu queria!", gritou Pollyanna, batendo palmas. "Fiquei muito contente de ter visto isso! E também diz que sou capaz de fazer. Achei que podia mesmo, se tentasse. Vou contar para a titia, assim ela não vai se preocupar mais."

Ela se levantou e já ia a meio caminho da porta quando um pensamento fez com que parasse.

"Pensando bem, acho que não vou dizer nada afinal. Assim será uma surpresa mais agradável para ela; e se eu ganhar mesmo o primeiro prêmio..."

Pollyanna foi dormir naquela noite pensando no que poderia fazer com aqueles três mil dólares.

Começou sua história no dia seguinte. Quer dizer, com ar muito importante apanhou uma boa quantidade de papel, apontou meia dúzia de lápis e acomodou-se na grande e antiquada escrivaninha dos Harringtons, na sala de estar. Depois de morder a parte traseira de dois lápis, escreveu três palavras na bela folha branca à sua frente. Então suspirou fundo, deixou de lado o segundo lápis estragado, e apanhou um belo lápis fino e verde, com uma ponta aguçada. Observou-a com a testa franzida em meditação.

"Puxa vida! Queria saber onde eles vão buscar os títulos", pensou, desesperada. "Quem sabe fosse melhor eu contar a história primeiro, e depois escolher um título que se encaixe. Bem, é o que vou fazer."

Imediatamente riscou as três palavras escritas e apoiou o lápis para começar novamente. Porém, esse começo não veio naquele instante. Mesmo quando foi feito, deve ter sido um começo falso, pois ao final de meia hora toda a página parecia uma confusão de linhas e palavras riscadas, com apenas algumas palavras aqui e ali para contar a história.

Nesse instante, tia Polly entrou no aposento. Voltou os olhos cansados para a sobrinha.

— Bem, Pollyanna, o que você está fazendo agora? — quis saber ela.

Pollyanna riu e corou, com ar culpado.

— Nada de mais, tia. De qualquer forma, não é nada ainda — admitiu ela, com um sorriso sem jeito. — Além disso, é segredo, não posso contar por enquanto.

— Muito bem, faça como quiser — suspirou tia Polly. — Mas posso adiantar desde já que se está tentando fazer qualquer coisa diferente a partir dos papéis da hipoteca que Mr. Hart deixou, é inútil. Eu mesma já fui do começo até o fim duas vezes.

— Não, minha querida, não são os documentos da hipoteca. É algo bem mais agradável do que os documentos poderiam ser — disse Pollyanna triunfante, retornando ao trabalho.

Em seus olhos acabara de surgir uma visão clara de como poderia ser, caso os três mil dólares fossem delas.

Por meia hora ainda Pollyanna rabiscou, escreveu e mascou seus lápis; em seguida, com a coragem arranhada, mas não destruída, reuniu seus papéis e deixou o aposento.

"Reconheço que é melhor fazer isso lá em cima", pensou ela, subindo as escadas. "Achei que sendo um trabalho literário poderia fazer na escrivaninha, mas, na realidade, a escrivaninha não me ajudou nem um pouco esta manhã. Vou tentar a mesinha perto da janela, em meu quarto."

A mesinha perto da janela, no entanto, provou não ser mais inspiradora, a julgar pelas páginas esboçadas e rasuradas que caíam das mãos de Pollyanna; ao final de mais meia hora Pollyanna descobriu de repente que já era hora do jantar.

"Bem, estou contente que seja assim", disse para si mesma. "Prefiro mesmo fazer o jantar a fazer isto. Eu quero fazer isto, é claro, só que não tinha ideia de que fosse um trabalho tão difícil. Afinal, é só uma história!"

Durante o mês seguinte Pollyanna trabalhou com regularidade, tenacidade, mas logo descobriu que escrever "só uma história" não era uma tarefa tão fácil de ser realizada. Entretanto, Pollyanna não era de começar alguma coisa e deixá-la pela metade. Além disso, havia o prêmio de três mil dólares, ou mesmo qualquer um dos outros, se acontecesse de ela não ganhar o primeiro prêmio! Naturalmente, mesmo o prêmio de cem dólares já seria alguma coisa! Por isso, dia após dia ela escrevia, apagava, e reescrevia, até que finalmente a história ficou completa para ela. Mesmo admitindo algumas dúvidas, levou o manuscrito para Milly Snow a fim de ser datilografado.

"Parece bom, quer dizer, faz sentido", ponderou Pollyanna incerta, à medida que se apressava em direção ao chalé dos Snows. "É uma história bonita sobre uma garota adorável. Mas tem alguma coisa que ainda não está perfeita; enfim, é melhor não contar muito com o primeiro prêmio, assim não ficarei desapontada quando ganhar um dos outros."

Pollyanna sempre pensava em Jimmy quando ia à casa dos Snows, pois fora ao lado da estrada perto do chalé que primeiro o vira, como um fugitivo do orfanato, havia tantos anos. Pensou nele outra vez naquele dia, com uma pequena alteração de fôlego. Então, com o erguer de cabeça orgulhoso que sempre vinha com o segundo pensamento em Jimmy, ela subiu os degraus de acesso dos Snows e tocou a campainha.

Como sempre ocorria, os Snows receberam Pollyanna da maneira mais acolhedora possível; e também como era hábito, não se passou muito tempo e estavam falando sobre o jogo: em nenhuma casa de Beldingsville o jogo era mais ardentemente praticado do que entre os Snows.

— Bem, e como está se saindo? — perguntou Pollyanna, assim que terminou a parte comercial de sua visita.

— Tudo está esplêndido! — alegrou-se Milly Snow. — Este é o terceiro trabalho que tenho esta semana! Ah, Miss Pollyanna, estou tão contente que me tenha levado a ter aulas de datilografia, pois posso fazer todo o trabalho aqui em casa! E devo-lhe tudo isso.

— Bobagem — protestou Pollyanna, alegre.

— Mas é verdade! Em primeiro lugar, eu não poderia ter feito nada se não fosse pelo jogo, que fez minha mãe melhorar tanto. E depois, quando no começo você sugeriu que eu datilografasse e me ajudou a comprar uma máquina. Eu é que sei se tudo isso se deve ou não a você!

Novamente Pollyanna protestou. Dessa vez foi interrompida por Mrs. Snow, da cadeira próxima à janela. E ela falou com tanta sinceridade e seriedade, que Pollyanna, apesar de sua atitude, acabou por escutar o que ela ia dizer.

— Escute, criança, não acho que você saiba exatamente o que fez. Mas gostaria que soubesse. Existe alguma coisa em seus olhos hoje, minha querida, que não gosto de ver aí. Você está preocupada com alguma coisa. Sei disso. E não estranho: a morte de seu tio, a situação de sua tia, tudo, mas não vou falar sobre isso. Porém existe algo que eu queria dizer, minha querida, e você deve deixar que eu fale, pois não posso suportar ver essa sombra nos seus olhos sem tentar afastá-la, contando-lhe o que fez por mim, por toda esta cidade e por incontáveis pessoas em todos os lugares.

— Mrs. Snow! — protestou Pollyanna, realmente encabulada.

— Mas é verdade. E sei do que estou falando — disse a inválida, triunfante. — Para começar, olhe para mim. Quando me encontrou, eu era uma criatura que só reclamava, e que nunca queria o que tinha até descobrir o que não tinha, lembra? E você não abriu meus olhos quando me trouxe os três tipos de coisas para que eu fosse *obrigada* a ter o que eu queria, para variar?

— Mrs. Snow! Eu fui tão impertinente assim? — murmurou Pollyanna, corando envergonhada.

— Não foi impertinência — disse Mrs. Snow, veemente. — Você não fez com impertinência, e isso faz toda a diferença do mundo. Também não fez como quem passa um sermão, minha querida. Se tivesse feito isso, eu não teria começado a jogar o jogo, e ninguém mais teria, imagino. Mas o fato é que conseguiu me fazer jogar, e agora veja o que fez por mim, e por Milly! Aqui estou tão melhor que posso me sentar na cadeira de rodas e ir a qualquer lugar. Isso significa bastante para quem ficava só esperando, e também dá a possibilidade de uma folga aos que estão ao nosso redor, neste caso, Milly. E o médico diz que tudo foi devido ao jogo. Além de nós, existem outros, muitos outros, nesta cidade mesmo, sobre os quais escuto o tempo todo. Nellie Mahoney quebrou o pulso e ficou tão contente por não ser a perna que mal se lamentou pelo pulso. A velha Mrs. Tibbits perdeu a audição, mas ficou tão contente por não ser a vista, que atualmente está feliz. Lembra do Joe, estrábico, que costumavam chamar de Joe Cruzado, por causa do temperamento? Nada parecia bom para ele, assim como nada era bom para mim. Bem, um dia alguém ensinou a ele o jogo, e isso o tornou um homem diferente. E escute, meu bem, não falo só sobre nossa cidade, mas de outros lugares também. Recebi uma carta ontem de minha prima de Massachusetts, e ela me contou sobre uma Mrs. Tom Payson que morava lá. Lembra-se deles? Moravam na Colina Pendleton.

— Sim, sim, eu me lembro deles — disse Pollyanna.

— Pois bem, eles partiram daqui naquele inverno no qual você foi para o Sanatório, e se mudaram para Massachusetts, onde minha irmã mora. Ela os conhece bem. Diz que Mrs. Payson contou para ela sobre você, e como seu jogo do contente os salvou do divórcio. Agora, não apenas eles o jogam entre si, mas conseguiram muitos outros jogadores por lá, que por sua vez estão conseguindo ainda outros. Então, minha querida, não se pode dizer onde vai parar esse jogo do contente. Queria que soubesse. Acredito que pode ajudar até mesmo você, jogar o jogo algumas vezes; pois não pense que não entendo, meu bem, que algumas vezes é difícil até para você jogar o próprio jogo.

Pollyanna levantou-se. Sorria, mas seus olhos brilhavam com lágrimas quando ela estendeu a mão para se despedir.

— Obrigada, Mrs. Snow — disse ela, com voz entrecortada. — É difícil, sim, algumas vezes; e talvez eu precise mesmo de ajuda com o meu próprio jogo. Enfim — agora os olhos brilhavam com a antiga alegria —, se pensar em algum momento que não posso jogar o jogo, posso sempre me lembrar e ficar contente por haver tanta gente jogando!

Pollyanna foi para casa com certa sobriedade naquela tarde. Mesmo tocada pelo que Mrs. Snow dissera, havia algo de tristeza em tudo aquilo. Estava pensando na tia Polly... tia Polly que quase não jogava o jogo agora; estava imaginando se ela própria jogava sempre que tinha oportunidade.

"Talvez eu não tenha sido muito cuidadosa em apanhar sempre o lado bom das coisas que tia Polly diz", murmurou ela, com uma ponta de culpa. "E talvez, se eu jogasse melhor o jogo, quem sabe tia Polly jogaria um pouco também. De qualquer forma, vou tentar. Se não tomar cuidado, todas essas pessoas vão jogar o jogo melhor que eu!"

❖

CAPÍTULO XXVI

John Pendleton

Foi apenas uma semana antes do Natal que Pollyanna enviou sua história (agora zelosamente datilografada) para o concurso. Os ganhadores do prêmio não seriam anunciados antes de abril, dizia o anúncio na revista, portanto, Pollyanna acomodou-se para a longa espera com sua característica paciência filosófica.

"Não sei, mas estou contente pela espera ser tão longa", disse para si mesma. "Pois o inverno inteiro posso me divertir pensando que poderei ganhar o primeiro lugar em vez das outras classificações. Posso pensar que vou conseguir, e, se conseguir mesmo, não terei ficado infeliz nem um dia. Por outro lado, se não ganhar, não terei todas aquelas semanas de infelicidade antes da hora; e posso ficar contente com um dos prêmios menores, de qualquer modo."

Que não ganhasse nenhum dos prêmios era algo que nem ao menos constava dos cálculos de Pollyanna. A história, tão lindamente datilografada por Milly Snow, parecia tão boa como se já tivesse sido publicada.

O Natal não foi uma época alegre no lar dos Harringtons naquele ano, apesar dos enormes esforços feitos por Pollyanna. Tia Polly recusou-se terminantemente a permitir qualquer tipo de comemoração no dia, e sua atitude foi tão irrevogável, que Pollyanna não pôde dar nem o mais simples dos presentes.

Na noite de Natal, John Pendleton veio visitar. Mrs. Chilton desculpou-se, mas Pollyanna, desgastada pelo longo dia passado com a tia, o acolheu com alegria. Mesmo aqui ela descobriu uma mosca no âmbar de seu contentamento, pois John Pendleton trazia com ele uma carta de Jimmy, e a carta estava repleta dos planos que ele e Mrs. Carew estavam fazendo para uma bela comemoração de Natal no Lar para Jovens Trabalhadoras. Pollyanna, envergonhada, embora guardasse para si mesma, não estava com vontade de ouvir falar sobre comemorações de Natal, principalmente com Jimmy.

John Pendleton, entretanto, não estava pronto para deixar o assunto de lado, mesmo depois que a carta foi lida.

— Muito boas notícias, essas! — disse ele, enquanto dobrava a carta.

— De fato, ótimas! — concordou Pollyanna, tentando demonstrar entusiasmo.

— E é esta noite, não é? Gostaria de estar com eles agora.

— Sim! — respondeu ela, caprichando mais no entusiasmo.

— Mrs. Carew sabia o que fazia quando conseguiu que Jimmy a ajudasse, imagino — riu ele. — Mas fico me perguntando como Jimmy está encarando isso, de bancar o Papai Noel para meia centena de jovens ao mesmo tempo!

— Bem, ele deve estar adorando, claro! — Pollyanna ergueu levemente seu queixo.

— Talvez. É bem diferente de construir pontes, você sabe.

— Sim, é.

— Mas eu me arriscaria a dizer que Jimmy, e essas garotas também, nunca tiveram um Natal melhor que o desta noite.

— É verdade — concordou Pollyanna, hesitante.

Tentou manter o tremor afastado da voz, e tentou ainda com mais afinco não comparar sua noite solitária em Beldingsville, a não ser por John Pendleton, àquela das cinquenta moças em Boston, com Jimmy.

Houve uma breve pausa, durante a qual John Pendleton fitou de modo sonhador o fogo dançando na lareira.

— Mrs. Carew é uma mulher maravilhosa — disse ele, por fim.

— É mesmo! — dessa vez o entusiasmo na voz de Pollyanna era como se fosse puro ouro.

— Jimmy escreveu-me antes contando o que ela fez por aquelas meninas — continuou o homem, ainda observando o fogo. — Na carta anterior ele escreveu bastante falando sobre esse assunto, e contando sobre ela. Disse que sempre a admirou, mas nunca tanto como agora, que ele consegue enxergar quem ela realmente é.

— Ela é um doce, essa é Mrs. Carew, um doce, em todos os aspectos, e eu a amo — declarou Pollyanna com sinceridade.

John Pendleton remexeu-se. Voltou-se para Pollyanna com um olhar intrigante.

— Sei que a ama, meu bem. Por isso, entende que podem existir outros que também a amem.

O coração de Pollyanna deu a impressão de perder uma batida. Um pensamento súbito chegou até ela. Jimmy! Poderia John Pendleton estar insinuando que Jimmy gostava dessa forma de Mrs. Carew?

— Quer dizer... — começou ela, incapaz de terminar.

Com um tique nervoso que lhe era peculiar, John Pendleton levantou-se.

— Quero dizer, essas meninas — respondeu ele, ainda com o sorriso intrigante. — Não acha que essas cinquenta garotas a amam até a morte?

Pollyanna concordou educadamente, e murmurou um comentário apropriado, em resposta ao que John Pendleton comentara. Mas seus pensamentos estavam em tumulto, e ela deixou que ele falasse o resto da noite.

John Pendleton não pareceu se incomodar com isso. Deu uma volta ou duas no aposento, depois sentou-se onde estivera acomodado. E quando falou, foi sobre o assunto que começara, Mrs. Carew.

— Estranho sobre esse Jamie dela, não acha? Fico pensando se ele seria ou não o sobrinho perdido.

Como Pollyanna não respondesse, ele continuou, depois de um silêncio curto.

— É um rapaz e tanto, de qualquer modo. Gosto dele. Existe alguma coisa de muito bom e autêntico nele. Ela o adora. Isso é fácil de ver, seja ele parente ou não.

Houve outra pausa, e, com a voz levemente alterada, John Pendleton continuou:

— Ainda assim, quando a gente pensa no assunto é difícil entender por que ela não se casou outra vez. Ela é, certamente, uma mulher muito bonita. Não acha?

— Sim, sem dúvida — respondeu Pollyanna, apressadamente. — Uma mulher muito bonita.

Houve uma pequena hesitação na voz de Pollyanna. Ela percebera a própria imagem no espelho na parede oposta, e ela mesma nunca fora "uma mulher muito bonita". John Pendleton continuava falando, satisfeito, seus olhos ainda no fogo. Se recebia ou não respostas era algo que não parecia afetá-lo. Se estava ou não sendo ouvido, mal se dava conta. Queria, aparentemente, apenas conversar; mas finalmente levantou-se relutante e deu boa-noite.

Por uma angustiante meia hora Pollyanna estivera desejando que ele se fosse, para ficar sozinha; porém, depois que ele realmente se foi, teve vontade de que ele voltasse. Descobriu, de repente, que não queria ficar sozinha com seus pensamentos.

Tudo agora estava maravilhosamente claro para Pollyanna. Não havia dúvidas. Jimmy gostava de Mrs. Carew. Por isso ele estivera tão sisudo e inquieto depois que ela partiu. Por isso ele viera ver tão pouco a ela, Pollyanna, sua velha amiga. Por isso...

Incontáveis pequenas circunstâncias do verão anterior vieram à memória de Pollyanna naquele momento, testemunhas mudas do que não podia ser negado. E por que ele não gostaria dela? Mrs. Carew certamente era uma mulher muito bonita e charmosa. Verdade, era mais velha que Jimmy; mas jovens se apaixonam por mulheres bem mais velhas, muitas vezes. E se amassem um ao outro...

Pollyanna chorou até dormir naquela noite.

Pela manhã, resolveu enfrentar a situação com coragem. Chegou a tentar, com um sorriso cheio de lágrimas, colocar à prova o jogo do contente. Lembrou-se então de algo que Nancy lhe dissera anos antes: "Se existem pessoas que não teriam uso para esse seu jogo do contente, seria um par de namorados brigando!"

"Não que estivessem 'brigando', nem que fossem 'namorados'", pensou Pollyanna, corando. "Mas mesmo assim estou contente porque ele está contente, e porque ela está contente também, só que..."

Ainda que apenas para si mesma, Pollyanna não conseguiu terminar a frase.

Tendo certeza agora de que Jimmy e Mrs. Carew gostavam um do outro, Pollyanna tornou-se sensível a qualquer coisa que pudesse reforçar essa crença. E estando sempre alerta encontrou algo, como seria de esperar. Primeiro nas cartas de Mrs. Carew:

> Tenho visto muito seu amigo, o jovem Pendleton. E gosto cada vez mais dele. Desejo, entretanto, só por curiosidade, entender a sensação que tenho de já tê-lo visto antes em algum lugar.

Com frequência, depois disso, ela o mencionou casualmente; e, para Pollyanna, o próprio acaso era uma aguilhoada, pois mostrava, de maneira inegável, que Jimmy e sua presença eram agora, para Mrs. Carew, uma coisa corriqueira. Por outras fontes, também, Pollyanna encontrava combustível para o fogo de suas suspeitas. Com frequência cada vez maior, John Pendleton "aparecia" com histórias de Jimmy, e sobre o que Jimmy estava fazendo. E sempre aqui e ali havia uma alusão a Mrs. Carew. A pobre Pollyanna perguntava-se, de vez em quando, se John Pendleton não sabia falar de outro assunto que não fosse sobre Jimmy e Mrs. Carew, de tão constante que era a menção de um dos nomes por seus lábios.

Havia também as cartas de Sadie Dean, que falavam de Jimmy e do que ele estava fazendo para ajudar Mrs. Carew. Mesmo Jamie, que ocasionalmente escrevia, tinha detalhes a acrescentar, pois comentara certa vez:

> São dez da noite. Estou sentado aqui sozinho, esperando por Mrs. Carew. Ela e Pendleton saíram para uma de suas visitas sociais ao Lar.

Do próprio Jimmy, Pollyanna tinha notícias muito raramente; e por isso ela dizia a si mesma que devia ficar contente.

"Pois se ele não pode escrever sobre nada a não ser Mrs. Carew e aquelas meninas, estou contente que não escreva mais vezes", suspirou ela.

❖

CAPÍTULO XXVII

O dia em que Pollyanna não jogou

E assim, um a um, passaram-se os dias do inverno. Janeiro e fevereiro tiveram neve e chuva de pedras; março veio com uma ventania que soprava e gemia pela velha casa, soltando venezianas, que ficavam batendo, e com portões rangendo de uma forma que era um teste para os nervos, já tensos até o ponto de quebra.

Pollyanna não estava achando fácil nesses dias jogar o jogo, mas ainda assim o fazia, fiel e corajosamente. Tia Polly não o estava jogando em nenhum momento, o que certamente não facilitava que Pollyanna o jogasse. Tia Polly estava triste e desencorajada. Também não parecia bem, e abandonara-se à depressão profunda.

Pollyanna ainda contava com o prêmio do concurso. Entretanto, havia baixado a expectativa do primeiro prêmio para os menores. Pollyanna andara escrevendo outras histórias, e a regularidade com a qual vinham recusas de suas peregrinações aos editores de revistas começava a abalar a fé em seu sucesso como autora.

"Bem, fico feliz por não ter falado nada para tia Polly", disse Pollyanna para si mesma corajosamente, enquanto revirava nos dedos a resposta de "rejeitado com agradecimentos" que acabara de chegar a respeito de mais uma história naufragada. "Ela não pode se incomodar com isso, não sabe de nada."

Toda a vida de Pollyanna naqueles dias se revolvia em torno de tia Polly, e é duvidoso que mesmo a tia Polly tivesse percebido o quão rigorosa se tornara sua vida, e o quanto sua sobrinha estava dedicando a ela a própria vida. Foi num dia particularmente triste em março que os assuntos vieram, de certa forma, a um clímax. Pollyanna, ao despertar, olhara o céu com um suspiro... tia Polly ficava sempre mais difícil em dias nublados. Cantarolando uma canção que soou até um pouco exagerada, Pollyanna foi até a cozinha para preparar o café.

— Acho que vou fazer *muffins* de milho — disse ao forno, em tom de confidência —, então talvez tia Polly não se importe tanto com outras coisas.

Meia hora mais tarde, ela bateu à porta do quarto da tia.

— Já levantou, tão cedo? Muito bom! E a senhora mesma fez o cabelo!

— Não consegui dormir. Tive de levantar — suspirou tia Polly. — Também tive de fazer meu cabelo. Você não estava aqui.

— Mas eu não sabia que estava pronta para mim, tia — explicou Pollyanna apressadamente. — Mas isso não importa. Vai ficar contente quando descobrir o que andei fazendo.

— Bem, acho que não, não numa manhã como esta — respondeu perversamente tia Polly, fazendo uma careta. — Ninguém poderia ficar contente numa manhã como esta. Veja como chove! Já é a terceira chuva esta semana.

— É verdade, mas a senhora sabe que depois de uma chuva dessas o sol sai lindo como nunca — sorriu Pollyanna, arrumando um laço na gargantilha da tia. — Agora vamos, o café está pronto. Espere só até ver o que fiz para a senhora!

Tia Polly, entretanto, não se deixou impressionar, nem mesmo pelos *muffins* de milho, naquela manhã. Nada parecia certo, nada era ao menos suportável, do modo como sentia; a paciência de Pollyanna foi duramente afetada antes mesmo que a refeição terminasse. Para tornar as coisas ainda piores, o telhado sobre a janela leste do sótão revelou um vazamento, e uma carta desagradável veio na correspondência. Pollyanna, mantendo-se fiel a seu credo, rindo, declarou que, de sua parte, estava contente por ter um teto para vazar; e que, a respeito da carta, ela a estava esperando por uma semana e na verdade não precisava mais se preocupar, com medo de que não viesse. Não viria agora, pois já chegara, e o assunto terminara. Tudo isso, aliado a vários outros obstáculos e aborrecimentos, adiaram o trabalho habitual da manhã até que a tarde estivesse avançada, algo que sempre irritava a metódica tia Polly, que organizava a própria vida, de preferência, pelo bater do relógio.

— Mas já são três e meia, Pollyanna! Sabia? E você ainda não fez as camas — reclamou ela, por fim.

— Não, querida. Mas vou fazer isso. Não se preocupe.

— Mas você ouviu o que eu disse? Veja o relógio, menina! Já passa das três!

— É verdade, mas não se importe, tia. Podemos ficar contentes porque ainda não são quatro.

Tia Polly fez um muxoxo de desdém.

— Suponho que você possa.

Pollyanna riu.

— Bem, tia, relógios são coisas adaptáveis, quando a gente para de pensar nisso. Descobri isso há muito tempo, no Sanatório. Quando eu estava fazendo alguma coisa que gostava, e não queria que o tempo passasse rápido, eu olhava só para o ponteiro das horas, e sentia que tinha muito tempo, ia bem devagar. Então, em outros dias, quando eu tinha de suportar alguma coisa que doía por uma hora, por exemplo, eu olhava o ponteiro dos segundos e sentia que o velho tempo estava se apressando para me ajudar a passar logo. Hoje estou olhando para o ponteiro das horas "porque não quero que o tempo passe depressa". Percebe? — finalizou ela, piscando com ar astuto, enquanto saía do aposento, antes que tia Polly tivesse tempo de responder.

Foi certamente um dia difícil, e à noite Pollyanna parecia pálida e cansada. Isso também foi fonte de preocupação para tia Polly.

— Minha criança, você parece exausta. O que vamos fazer, não tenho a menor ideia. Acho que você vai ficar doente em seguida!

— Bobagem, titia! Não me sinto nem um pouco doente — declarou Pollyanna, deixando-se cair no sofá, com um suspiro. — Mas estou cansada mesmo. Puxa, como é gostoso este sofá! Estou contente por estar cansada, afinal, é tão bom descansar.

Tia Polly fez um gesto impaciente.

— Contente, contente, contente! Claro que está contente, Pollyanna. Você sempre está contente por alguma coisa. Nunca vi uma menina assim. Sim, eu sei que é o jogo — continuou ela, respondendo ao olhar que surgiu no rosto da sobrinha. — É um bom jogo; mas acho que você o leva longe demais. Essa eterna doutrina do "podia ser pior" me dá nos nervos, Pollyanna. Honestamente, seria um alívio de verdade se você não ficasse contente por alguma coisa, alguma vez.

— Por que, tia? — quis saber Pollyanna, erguendo-se.

— Bem, seria. Experimente alguma vez e repare.

— Mas tia, eu... — começou Pollyanna, interrompendo-se em seguida, para olhar reflexivamente para a tia.

Um estranho olhar iluminou-lhe os olhos; um sorriso diferente curvou-lhe os lábios. Mrs. Chilton, que se voltara para seu trabalho, não prestou atenção. Depois de um minuto, Pollyanna recostou-se outra vez no sofá sem terminar a frase, o curioso sorriso ainda nos lábios.

Estava chovendo novamente quando Pollyanna levantou na manhã seguinte, e um vento nordeste assobiava pelo oco da chaminé. Pollyanna, na janela, suspirou involuntariamente; mas quase no mesmo instante seu rosto mudou.

"Bem, estou contente por...", ela se interrompeu e levou a mão aos lábios, os olhos sem se fixar em nada. "Puxa, vou esquecer. Vou esquecer, não vou estragar tudo. Vou lembrar de não ficar contente por qualquer coisa. Hoje, por nada."

Resolveu não fazer os bolinhos de milho naquela manhã. Começou o café da manhã e depois foi até o quarto da tia.

Mrs. Chilton ainda estava na cama.

— Estou vendo que está chovendo, como sempre.

— Sim, o tempo está horrível, perfeitamente horrível — comentou Pollyanna. — Choveu quase todo dia esta semana. Odeio esse tempo.

Tia Polly voltou-se com ar surpreso em seus olhos, mas Pollyanna estava olhando para o outro lado.

— Vai se levantar agora?

— Bem, vou — respondeu tia Polly, ainda com um brilho de surpresa no olhar. — O que houve, Pollyanna? Está cansada?

— Sim, estou cansada esta manhã. Também não dormi bem. Odeio não dormir bem. As coisas sempre nos atormentam de noite, quando a gente está acordada.

— Acho que sei como é — disse tia Polly. — Depois das duas horas eu mesma não dormi nada. E ainda tem aquele telhado! Como vamos poder consertá-lo, se não para nunca de chover? Você levantou para esvaziar as panelas?

— Sim, e ainda coloquei outras. Parece que tem outro vazamento agora, um pouco mais além.

— Um novo vazamento! Nossa, tudo vai acabar vazando assim!

Pollyanna chegou a entreabrir os lábios. Quase disse: "Bem, então podemos ficar contentes por consertar tudo de uma vez", quando se lembrou e disse com voz cansada:

— É bem possível, titia. Nunca vi tantos vazamentos. Já fez uma bagunça pelo telhado inteiro. Me cansou!

Com essa declaração, Pollyanna saiu do aposento silenciosamente.

"É tão estranho e tão difícil, acho que estou fazendo isso errado", murmurou ela para si mesma, ansiosamente, enquanto descia as escadas.

Atrás dela, a tia Polly, sozinha no quarto, olhava a porta por onde a sobrinha saíra, ainda intrigada.

Tia Polly teve várias ocasiões antes das seis horas da noite para observar Pollyanna com surpresa e olhar de interrogação. Nada parecia certo com Pollyanna. O fogo não queimava, o vento abriu uma veneziana em particular por três vezes, e surgiu ainda uma terceira goteira no telhado. O correio trouxe para ela uma carta que a fez chorar (embora nem mesmo uma grande insistência por parte de tia Polly a fizesse revelar o motivo). Até o jantar deu errado, e coisas inumeráveis aconteceram durante a tarde, que provocaram observações irritadas e desanimadas.

Só depois que se passou mais da metade do dia foi que a suspeita sagaz venceu a surpresa nos olhos de tia Polly. Se Pollyanna percebeu, não demonstrou. Com certeza não havia descontentamento na irritação dela. Bem antes das seis horas, entretanto, a suspeita no olhar de tia Polly se tornou convicção e derrotou de uma vez o olhar intrigado. Mas, curiosamente, um novo olhar assomou, um olhar em que na verdade havia um brilho divertido.

Finalmente, depois de uma queixa especialmente doída por parte de Pollyanna, tia Polly ergueu as mãos num gesto de rendição bem-humorada.

— Está bem, criança! Desisto! Confesso que fui vencida em meu próprio jogo. Você pode ficar contente, se quiser — disse ela, com um sorriso torcido.

— Eu sei, titia, mas a senhora disse...

— Sim, eu disse, mas não vou fazer isso outra vez — interrompeu tia Polly, com ênfase. — Por misericórdia, que dia foi este! Nunca mais quero passar por outro como ele. — Ela hesitou, corou um pouco, depois continuou, com evidente dificuldade: — Além disso, queria que soubesse que entendo não haver jogado o jogo eu mesma ultimamente; mas, depois disso, irei tentar. Onde está meu lenço?

Pollyanna imediatamente colocou-se em pé e foi para o lado da tia.

— Tia Polly, eu não fiz isso a sério, foi como uma brincadeira — desculpou-se ela, consternada. — Nunca pensei que a senhora fosse levar tão a sério.

— Com certeza que não pensou. Pensa que não sei que não queria que eu levasse a sério? — respondeu tia Polly, com toda a aspereza de uma mulher sisuda e reprimida, que abominava demonstrar sentimentos e fazer cenas, por temer mortalmente que seu coração fosse atingido. — Acha que se eu soubesse que você estava tentando me ensinar uma lição eu... eu...

Não pôde finalizar a sentença, pois os braços jovens e fortes de Pollyanna a envolveram num abraço.

❖

CAPÍTULO XXVIII

Jimmy e Jamie

Pollyanna não foi a única que achou difícil aquele inverno. Em Boston, Jimmy Pendleton, a despeito de seus esforços extenuantes para ocupar seu tempo e pensamentos, descobria que nada apagava de sua visão um determinado par de risonhos olhos azuis, e nada parecia dissolver de sua memória certa voz alegre e bem-amada.

Jimmy dizia a si mesmo que, se não fosse por Mrs. Carew e o fato de que podia ser útil a ela, a vida nem valeria a pena ser vivida. Mesmo na casa de Mrs. Carew nem tudo era alegria, pois sempre havia Jamie; e Jamie trazia os pensamentos de Pollyanna, pensamentos infelizes. Por estar completamente convencido de que Jamie e Pollyanna gostavam um do outro, e igualmente convencido de que era uma questão de honra se pôr de lado e dar a Jamie a vantagem que este merecia, nunca pusera em dúvida essas questões. De Pollyanna ele não queria nem falar nem ouvir. Sabia que tanto Jamie quanto Mrs. Carew tinham notícias dela; e quando falavam dela ele se forçava a escutar, a despeito da dor de cabeça. Mas mudava de assunto assim que possível, e limitava suas próprias cartas a ela em breves e pouco frequentes. Porque, para Jimmy, uma Pollyanna, que não fosse sua, nada era além de uma fonte de dor e mal-estar; e ele ficara muito contente quando chegou a época de deixar Beldingsville e assumir seus estudos em Boston: estar muito perto de Pollyanna e ainda assim tão longe era uma tortura para ele.

Em Boston, com toda a atividade de uma mente febril que procura distração de si mesma, ele se dedicara a pôr em prática os planos de Mrs. Carew para suas amadas jovens trabalhadoras, e todo o tempo que poderia ser dispensado de seus deveres ele os devotou a esse trabalho, provocando o reconhecimento e a gratidão de Mrs. Carew.

Assim, para Jimmy, passou-se o inverno e veio a primavera; uma primavera alegre e vigorosa, cheia de brisas suaves, chuvas leves e brotos verdes expandindo-se em botões e fragrâncias. Era, entretanto, qualquer coisa menos uma primavera alegre, pois em seu coração ainda sentia o descontentamento sombrio do inverno.

"Se ao menos eles acertassem as coisas e anunciassem o noivado, de uma vez por todas", murmurava Jimmy para si mesmo, com frequência cada vez maior naqueles dias. "Se ao menos eu soubesse de alguma coisa, com certeza eu suportaria melhor!"

Eram dez horas da manhã de um sábado e Mary, na casa de Mrs. Carew, o levara até a sala de música dizendo, polidamente:

— Vou dizer a Mrs. Carew que o senhor está aqui. Acredito que ela o esteja esperando.

Na sala de música, Jimmy parou subitamente ao deparar-se com Jamie ao piano, os braços estendidos sobre o teclado, e a cabeça debruçada sobre eles. Pendleton havia se virado para empreender sua retirada quando o rapaz ao piano ergueu sua cabeça, trazendo as faces avermelhadas e os olhos febris.

— Carew, aconteceu alguma coisa?

— Aconteceu! Aconteceu! — repetiu o jovem, balançando as duas mãos, cada uma com uma carta. — Tudo aconteceu. Sabe quando a vida da gente parece passada numa prisão e de repente você vê os portões se abrindo? Você não pensaria isso se tivesse tudo num minuto e pudesse pedir em casamento a mulher que você ama? Não pensaria se... mas, escute! Pensa que estou louco, mas não estou. Embora talvez eu esteja, afinal, louco de alegria. Gostaria de contar tudo, posso? Tenho de contar a alguém!

Pendleton ergueu a cabeça. Foi como se, inconscientemente, se preparasse para um golpe. Empalidecera um pouco, mas sua voz estava bem firme ao responder.

— Claro que sim, meu amigo. Eu ficaria contente em ouvir.

Carew, entretanto, mal esperara a resposta. Apressava-se agora, ainda um pouco incoerente.

— Não é muito para você, claro. Você tem dois pés e sua liberdade. Tem suas ambições e suas pontes. Mas eu... para mim é tudo. Talvez seja a possibilidade de levar uma vida de homem, com um trabalho de homem, mesmo se não forem diques e pontes. É algo! E é algo que agora provo que posso fazer! Escute. Nesta carta aqui há um anúncio de que um conto meu ganhou o primeiro prêmio num concurso, três mil dólares. Na outra carta aqui, uma grande editora aceitou meu primeiro livro manuscrito para publicação. E as duas vieram hoje, nesta manhã. Acha que sou um louco contente?

— Não! Claro que não, Carew, meus parabéns, de todo o coração — disse Jimmy, caloroso.

— Obrigado, aceito seus cumprimentos. Pense no que significam para mim. Pense que pode significar que algum dia Mrs. Carew ficará contente e orgulhosa por ter acolhido um deficiente em seu lar e em seu coração. Pense no que significa para mim ser capaz de me declarar à garota que amo.

— Sim, sem dúvida, companheiro! — disse Jimmy, com firmeza, embora empalidecesse.

— Claro, talvez eu não seja capaz de fazer muito, mesmo agora — terminou Jamie, uma sombra cruzando o brilho de sua expressão. — Ainda estou preso a isto — ele bateu nas muletas a seu lado. — Não consigo esquecer aquele dia no bosque, no verão passado, quando vi Pollyanna e compreendi que terei de correr o risco de ver a mulher que amo em perigo, e não ser capaz de salvá-la.

— Mas, Carew — começou Jimmy.

— Sei o que você diria. Mas não diga. Não pode entender. Você não está preso a duas muletas. Você fez o salvamento, não eu. Veio à minha mente que sempre será assim, entre mim e Sadie. Terei de ficar de lado e observar, enquanto outros...

— Sadie!

— Sim, Sadie Dean. Você age como se estivesse surpreso. Não sabia? Nem suspeitou como eu me sinto em relação a Sadie? Será que consegui manter tudo para mim mesmo? Tentei, mas... — terminou Jamie com um sorriso débil e um gesto quase desesperador.

— Bem, você certamente manteve seu segredo, meu velho, pelo menos comigo — disse Jimmy, alegremente. De súbito a cor retornara ao seu rosto, e seus olhos tornaram-se muito brilhantes. — Então é Sadie Dean, ótimo! Eu o cumprimento outra vez, cumprimento, sim, como costuma dizer Nancy!

Jimmy estava quase babando de alegria e excitação, tão grande e maravilhosa fora a reação interna com a descoberta de que era Sadie, e não Pollyanna, quem Jamie amava. Jamie corou e sacudiu sua cabeça, um tanto tristemente.

— Não me cumprimente, ainda. Você vê, não falei ainda com ela.

Mas acho que ela deve saber. Achei que todos sabiam, na verdade. Mas, me diga. Quem pensou que fosse, se não Sadie?

Jimmy hesitou. Depois, numa frase abrupta, abriu-se.

— Bem, pensei que fosse Pollyanna.

Jamie sorriu.

— Pollyanna é uma garota atraente, e eu a amo e ela também a mim, mas não dessa forma. Além disso, imagino que há outra pessoa que tem algo a dizer sobre isso, não é?

Jimmy corou, feliz.

— É mesmo? — perguntou tentando parecer natural.

— John Pendleton — completou Jamie, sem hesitar.

— John Pendleton! — repetiu Jimmy.

— O que tem John Pendleton? — perguntou uma outra voz. E Mrs. Carew veio com um sorriso.

Jimmy, para quem pela segunda vez em cinco minutos o mundo se esfacelara, mal conseguiu controlar-se para cumprimentá-la baixinho. Jamie, por outro lado, voltou-se com um ar triunfante de segurança.

— Nada; só que acabei de dizer que acreditava que John Pendleton poderia dizer se Pollyanna ama alguém a não ser a ele mesmo.

— Pollyanna! John Pendleton! — exclamou Mrs. Carew, sentando-se repentinamente na poltrona mais próxima.

Se os dois homens próximos a ela não estivessem tão profundamente absorvidos em seus próprios assuntos, teriam reparado que o sorriso desaparecera dos lábios de Mrs. Carew, e um brilho estranho, quase temeroso viera a seus olhos.

— Certamente — confirmou Jamie. — Vocês dois estavam cegos no verão passado? Ele não ficou bastante tempo na companhia dela?

— Bem, pensei que ele estava com todos nós — murmurou Mrs. Carew, com voz débil.

— Não tanto quanto ficou com Pollyanna — insistiu Jamie. — Além disso, esqueceram o dia em que estávamos falando sobre John Pendleton casar, e Pollyanna corou e gaguejou, e finalmente disse que ele uma vez havia pensado em se casar? Foi quando comecei a pensar que poderia haver algo entre eles, não lembram?

— Bem, agora que mencionou, acho que lembro. Mas tinha esquecido — declarou Mrs. Carew.

— Isso eu posso explicar — interrompeu Jimmy, umedecendo seus lábios secos. — John Pendleton teve um romance certa vez, mas foi com a mãe de Pollyanna.

— Com a mãe de Pollyanna! — exclamaram ambos ao mesmo tempo.

— Sim. Ele a amou muito, mas pelo que fiquei sabendo ela não gostava muito dele. Tinha outro amor, um pastor religioso, e foi com ele que se casou. O pai de Pollyanna.

— Oh, então foi por isso que ele não se casou? — quis saber Mrs. Carew, inclinando-se para a frente.

— Foi. Como vê, não há nada que confirme essa ideia de que ele gosta de Pollyanna. Era de sua mãe que ele gostava.

— Ao contrário, acho que traz mais substância a essa ideia — declarou Jamie, balançando a cabeça com novo entendimento. — Acho que traz mais credibilidade ao que digo. Ele amava a mãe dela. Mas não a pôde ter. O que seria mais natural do que amar a filha agora, e consegui-la?

— Oh, Jamie, você é um incorrigível criador de histórias! — repreendeu Mrs. Carew, com uma risada nervosa. — Não estamos lidando com uma novela de revista. Estamos na vida real. Ela é jovem demais para ele. Ele deveria casar-se com uma mulher, não com uma garota, quer dizer, se ele se casar com alguém — concluiu ela, com um rubor súbito no rosto.

— Talvez. Mas o que acontece se ele amar uma garota? — argumentou Jamie, teimosamente. — Pare para pensar um pouco. Não tivemos uma só carta dela que não traga notícias dele. E todos sabem como ele está sempre falando de Pollyanna em suas cartas.

Mrs. Carew ergueu-se de repente.

— Sim, eu sei — murmurou ela, com um estranho gesto, como se jogando alguma pequena coisa fora. — Mas...

Não terminou sua frase, e um instante depois saiu do aposento. Quando retornou, cinco minutos depois, para sua surpresa descobriu que Jimmy se fora.

— Engraçado, pensei que ele fosse conosco ao piquenique das garotas!

— Também pensei — concordou Jamie. — Mas antes que eu percebesse, ele estava se desculpando ou algo assim, dizendo que acontecera algo inesperado fora da cidade. Quando me dei conta, ele tinha ido. Sabe? Para dizer a verdade, não percebi o que ele disse, porque estava pensando em outras coisas — disse ele, com os olhos brilhando; e cheio de júbilo mostrou as duas cartas que mantivera nas mãos.

Ela leu as cartas que ele estendia.

— Oh, Jamie! Estou tão orgulhosa de você — disse ela, respirando fundo, antes que os olhos se enchessem de lágrimas, ao ver a alegria indizível em seu olhar.

❖

CAPÍTULO XXIX

Jimmy e John

Foi um jovem bastante determinado, de maxilar travado, que desembarcou na estação de Beldingsville, tarde da noite, naquele sábado. E foi ainda um mais determinado e sério que, antes das dez horas da manhã seguinte, atravessou as ruas quietas da vila e subiu a encosta da colina onde ficava a casa dos Harringtons. Avistando os amados e familiares cachos de cabelos da cor do linho desaparecendo na estufa do jardim, o jovem ignorou os degraus convencionais da varanda, assim como a campainha, e caminhou pelo jardim até ficar face a face com a possuidora dos belos cachos cor de linho.

— Jimmy! — espantou-se Pollyanna, recuando com os olhos arregalados. — Puxa, de onde você vem?

— De Boston. Cheguei ontem à noite. Tinha de ver você, Pollyanna.

— Veio para me ver?

Pollyanna procurava ganhar tempo para recompor-se da surpresa. Jimmy parecia tão grande, forte e adorável ali na porta da estufa que temia que seus olhos revelassem sua admiração e algo mais.

— Sim, Pollyanna, eu queria... quer dizer, eu pensei em... eu temia que... Ah, Pollyanna, direi tudo de uma vez! Não posso ficar fazendo rodeios assim, vou direto ao assunto. Não é mais um caso de ser justo. Ele não é aleijado como Jamie. Tem pés e mãos e uma cabeça como a minha, e, se ganhar, vai ter de ganhar numa luta justa. Afinal, tenho alguns direitos!

Pollyanna o encarou.

— Jimmy Bean Pendleton, posso saber do que você está falando?

O jovem riu abertamente.

— Não é de se admirar que não saiba. Não foi uma explicação muito lúcida, foi? É que não acho que eu esteja muito lúcido desde ontem à noite, quando descobri pelo próprio Jamie.

— Descobriu por Jamie?

— Sim. Foi o prêmio que ele ganhou, e...

— Ah, fiquei sabendo sobre isso — interrompeu Pollyanna, ansiosa. — Não é maravilhoso? Escrevi uma carta para ele ontem à noite. Quando vi o nome dele, e percebi que era Jamie... nosso Jamie... fiquei tão excitada que esqueci de procurar meu nome, e, mesmo quando não o encontrei e soube que não tinha conseguido nada, fiquei tão contente por ele que esqueci todo o resto — corrigiu Pollyanna, olhando ressabiada para o rosto dele, tentando encobrir a confissão que tinha feito.

Jimmy, entretanto, estava por demais imerso em seu próprio problema para reparar no dela.

— Sim, sim, foi ótimo, claro. Fiquei contente por ele ter conseguido. Mas, Pollyanna, o que ele disse depois é que me afetou. Quer dizer, até então eu pensava que ele gostava... quero dizer, que você gostava... que vocês se gostavam, e...

— Você pensou que eu e ele gostávamos um do outro! — exclamou Pollyanna, cujo rosto começava a ganhar um pouco de cor. — Não, Jimmy, é a Sadie Dean. Sempre foi. Ele costumava me falar dela a cada hora. Acho que ela também gosta dele.

— Ótimo! Espero que goste mesmo; mas, veja, eu não sabia. Pensei que era Jamie e você. E pensei que por ele ser deficiente não seria justo eu ficar por perto e tentar conquistar você.

Pollyanna subitamente abaixou-se para apanhar uma folha a seus pés. Quando se ergueu, o rosto estava voltado para o outro lado.

— Uma pessoa não pode se sentir em paz disputando uma corrida com um sujeito que está prejudicado desde a partida. Então eu fiquei afastado para dar oportunidade a ele, embora isso me cortasse o coração, menina. Foi feito! Ontem de manhã, porém, eu descobri. Mas descobri outra coisa também. Jamie disse que existe outra pessoa neste caso. Mas não posso ficar de lado, Pollyanna. Não posso, mesmo sabendo tudo o que ele fez por mim. John Pendleton é um homem, e tem dois bons pés para correr. Tem de assumir seus riscos. Se você gosta dele, se realmente gosta dele...

Mas Pollyanna voltara-se, com os olhos espantados.

— John Pendleton! Jimmy, o que quer dizer? O que está dizendo sobre John Pendleton?

Uma grande alegria transfigurou o rosto de Jimmy. Ele estendeu as duas mãos.

— Então você não gosta, posso ver em seus olhos que não gosta!

Pollyanna recuou. Estava pálida e tremendo.

— Jimmy, o que está querendo dizer? O que quer dizer? — perguntou ela, em tom suplicante.

— Estou dizendo que você não gosta do tio John *dessa* forma. Não entende? Jamie pensa que você gosta dele e que ele gosta de você. Então eu comecei a achar que você talvez gostasse. Ele sempre fala de você; e claro, há sua mãe...

Pollyanna gemeu baixo e cobriu o rosto com as mãos. Jimmy aproximou-se e passou um braço protetor ao redor de seus ombros; mas novamente ela recuou.

— Pollyanna, não faça isso, assim você parte meu coração! — suplicou ele. — Você não gosta de mim, nem um pouco? É isso, e você não quer me dizer?

Ela baixou as mãos e encarou-o. Seus olhos tinham o ar assustado de uma criatura perseguida.

— Jimmy, você pensa que ele gosta de mim dessa forma? — sussurrou ela, quase inaudível.

Ele balançou a cabeça impaciente.

— Não se importe com isso agora, Pollyanna. Eu não sei. Como ia saber? Mas o caso, meu bem, é que não é essa a questão. É você. Se você não gosta dele, e se apenas me der a oportunidade, meia oportunidade de me deixar fazer com que goste de mim... — ele apanhou-lhe a mão, e tentou que ela se aproximasse.

— Não, não, Jimmy! Não posso! Não devo!

Com as palmas das mãos ela o afastou.

— Pollyanna, está querendo dizer que gosta dele? — o rosto de Jimmy empalideceu.

— Não, na verdade não, não dessa forma — hesitou Pollyanna. — Mas você não vê? Se ele gosta de mim, terei de aprender, de alguma forma.

— Pollyanna!

— Não olhe para mim desse jeito, Jimmy!

— Está querendo dizer que casaria com ele, Pollyanna?

— Não, não... quer dizer... eu... sim, acho que sim — admitiu ela, em voz baixa.

— Pollyanna, você não faria isso! Não poderia! Pollyanna, está quebrando meu coração.

Pollyanna soluçou baixinho. O rosto ocultou-se nas mãos outra vez. Por um instante os soluços continuaram.

— Eu sei, eu sei, está quebrando o meu também. Mas terei de fazer assim. Quebrar o seu coração, quebrar o meu, mas nunca quebraria o coração dele.

Jimmy ergueu sua cabeça. Seus olhos brilhavam fortemente. Toda a sua presença passou por uma mudança rápida e maravilhosa. Com um grito terno e triunfante, ele tomou Pollyanna em seus braços e apertou-a junto de si.

— Agora eu sei que você gosta de mim! — murmurou ele, ao ouvido dela. — Você disse que está quebrando seu coração também. Pensa que agora eu desistiria a favor de algum homem na terra? Minha querida, você entende pouco um amor como o meu se acha que eu desistiria para algum outro homem. Pollyanna, diga que me ama, diga com seus próprios lábios!

Por um longo minuto Pollyanna permaneceu sem resistir ao abraço forte e terno que a envolvia; então, com um suspiro que era meio contentamento, meio renúncia, começou a se afastar.

— Sim, Jimmy, eu amo você.

Jimmy buscou abraçá-la e tê-la apertada junto de si, mas algo no rosto dela o impediu.

— Amo-o muito, querido. Mas jamais poderia ser feliz com você e sentir que... Jimmy, você não vê? Primeiro tenho de saber se sou livre.

— Bobagem, Pollyanna! Claro que você é livre!

Os olhos de Jimmy confirmavam.

Pollyanna negou com um gesto de cabeça.

— Não com essa pendência sobre mim, Jimmy. Não vê? Foi minha mãe, há muito tempo, que quebrou o coração dele, minha mãe. E todos esses anos ele tem vivido uma vida solitária e sem amor em consequência disso. Agora, se ele vier a mim e pedir que compense aquele tempo com ele, terei de aceitar, Jimmy. Não posso recusar! Não vê?

Mas Jimmy não via; não podia ver. Não veria, por mais que Pollyanna pedisse e argumentasse longamente, até com lágrimas. Pollyanna também era teimosa, e, embora o fizesse com doçura, mantinha sua posição a despeito de Jimmy.

— Jimmy, meu bem — disse ela, por fim. — Devemos esperar. Isso é tudo o que posso dizer agora. Espero que ele não se importe; e não acredito que ele se importe. Mas tenho de saber, de ter certeza. Nós simplesmente teremos de esperar até descobrir, Jimmy, até termos certeza!

E a essa ideia Jimmy teve de se submeter, embora seu coração se rebelasse.

— Muito bem, garota, será como diz — concordou ele, em desespero. — Mas com certeza nunca houve antes um homem que ficasse esperando pela resposta da garota que ele ama, e que é amado por ela, para saber se outro homem a quer!

— Eu sei, mas veja, meu querido, nunca antes o outro homem quis sua mãe — suspirou Pollyanna, o rosto mergulhado numa expressão ansiosa.

— Muito bem, então voltarei para Boston — concordou Jimmy, com relutância. — Mas nem adianta você pensar que desisti, porque não desisti. Nem pretendo desistir, enquanto souber que gosta de mim, meu querido amor — terminou ele, com um olhar que a fez recuar, com o coração palpitando, até longe do alcance de seus braços.

❖

CAPÍTULO XXX

John Pendleton vira a chave

Jimmy voltou para Boston naquela noite num estado que era uma mistura atormentada de felicidade, esperança, exasperação e rebeldia. Atrás de si, ele deixara uma garota num estado de espírito também pouco invejável; pois Pollyanna, estremecendo de felicidade com o pensamento maravilhoso do amor de Jimmy por ela, da mesma forma estava aterrorizada de medo com o pensamento do possível amor de John Pendleton; não há alegria de amor que não carregue uma pontada de dor. Felizmente, para todos os envolvidos, esse estado de coisas não costuma ser de longa duração; e assim, John Pendleton, em cujas mãos se encontrava a chave da situação, em menos de uma semana após a visita de Jimmy, girou a chave na fechadura, e abriu a porta da dúvida.

Foi numa quinta-feira à tarde que John Pendleton veio visitar Pollyanna. Como aconteceu com Jimmy, ele também viu Pollyanna no jardim, e veio diretamente até ela.

Pollyanna, observando o rosto dele, sentiu seu coração dar um salto no peito.

— Chegou a hora, chegou a hora! — estremeceu ela, voltando-se involuntariamente como se para fugir correndo.

— Pollyanna, espere um pouco, por favor — chamou o homem, apressando-se pelos degraus. — É você mesma que eu queria ver. Tenho um assunto sobre o qual queria lhe falar. Venha, podemos entrar aqui? — sugeriu ele, apontando a estufa.

— Bem, claro — respondeu ela, com um sorriso forçado.

Pollyanna sabia que estava corando, e desejava não corar, particularmente naquele momento. Não ajudava em nada o fato de ele ter escolhido a estufa para conversar. A estufa agora era uma espécie de território sagrado, devido a certas lembranças com Jimmy. "E pensar que ele escolheu bem aqui... aqui!", pensou ela, estremecendo. Porém o que disse em voz alta foi outra coisa.

— Está uma bela tarde, não está?

Não houve resposta. John Pendleton entrou na estufa e deixou-se cair na poltrona rústica sem ao menos esperar que Pollyanna se sentasse, um procedimento bastante incomum em se tratando de John Pendleton. Pollyanna, lançando um olhar nervoso ao rosto dele, tão parecido com o rosto velho e sisudo de sua infância, não conteve uma exclamação involuntária. Mas John Pendleton não prestou atenção. Ainda pensativo, sentava-se envolto em suas ideias. Finalmente, ele ergueu a cabeça e com o olhar sombrio encarou Pollyanna.

— Pollyanna.

— Sim, Mr. Pendleton.

— Lembra o tipo de homem que fui quando você me conheceu, há muitos anos?

— Bem, sim, acho que sim.

— Um cordial e agradável espécime humano, não era?

A despeito de sua perturbação, Pollyanna esboçou um sorriso.

— Eu gostava do senhor...

Só depois de falar foi que ela se deu conta de como aquilo soara. Tentou pensar em como desfazer ou modificar essa impressão, e quase acrescentou "quer dizer, eu gostava do senhor naquela época!", mas conteve-se a tempo. Não teria ajudado nada! Escutou então, temerosa, as palavras seguintes de John Pendleton, que não tardaram.

— Sei que sim, Deus a abençoe! E foi isso que me salvou. Fico pensando, Pollyanna, como fazê-la entender o quanto seu carinho e sua confiança infantil fizeram por mim.

Pollyanna ia começar um protesto confuso quando ele, sorrindo, fez um gesto que o rejeitou.

— Foi, sim! Foi você e ninguém mais. Imagino se você lembra outra coisa, também — continuou ele, depois de um momento de silêncio, durante o qual Pollyanna olhou furtivamente na direção da porta. — Se você se lembra que eu lhe disse uma vez que nada, a não ser a mão e o coração de uma mulher, ou a presença de uma criança, poderia fazer um lar.

Pollyanna sentiu o sangue subir-lhe ao rosto.

— Sim, quer dizer... não, quer dizer... lembro, mas não penso que seja assim agora. Quer dizer, tenho certeza de que sua casa agora é deliciosa assim como está, e...

— Mas é da minha casa mesmo que estou falando, menina — interrompeu ele, impaciente. — Pollyanna, você sabe o tipo de casa que uma vez esperei ter e como essas esperanças foram por terra. Não pense, meu bem, que estou culpando sua mãe, porque não estou. Ela obedeceu a seu próprio coração, o que está certo; e ele fez a escolha mais sábia, enfim, como ficou provado pela vida desperdiçada que tive depois dessa desilusão. Afinal, Pollyanna, não é estranho — acrescentou John Pendleton, com a voz mais terna — que seja pela mão da própria filha que eu entrei no caminho da felicidade outra vez?

Pollyanna umedeceu os lábios, ansiosa.

— Mas Mr. Pendleton, eu...

Novamente o homem afastou seus protestos com um gesto sorridente.

— Foi sim, Pollyanna, foi sua pequena mão no passado; você e o seu jogo do contente.

Pollyanna relaxou visivelmente na cadeira. O medo em seus olhos começou a desaparecer.

— E todos estes anos tenho sido aos poucos um novo homem, Pollyanna. Mas existe uma coisa na qual não mudei, meu bem — disse ele, fazendo uma pausa. Olhou para outro lado, depois voltou a encarar o rosto dela. — Ainda penso que é preciso a mão e o coração de uma mulher, ou a presença de uma criança para fazer um lar.

— Sim, mas já tem a presença de uma criança, Jimmy — argumentou ela, o temor retornando a seus olhos.

O homem deu uma gargalhada.

— Eu sei, mas acho que nem mesmo você poderia dizer que Jimmy é uma criança! — observou ele.

— Não, claro que não.

— Além disso, Pollyanna, já me resolvi. Preciso ter a mão e o coração de uma mulher — afirmou ele, baixando um pouco a voz.

— É mesmo?

Os dedos de Pollyanna estavam outra vez entrecruzados e se apertavam de maneira espasmódica. John Pendleton, entretanto, parecia não ouvir nem enxergar. Levantara e caminhava nervosamente pela estufa.

— Pollyanna, se você fosse eu, e quisesse pedir à mulher que ama que viesse e transformasse a pilha de pedra em que vivo em um lar, como faria?

Ela quase se levantou da cadeira. Seus olhos procuraram a porta, naquele instante aberta.

— Mas, Mr. Pendleton, eu não faria isso — balbuciou ela, um tanto ansiosa. — Tenho certeza de que será mais feliz da forma como está.

O homem parou, surpreso, depois sorriu com amargura.

— Nossa, Pollyanna, é tão mau assim?

— Mau? — indagou ela, na posição de quem se preparava para fugir.

— É, essa é sua forma de suavizar o golpe de dizer que não acha que ela aceitaria?

— Não, não é isso. Ela diria "sim". Teria de dizer "sim" — explicou Pollyanna, com franqueza amedrontadora. — Mas estive pensando, quer dizer pensei que se... se a garota não o amar, seria mais feliz sem ela, e... — ela se interrompeu, ao reparar na expressão dele.

— Eu não a iria querer se ela não me amasse, Pollyanna.

— É, não achei que quisesse.

— Além disso, não se trata de uma garota — continuou John Pendleton. — É uma mulher madura, que presumivelmente sabe o que quer — concluiu ele, com voz séria.

— Oh! — exclamou Pollyanna, e a felicidade brotava em seu coração e saltava aos olhos, num clarão de profunda alegria e alívio.

— Então o senhor ama alguém...

Com um esforço enorme, ela evitara dizer "outra" em vez de "alguém".

— Ama alguém! Mas é o que estou tentando dizer esse tempo todo — riu John Pendleton, um tanto envergonhado. — O que quero saber é como fazer para que ela goste de mim. Por isso é que eu estava pensando em contar com sua ajuda. Sabe, ela é uma amiga muito querida sua.

— É? Nesse caso ela terá de amá-lo. Vamos obrigá-la a isso. Mas talvez até já o ame. Quem é ela?

Um longo intervalo se fez, antes que viesse a resposta.

— Pollyanna, ainda não adivinhou quem é? É Mrs. Carew.

— Oh! — suspirou Pollyanna, com expressão de pura felicidade. — Que par perfeito! Estou tão contente, tão contente!

Uma hora mais tarde, Pollyanna escrevia a Jimmy uma carta. Confusa e incoerente, uma série de frases incompletas, ilógicas, mas timidamente alegres, das quais Jimmy concluiu muita coisa: pouco do que foi escrito, porém, muito do que não foi escrito. Afinal, ele não precisava mais do que isto:

Oh, Jimmy, ele não me ama daquela forma. É outra pessoa. Não posso dizer quem é, mas o nome dela não é Pollyanna.

Jimmy teve o tempo exato para tomar o trem das sete horas para Beldingsville.

E foi o que fez.

❖

CAPÍTULO XXXI

Depois de muitos anos

Pollyanna estava tão feliz naquela noite, depois que enviou sua carta para Jimmy, que mal se continha. Sempre antes de ir para a cama ela passava no quarto da tia para ver se algo era necessário. Naquela noite, depois das perguntas habituais, ela se virou para apagar a luz, quando um impulso a fez voltar até o criado-mudo da tia. Um tanto sem fôlego, ajoelhou-se ao lado da cama.

— Tia Polly, estou tão feliz que preciso contar a alguém. Quero contar para a senhora, posso?

— Contar a mim? Contar o que, criança? Claro que pode me contar. Quer dizer, são boas notícias para mim?

— Bem, sim; espero que sim — corou Pollyanna. — Espero que a faça contente, por mim, sabe? Com certeza Jimmy vai falar com a senhora, como se deve, qualquer dia. Mas eu queria contar primeiro.

— Jimmy! — o rosto de Mrs. Chilton alterou-se visivelmente.

— Sim. Bem, quando ele vier pedir por mim — disse Pollyanna, corando. — Estou tão feliz, tinha de contar!

— Pedir, por você? Pollyanna! — disse tia Polly, erguendo o corpo. — Você não quer dizer que existe algo sério entre você e Jimmy Bean!

Pollyanna quase caiu para trás.

— Bem, tia, pensei que gostasse de Jimmy!

— E gosto. Desde que esteja no lugar dele. Mas esse lugar não é o de marido de minha sobrinha.

— Tia Polly!

— Vamos, menina, não precisa ficar tão chocada! Isso é bobagem, e fico contente em poder colocar um ponto-final antes que vá muito longe...

— Mas, tia Polly, já foi longe. Já aprendi a am... gostar muito dele.

— Então desaprenda, Pollyanna, pois jamais darei meu consentimento para que se case com Jimmy Bean!

— Mas por que, titia?

— Em primeiro lugar, porque não sabemos nada sobre ele.

— Mas, tia Polly, nós sempre o conhecemos, desde que eu era garotinha!

— Sim. E quem era ele? Um moleque que fugiu do orfanato! Não sabemos nada sobre os pais dele, nem sobre a família.

— Mas não vou casar com os pais, nem com a família!

Com um gemido de impaciência, tia Polly deixou-se cair no travesseiro.

— Pollyanna, você está me fazendo passar mal. Meu coração está parecendo um martelo. Não vou conseguir pregar o olho esta noite. Não pode esperar até de manhã?

Pollyanna colocou-se em pé no mesmo instante, com o rosto contrito.

— Sim, é claro, tia Polly! E amanhã irá sentir-se diferente, tenho certeza. Sei que sim — repetiu ela, a voz trêmula de esperança, ao voltar-se para apagar a luz.

Mas tia Polly não se sentiu "diferente" pela manhã. Se houve alguma diferença, foi no sentido oposto, pois estava mais determinada. Em vão Pollyanna pediu e argumentou. Em vão ela mostrou quão profundamente sua felicidade estava envolvida. Tia Polly continuava irredutível. Não queria nem ouvir falar na ideia. Com seriedade fez preleções a Pollyanna sobre os possíveis males da hereditariedade e a avisou sobre os perigos de casar sem saber com que tipo de família. Chegou mesmo a apelar para o sentido de gratidão e dever por ela, e lembrou a Pollyanna os longos anos de amor e carinho que tivera na casa de sua tia, pedindo encarecidamente que não quebrasse seu coração com um casamento como aquele, da forma que sua mãe tinha feito para casar.

Quando o próprio Jimmy, de rosto radiante e olhos vermelhos, chegou às dez horas, foi saudado por uma Pollyanna assustada e fraca de tanto ter chorado, que tentava contê-lo com mãos trêmulas. Com o rosto pálido, mas com braços que traziam ternura, ele a aconchegou, pedindo uma explicação.

— Pollyanna, minha querida, qual o significado disso?

— Oh, Jimmy, Jimmy, por que veio? Eu ia escrever e dizer para que ficasse longe — lamentou-se Pollyanna.

— Mas você me escreveu, meu bem. Recebi ontem à tarde, bem a tempo de apanhar o trem.

— Não, não, eu quis dizer a próxima carta. Naquela primeira eu ainda não sabia que... não podia.

— Não podia! Pollyanna, não está tentando me dizer que existe o amor de mais alguém para me fazer ficar esperando? — perguntou ele, procurando mantê-la próxima.

— Não, Jimmy! Não me olhe assim. Não consigo suportar.

— Então, qual o problema? O que você não pode fazer?

— Não posso me casar com você!

— Pollyanna, você me ama?

— Sim, sim!

— Então vai se casar comigo — disse ele, triunfante, envolvendo-a com os braços outra vez.

— Não, Jimmy, você não está entendendo, tia Polly... — disse Pollyanna, relutando.

— Tia Polly!

— Sim. Ela não quer deixar.

— Ah! — fez Jimmy, atirando a cabeça para trás, com uma risada. — A gente dá um jeito na tia Polly. Ela pensa que vai perder você, não é? Mas a gente pode lembrar a ela que vai ganhar um novo sobrinho! — concluiu ele com ar de importância fingida.

Mas Pollyanna não sorriu. Voltou a cabeça de um lado para outro, sem esperança.

— Não, Jimmy, você não está entendendo! Ela... oh, como posso explicar a você... ela se opõe a você... para mim.

Os braços de Jimmy relaxaram um pouco. Os olhos tornaram-se sérios.

— Bem, acho que não posso culpá-la por isso. Não sou nenhuma maravilha, mesmo — admitiu ele, pesaroso. — Ainda assim — voltando um olhar amoroso para ela —, vou tentar fazê-la feliz.

— Claro que vai! Sei que vai — concordou Pollyanna, os olhos cheios de lágrimas.

— Então por que não me dar uma chance para tentar, Pollyanna? Mesmo que ela não aprove no início. Talvez, com o tempo, depois de casarmos conseguiremos conquistar a simpatia dela.

— Mas eu não poderia fazer isso — resmungou Pollyanna — depois do que ela disse. Eu não poderia fazer sem o consentimento dela. Sabe, ela fez tanto por mim, e é tão dependente de mim. Tia Polly não está bem agora, Jimmy. E, na verdade, ultimamente ela tem sido tão carinhosa, e está se esforçando em jogar o jogo, sabe, a despeito de todos os problemas. E ela chorou Jimmy, suplicou para eu não quebrar o coração dela, como minha mãe fez, há tanto tempo. Jimmy, eu não poderia, depois de tudo o que ela fez por mim.

Houve uma pausa momentânea; depois, com a testa avermelhada, Pollyanna falou outra vez.

— Jimmy, se você pudesse dizer à tia Polly alguma coisa sobre seus pais, e seu pessoal, e...

Os braços de Jimmy caíram de repente e ele recuou um pouco. A cor fugiu do rosto dele.

— É assim, então?

— Sim — respondeu Pollyanna, com voz suave. Aproximou-se e tocou o braço dele, timidamente. — Não pense... não é por mim, Jimmy. Não me importo. Além disso, sei que seu pai e sua família são ótimos, porque você é tão bom e nobre. Contudo ela... Jimmy, não me olhe assim!

Jimmy, porém, com um gemido baixo, voltou-se e se afastou dela. Um minuto mais tarde, com algumas palavras abafadas que ela não conseguiu entender, ele deixou a casa.

Da residência dos Harringtons, Jimmy foi direto para casa e procurou John Pendleton. Encontrou-o na grande biblioteca avermelhada, onde anos antes Pollyanna olhara receosa, pelos "esqueletos no armário de John Pendleton".

— Tio John, lembra do envelope que meu pai me deu? — quis saber Jimmy.

— Sim, qual o problema, filho? — respondeu John Pendleton, surpreso ao observar a expressão no rosto de Jimmy.

— O envelope tem de ser aberto, senhor.

— Mas as condições...

— Não posso fazer nada. Tem de ser agora. O senhor pode fazer isso?

— Bem, sim, meu rapaz, se insiste, mas...

— Tio John, conforme já deve ter adivinhado, amo Pollyanna. Pedi a ela que se case comigo, e ela consentiu. — O homem mais velho soltou uma exclamação de alegria, mas o outro não parou de falar, nem suavizou sua expressão. — Entretanto ela disse agora que não pode se casar comigo. Mrs. Chilton tem objeções. Ela faz restrição a mim.

— Restrição a você! — os olhos de John Pendleton emitiram um brilho irado.

— Sim. Descobri o porquê quando Pollyanna perguntou se eu podia falar alguma coisa sobre meu pai e minha família.

— Ora! Pensei que Polly Chilton tivesse mais bom-senso, embora essa sua atitude seja bem típica, afinal. Os Harringtons sempre foram orgulhosos com essas questões de raça e família — comentou John Pendleton. — E você pode?

— Se eu posso? Estava na ponta da minha língua dizer a Pollyanna que não houve um pai melhor do que o meu; aí, de repente, me lembrei do envelope e do que poderia dizer. E tive medo. Não ouso dizer nenhuma palavra até saber o que está no envelope. Existe alguma coisa que meu pai não queria que eu soubesse até completar trinta anos de idade, quando eu fosse um homem crescido e pudesse lidar com qualquer assunto. Vê? Existe um segredo em algum ponto de nossa vida. Tenho de saber que segredo é esse, e tenho de saber agora.

— Bem, Jimmy, não precisa parecer tão dramático assim. Pode ser uma boa coisa. Talvez seja algo que você goste de saber.

— Talvez. Mas, se for, por que teria de ficar oculto de mim até que eu complete trinta anos? Não! Tio John, era algo que ele estava tentando evitar que eu soubesse até ser velho o suficiente para suportar sem evitar o assunto. Não estou culpando meu pai. O que quer que tenha sido, não se trata de algo que ele pudesse evitar, isso eu garanto. Mas o que é, eu preciso saber. Pode apanhar o envelope, por favor? Está no cofre, lembra?

John Pendleton levantou-se logo.

— Vou pegar — anunciou ele.

Três minutos mais tarde estava na mão de Jimmy, que o devolveu na mesma hora.

— Preferia que o senhor lesse, por favor. Depois me conte.

— Mas Jimmy, eu... está bem.

Com um gesto decidido John Pendleton apanhou um abridor de papéis, abriu o envelope, e retirou o conteúdo. Havia um pacote com vários papéis atados juntos, e uma folha dobrada, isolada, aparentemente uma carta. Essa folha, John Pendleton abriu e leu primeiro. Enquanto ele lia, Jimmy, tenso e sem fôlego, observava-lhe o rosto. Viu, portanto, um olhar de surpresa, alegria e algo mais que ele não soube identificar, tudo no rosto do homem que o adotara.

— Tio John, o que foi? O que foi? — quis saber ele.

— Leia você mesmo — respondeu o homem, passando a carta para a mão estendida de Jimmy.

Ele leu:

Os papéis em anexo são prova legal de que meu filho Jimmy é na realidade James Kent, filho de John Kent, que casou com Doris Wetherby, filha de William Wetherby, de Boston. Existe também uma carta na qual explico a meu filho por que o mantive longe da família da mãe todos esses anos. Se esse envelope for aberto por ele aos trinta anos de idade, ele irá ler essa carta e espero que possa perdoar um pai que temia perder seu filho completamente, por isso resolveu assumir esse procedimento drástico para ele mesmo. Se for aberto por estranhos, em virtude da morte dele, peço que a família de sua mãe, em Boston, seja avisada imediatamente e que os papéis sejam entregues intactos às mãos deles.

JOHN KENT

Jimmy estava pálido e abalado quando seus olhos encontraram os de John Pendleton.

— Sou o Jamie perdido?

— Essa carta diz que você tem os documentos que provam isso — assentiu o outro.

— O sobrinho de Mrs. Carew?

— Claro.

— Mas... por que... o que... não consigo entender! — houve um instante de silêncio antes que o rosto de Jimmy conhecesse uma nova alegria. — Bem, nesse caso, com certeza eu sei quem sou! Posso dizer a Mrs. Chilton alguma coisa sobre minha família.

— Eu diria que pode — respondeu John Pendleton. — Os Wetherbys de Boston podem ser pesquisados até as Cruzadas, e talvez até mais além. Isso deve deixá-la satisfeita. Quanto ao seu pai, ele veio de uma boa família também, Jimmy. Mrs. Carew me disse isso, embora ele fosse bastante excêntrico e a família dela não gostasse dele, como você já sabe.

— Sei, pobre papai! E que vida ele deve ter vivido comigo esses anos todos, sempre temendo uma perseguição. Agora entendo muitas coisas que me deixavam curioso. Uma mulher me chamou de "Jamie" uma vez. Nossa! Como ele ficou zangado! Sei agora por que ele saiu comigo naquela noite, sem ao menos esperar pelo jantar. Pobre papai! Foi logo depois de ele ficar doente. Não podia usar as mãos e os pés, e em pouco tempo não conseguia falar direito. Alguma coisa lhe prejudicou a fala. Lembro quando ele morreu, estava tentando me dizer alguma coisa sobre esse envelope. Acredito agora que ele estava me dizendo para abrir, e para ir até a família da minha mãe, mas na época achei que ele estava me dizendo para mantê-lo em segurança. Por isso fiz a promessa para ele. Mas lembro que não ficou tranquilo, acho que não entendi, pobre papai!

— Suponho que a gente deva dar uma olhada nos papéis — sugeriu John Pendleton. — Além disso, há uma carta de seu pai para você, ao que parece. Não quer ler?

— Sim, claro. Neste caso... — o jovem riu contente, e olhou o relógio — estou pensando quanto tempo vai levar para eu voltar para junto de Pollyanna.

A testa de John Pendleton se franziu. Ele olhou para Jimmy, hesitou um instante, depois falou:

— Sei que deseja ver Pollyanna, e não o culpo; mas penso que seria melhor, em razão das circunstâncias, que fôssemos primeiro até Mrs. Carew levar esses documentos.

Ele indicou os papéis à sua frente.

Jimmy ponderou, juntando as sobrancelhas.

— Está bem, senhor. Tem razão — concordou ele, com resignação.

— E se não se importa, gostaria de ir com você — sugeriu John Pendleton, modestamente. — Tenho um assunto meu sobre o qual gostaria de falar com sua tia. Vamos hoje, no trem das três horas?

— Ótimo. Vamos, sim, senhor. Puxa! Então sou Jamie! Ainda não entendi completamente isso — disse o jovem, erguendo-se e começando a caminhar pela sala. — Imagino agora... será que tia Ruth irá se importar muito?

John Pendleton sacudiu a cabeça. Uma sombra da antiga seriedade veio até seus olhos.

— Dificilmente, meu rapaz, mas eu estava pensando em mim. Que tal agora? Se você é sobrinho dela, onde eu entro?

— O senhor? Acha que alguma coisa pode mudar o que sinto? — perguntou Jimmy, com um olhar intenso. — Não precisa se preocupar com isso. E ela não vai se importar. Ela tem Jamie, como o senhor sabe, e... — Jimmy interrompeu-se, com uma mudança sutil em sua expressão. — Puxa! Esqueci de Jamie, tio John! Isso vai ser difícil para ele.

— É, pensei nisso. Ele é legalmente adotado, não é?

— Sim, é, mas não é este o caso e sim o fato de que ele não é o verdadeiro Jamie... e ele com aquelas pernas inúteis! Tio John, isso vai deixá-lo muito abalado. Já o ouvi falando sobre isso. Além do mais, Pollyanna e Mrs. Carew já me contaram como ele se sente sobre isso, como ele tem certeza de ser o antigo Jamie, e como se sente feliz com isso. Puxa, não posso tirar isso dele, mas o que posso fazer?

— Não sei, meu rapaz, não sei se há alguma coisa que você possa fazer além do que está fazendo.

Houve um longo silêncio. Jimmy, que cessara de andar pela sala, ergueu o rosto, de repente.

— Sei que existe um jeito, e vou fazer isso. Sei que Mrs. Carew vai concordar. Não vamos contar. Não vamos contar a ninguém, a não ser para a própria Mrs. Carew, e para Pollyanna e sua tia. Terei de contar a elas — acrescentou ele, na defensiva.

— Certamente, meu rapaz. Com relação ao resto... — John Pendleton fez uma pausa significativa.

— Não é da conta de ninguém.

— Mas, lembre-se, você está fazendo um sacrifício e tanto, de várias maneiras. Acho que devia considerar bem o assunto.

— Considerar? Já considerei, e não há outra solução, com Jamie do outro lado da balança, senhor. Não poderia fazer de outro jeito. Apenas isso.

— Não o culpo, e acho que tem razão — declarou John Pendleton, com sinceridade. — Além do mais, acredito que Mrs. Carew irá concordar com você, particularmente se ela souber que o verdadeiro Jamie finalmente foi encontrado.

— Sabe? Ela sempre disse que já me vira em algum lugar — riu Jimmy. — Bem, a que horas sai esse trem? Estou pronto.

— Pois eu não estou — riu John Pendleton. — Felizmente para mim ainda faltam algumas horas, de qualquer forma — finalizou, levantando-se e saindo do aposento.

❖

CAPÍTULO XXXII

Um novo Aladim

Quaisquer que fossem os preparativos de John Pendleton para a partida, foram variados e rápidos, feitos às claras, com duas exceções. Essas exceções foram duas cartas, uma endereçada a Pollyanna, outra à tia dela, Mrs. Polly Chilton. Tais cartas, com instruções precisas, foram passadas às mãos de Susan, sua governanta, para que fossem entregues depois que ele partisse. Sobre isso, Jimmy não sabia de nada.

Os viajantes estavam próximos de Boston, quando John Pendleton voltou-se para Jimmy:

— Meu rapaz, tenho um favor a pedir. Ou melhor, dois. O primeiro é que a gente não conte nada a Mrs. Carew até amanhã à tarde; o outro é que você me permita entrar primeiro e ser seu representante. Nesse caso, você só apareceria por volta de... vamos dizer, quatro horas. Concorda com isso?

— Concordo, sim, tio — respondeu Jimmy, sem hesitar. — Não apenas concordo, mas acho bom que seja assim. Estava pensando em como eu iria quebrar o gelo, e fico contente em ter alguém que faça isso por mim.

— Ótimo. Nesse caso, vou tentar falar com sua tia ao telefone amanhã cedo, e marcar esse compromisso.

Mantendo sua palavra, Jimmy não apareceu na mansão Carew até as quatro horas da tarde seguinte. Mesmo então, sentiu-se tão embaraçado que teve de dar duas voltas na casa até criar coragem de subir os degraus e tocar a campainha. Uma vez na presença de Mrs. Carew, entretanto, logo se sentiu à vontade, tão rapidamente ela o deixou assim e com tamanha habilidade ela lidou com o assunto. Sem dúvida, no início surgiram algumas lágrimas e exclamações incoerentes. Mesmo John Pendleton teve de procurar no bolso, rapidamente, seu lenço. Mas depois de pouco tempo a aparência de normalidade se restabelecera, e apenas o brilho terno no olhar de Mrs. Carew, assim como a felicidade de Jimmy e John Pendleton foram deixadas para marcar a ocasião como fora do comum.

— Acho que foi muito nobre da sua parte, sobre Jamie — observou Mrs. Carew, depois de algum tempo. — Na verdade, Jimmy (vou chamá-lo de Jimmy, por vários motivos óbvios; além disso, acho que combina com você), você tem razão, se está disposto a fazer isso. E estou fazendo um pouco de sacrifício por mim também. Pois teria muito orgulho em apresentar você ao mundo como meu sobrinho.

— De fato, tia Ruth, eu... — começou ele, interrompendo-se a um gesto de John Pendleton.

Reparou então que Jamie e Sadie Dean acabavam de entrar no aposento. O rosto de Jamie estava pálido.

— Tia Ruth! — exclamou ele, olhando de um para o outro com olhos arregalados. — Tia Ruth! Não quer dizer que...

Todo o sangue fugiu do rosto de Mrs. Carew, e do de Jimmy também. John Pendleton, entretanto, não perdeu a calma.

— Sim, Jamie, por que não? Eu ia contar logo, portanto posso muito bem contar agora. — Jimmy assustou-se e deu um passo para a frente, porém John Pendleton o silenciou com um olhar. — Agora há pouco Mrs. Carew me tornou o mais feliz dos homens, ao responder sim a uma determinada pergunta que fiz. Agora, assim como Jimmy me chama de "tio John", por que ele não pode começar a chamar, desde já, Mrs. Carew de "tia Ruth"?

— Oh! — exclamou Jamie, surpreso e feliz.

Jimmy, sob o olhar firme de John Pendleton, conseguiu controlar a situação ao não externar toda a sua surpresa e seu prazer. Naturalmente, nesse instante, Mrs. Carew tornou-se o centro das atenções de todos, e o momento de perigo passou. Um pouco mais tarde, John Pendleton disse baixo em seu ouvido:

— Está vendo, seu malandro? Não vou deixar você, afinal. Nós dois teremos você agora.

Exclamações e parabéns ainda ecoavam quando Jamie, com uma nova luz no olhar, voltou-se sem avisar Sadie Dean.

— Sadie, vou contar a eles — declarou ele, triunfante.

Então, com um rubor a colorir o rosto dela, a história foi revelada, antes mesmo que as palavras fossem proferidas por Jamie. Novos parabéns e congratulações vieram, e todos passaram a cumprimentar e apertar as mãos uns dos outros.

Jimmy, entretanto, logo passou a enxergar os outros com certa impaciência, ou saudades.

— Tudo isso está ótimo para vocês. Todos têm um ao outro. Mas onde entro eu? Pois eu lhes digo: se uma determinada dama que conheço estivesse aqui, agora, eu talvez tivesse algo para dizer também.

— Apenas um instante, Jimmy — interveio John Pendleton. — Vamos fingir que sou Aladim, e vou começar a esfregar a lâmpada. Mrs. Carew, tenho sua permissão para chamar Mary?

— Certamente — murmurou ela, tão surpresa quanto os outros.

Alguns instantes depois Mary entrou no escritório.

— Será que escutei Miss Pollyanna chegar há alguns momentos, Mary? — indagou John Pendleton.

— Sim, senhor. Ela está aqui.

— Quer pedir a ela que entre, por favor?

— Pollyanna, aqui? — espantaram-se todos, enquanto Mary saía.

Jimmy empalideceu e depois corou.

— Sim. Mandei a ela um bilhete na noite passada, por meio da minha governanta. Tomei a liberdade de pedir a ela que viesse passar uns dias consigo, Mrs. Carew. Pensei que a pobrezinha precisava descansar um pouco; e minhas instruções diziam também para que Susan ficasse e cuidasse de Mrs. Chilton. Também escrevi diretamente a ela — contou John, voltando-se repentinamente para Jimmy. — E depois de ela ler, sei que deixaria que Pollyanna viesse até nós. E parece que assim ocorreu, pois ela está aqui.

E lá estava ela à soleira da porta, corada, de olhos arregalados e inquisidores, com uma ponta de timidez.

— Pollyanna, minha querida! — exclamou Jimmy, sem se conter; tomou-a nos braços, e a beijou.

— Oh, Jimmy, na frente de todas essas pessoas — disse ela, embaraçada.

— Bah, eu a teria beijado ainda que estivesse no meio da Rua Washington! E já que falamos nisso, "todas essas pessoas" são nossos amigos mais queridos.

Pollyanna olhou. Viu numa das janelas, Jamie e Sadie Dean; na outra janela, Mrs. Carew e John Pendleton.

Pollyanna sorriu... com um jeito tão adorável que Jimmy a beijou outra vez.

— Oh, Jimmy, não é tudo lindo e maravilhoso? — murmurou ela

suavemente. — E tia Polly, que agora sabe de tudo, está sossegada. Acho que de todos os modos tudo estaria bem. Ela começava a se sentir mal por mim. Mas agora está contente. Também estou. Puxa, Jimmy, estou tão contente, contente, contente por tudo!

Jimmy prendeu a respiração, com alegria contagiante.

— Que Deus mantenha as coisas assim para você — disse ele, puxando-a para si.

— Tenho certeza de que sempre será assim — suspirou Pollyanna, com os olhos brilhando de confiança.

❖

DADOS BIOGRÁFICOS

Eleanor H. Porter

Eleanor H. Porter, cujo nome de solteira era Eleanor Hodgeman, nasceu em Littleton, New Hampshire, em 19 de dezembro de 1868. A mãe viveu muitos anos doente, e também a pequena Eleanor tinha saúde delicada, o que parece ter influenciado decisivamente o caráter introspectivo da escritora, levando-a a ler muito e, desde cedo, escolher o caminho das artes. Apaixonada por música, ingressou no Conservatório de Música de New England, em Boston, onde pôde aprimorar seu talento como cantora lírica. Por muitos anos, tomou parte em corais de igrejas e apresentou-se em inúmeros concertos.

Também ensinava música. Em 3 de maio de 1892, aos vinte e quatro anos, casou-se com John Lyman Porter. O casal foi morar em Cambridge, no estado de Massachusetts. Nunca tiveram filhos.

Sua carreira literária iniciou-se em 1900, quando ela pela primeira vez publicou um conto, e já no ano seguinte passou a escrever em tempo integral. Inicialmente, com o pseudônimo de Eleanor Stewart, publicou mais de duzentos contos em revistas femininas. O primeiro romance apareceu em 1907, e a partir daí ela escreveu mais dezessete, além de sete coletâneas de contos, todos com grande receptividade de público, embora apenas *Pollyanna* tenha chegado à consagração mundial.

❖

O objetivo, a filosofia e a missão da Editora Martin Claret

O principal objetivo da Martin Claret é contribuir para a difusão da educação e da cultura, por meio da democratização do livro, usando os canais de comercialização habituais, além de criar novos.

A filosofia de trabalho da Martin Claret consiste em produzir livros de qualidade a um preço acessível, para que possam ser apreciados pelo maior número possível de leitores.

A missão da Martin Claret é conscientizar e motivar as pessoas a desenvolver e utilizar o seu pleno potencial espiritual, mental, emocional e social.

O livro muda as pessoas. Revolucione-se: leia mais para ser mais!

MARTIN CLARET

Relação dos Volumes Publicados

1. **Dom Casmurro**
Machado de Assis
2. **O Príncipe**
Maquiavel
3. **Mensagem**
Fernando Pessoa
4. **O Lobo do Mar**
Jack London
5. **A Arte da Prudência**
Baltasar Gracián
6. **Iracema / Cinco Minutos**
José de Alencar
7. **Inocência**
Visconde de Taunay
8. **A Mulher de 30 Anos**
Honoré de Balzac
9. **A Moreninha**
Joaquim Manuel de Macedo
10. **A Escrava Isaura**
Bernardo Guimarães
11. **As Viagens - "Il Milione"**
Marco Polo
12. **O Retrato de Dorian Gray**
Oscar Wilde
13. **A Volta ao Mundo em 80 Dias**
Júlio Verne
14. **A Carne**
Júlio Ribeiro
15. **Amor de Perdição**
Camilo Castelo Branco
16. **Sonetos**
Luís de Camões
17. **O Guarani**
José de Alencar
18. **Memórias Póstumas de Brás Cubas**
Machado de Assis
19. **Lira dos Vinte Anos**
Álvares de Azevedo
20. **Apologia de Sócrates / Banquete**
Platão
21. **A Metamorfose/Um Artista da Fome/Carta a Meu Pai**
Franz Kafka
22. **Assim Falou Zaratustra**
Friedrich Nietzsche
23. **Triste Fim de Policarpo Quaresma**
Lima Barreto
24. **A Ilustre Casa de Ramires**
Eça de Queirós
25. **Memórias de um Sargento de Milícias**
Manuel Antônio de Almeida
26. **Robinson Crusoé**
Daniel Defoe
27. **Espumas Flutuantes**
Castro Alves
28. **O Ateneu**
Raul Pompeia
29. **O Noviço / O Juiz de Paz da Roça / Quem Casa Quer Casa**
Martins Pena
30. **A Relíquia**
Eça de Queirós
31. **O Jogador**
Dostoiévski
32. **Histórias Extraordinárias**
Edgar Allan Poe
33. **Os Lusíadas**
Luís de Camões
34. **As Aventuras de Tom Sawyer**
Mark Twain
35. **Bola de Sebo e Outros Contos**
Guy de Maupassant
36. **A República**
Platão
37. **Elogio da Loucura**
Erasmo de Rotterdam
38. **Caninos Brancos**
Jack London
39. **Hamlet**
William Shakespeare
40. **A Utopia**
Thomas More
41. **O Processo**
Franz Kafka
42. **O Médico e o Monstro**
Robert Louis Stevenson
43. **Ecce Homo**
Friedrich Nietzsche
44. **O Manifesto do Partido Comunista**
Marx e Engels
45. **Discurso do Método / Regras para a Direção do Espírito**
René Descartes
46. **Do Contrato Social**
Jean-Jacques Rousseau
47. **A Luta pelo Direito**
Rudolf von Ihering
48. **Dos Delitos e das Penas**
Cesare Beccaria
49. **A Ética Protestante e o Espírito do Capitalismo**
Max Weber
50. **O Anticristo**
Friedrich Nietzsche
51. **Os Sofrimentos do Jovem Werther**
Goethe
52. **As Flores do Mal**
Charles Baudelaire
53. **Ética a Nicômaco**
Aristóteles
54. **A Arte da Guerra**
Sun Tzu
55. **Imitação de Cristo**
Tomás de Kempis
56. **Cândido ou o Otimismo**
Voltaire
57. **Rei Lear**
William Shakespeare
58. **Frankenstein**
Mary Shelley
59. **Quincas Borba**
Machado de Assis
60. **Fedro**
Platão
61. **Política**
Aristóteles
62. **A Viuvinha / Encarnação**
José de Alencar
63. **As Regras do Método Sociológico**
Émile Durkheim
64. **O Cão dos Baskervilles**
Sir Arthur Conan Doyle
65. **Contos Escolhidos**
Machado de Assis
66. **Da Morte / Metafísica doAmor / Do Sofrimento do Mundo**
Arthur Schopenhauer
67. **As Minas do Rei Salomão**
Henry Rider Haggard
68. **Manuscritos Econômico-Filosóficos**
Karl Marx
69. **Um Estudo em Vermelho**
Sir Arthur Conan Doyle
70. **Meditações**
Marco Aurélio
71. **A Vida das Abelhas**
Maurice Materlinck
72. **O Cortiço**
Aluísio Azevedo
73. **Senhora**
José de Alencar
74. **Brás, Bexiga e Barra Funda / Laranja da China**
Antônio de Alcântara Machado
75. **Eugênia Grandet**
Honoré de Balzac
76. **Contos Gauchescos**
João Simões Lopes Neto
77. **Esaú e Jacó**
Machado de Assis
78. **O Desespero Humano**
Sören Kierkegaard
79. **Dos Deveres**
Cícero
80. **Ciência e Política**
Max Weber
81. **Satíricon**
Petrônio
82. **Eu e Outras Poesias**
Augusto dos Anjos
83. **Farsa de Inês Pereira / Auto da Barca do Inferno / Auto da Alma**
Gil Vicente
84. **A Desobediência Civil e Outros Escritos**
Henry David Toreau
85. **Para Além do Bem e do Mal**
Friedrich Nietzsche
86. **A Ilha do Tesouro**
R. Louis Stevenson
87. **Marília de Dirceu**
Tomás A. Gonzaga
88. **As Aventuras de Pinóquio**
Carlo Collodi
89. **Segundo Tratado Sobre o Governo**
John Locke
90. **Amor de Salvação**
Camilo Castelo Branco
91. **Broquéis/Faróis/ Últimos Sonetos**
Cruz e Souza
92. **I-Juca-Pirama / Os Timbiras / Outros Poemas**
Gonçalves Dias
93. **Romeu e Julieta**
William Shakespeare
94. **A Capital Federal**
Arthur Azevedo
95. **Diário de um Sedutor**
Sören Kierkegaard
96. **Carta de Pero Vaz de Caminha a El-Rei Sobre o Achamento do Brasil**
97. **Casa de Pensão**
Aluísio Azevedo
98. **Macbeth**
William Shakespeare

99. **Édipo Rei/Antígona**
Sófocles

100. **Lucíola**
José de Alencar

101. **As Aventuras de Sherlock Holmes**
Sir Arthur Conan Doyle

102. **Bom-Crioulo**
Adolfo Caminha

103. **Helena**
Machado de Assis

104. **Poemas Satíricos**
Gregório de Matos

105. **Escritos Políticos / A Arte da Guerra**
Maquiavel

106. **Ubirajara**
José de Alencar

107. **Diva**
José de Alencar

108. **Eurico, o Presbítero**
Alexandre Herculano

109. **Os Melhores Contos**
Lima Barreto

110. **A Luneta Mágica**
Joaquim Manuel de Macedo

111. **Fundamentação da Metafísica dos Costumes e Outros Escritos**
Immanuel Kant

112. **O Príncipe e o Mendigo**
Mark Twain

113. **O Domínio de Si Mesmo Pela Auto-Sugestão Consciente**
Émile Coué

114. **O Mulato**
Aluísio Azevedo

115. **Sonetos**
Florbela Espanca

116. **Uma Estadia no Inferno / Poemas / Carta do Vidente**
Arthur Rimbaud

117. **Várias Histórias**
Machado de Assis

118. **Fédon**
Platão

119. **Poesias**
Olavo Bilac

120. **A Conduta para a Vida**
Ralph Waldo Emerson

121. **O Livro Vermelho**
Mao Tsé-Tung

122. **Oração aos Moços**
Rui Barbosa

123. **Otelo, o Mouro de Veneza**
William Shakespeare

124. **Ensaios**
Ralph Waldo Emerson

125. **De Profundis / Balada do Cárcere de Reading**
Oscar Wilde

126. **Crítica da Razão Prática**
Immanuel Kant

127. **A Arte de Amar**
Ovídio Naso

128. **O Tartufo ou O Impostor**
Molière

129. **Metamorfoses**
Ovídio Naso

130. **A Gaia Ciência**
Friedrich Nietzsche

131. **O Doente Imaginário**
Molière

132. **Uma Lágrima de Mulher**
Aluísio Azevedo

133. **O Último Adeus de Sherlock Holmes**
Sir Arthur Conan Doyle

134. **Canudos - Diário de uma Expedição**
Euclides da Cunha

135. **A Doutrina de Buda**
Siddharta Gautama

136. **Tao Te Ching**
Lao-Tsé

137. **Da Monarquia / Vida Nova**
Dante Alighieri

138. **A Brasileira de Prazins**
Camilo Castelo Branco

139. **O Velho da Horta/Quem Tem Farelos?/Auto da Índia**
Gil Vicente

140. **O Seminarista**
Bernardo Guimarães

141. **O Alienista / Casa Velha**
Machado de Assis

142. **Sonetos**
Manuel du Bocage

143. **O Mandarim**
Eça de Queirós

144. **Noite na Taverna / Macário**
Álvares de Azevedo

145. **Viagens na Minha Terra**
Almeida Garrett

146. **Sermões Escolhidos**
Padre Antonio Vieira

147. **Os Escravos**
Castro Alves

148. **O Demônio Familiar**
José de Alencar

149. **A Mandrágora / Belfagor, o Arquidiabo**
Maquiavel

150. **O Homem**
Aluísio Azevedo

151. **Arte Poética**
Aristóteles

152. **A Megera Domada**
William Shakespeare

153. **Alceste/Electra/Hipólito**
Eurípedes

154. **O Sermão da Montanha**
Huberto Rohden

155. **O Cabeleira**
Franklin Távora

156. **Rubáiyát**
Omar Khayyám

157. **Luzia-Homem**
Domingos Olímpio

158. **A Cidade e as Serras**
Eça de Queirós

159. **A Retirada da Laguna**
Visconde de Taunay

160. **A Viagem ao Centro da Terra**
Júlio Verne

161. **Caramuru**
Frei Santa Rita Durão

162. **Clara dos Anjos**
Lima Barreto

163. **Memorial de Aires**
Machado de Assis

164. **Bhagavad Gita**
Krishna

165. **O Profeta**
Khalil Gibran

166. **Aforismos**
Hipócrates

167. **Kama Sutra**
Vatsyayana

168. **O Livro da Jângal**
Rudyard Kipling

169. **De Alma para Alma**
Huberto Rohden

170. **Orações**
Cícero

171. **Sabedoria das Parábolas**
Huberto Rohden

172. **Salomé**
Oscar Wilde

173. **Do Cidadão**
Thomas Hobbes

174. **Porque Sofremos**
Huberto Rohden

175. **Einstein: o Enigma do Universo**
Huberto Rohden

176. **A Mensagem Viva do Cristo**
Huberto Rohden

177. **Mahatma Gandhi**
Huberto Rohden

178. **A Cidade do Sol**
Tommaso Campanella

179. **Setas para o Infinito**
Huberto Rohden

180. **A Voz do Silêncio**
Helena Blavatsky

181. **Frei Luís de Sousa**
Almeida Garrett

182. **Fábulas**
Esopo

183. **Cântico de Natal/ Os Carrilhões**
Charles Dickens

184. **Contos**
Eça de Queirós

185. **O Pai Goriot**
Honoré de Balzac

186. **Noites Brancas e Outras Histórias**
Dostoiévski

187. **Minha Formação**
Joaquim Nabuco

188. **Pragmatismo**
William James

189. **Discursos Forenses**
Enrico Ferri

190. **Medeia**
Eurípedes

191. **Discursos de Acusação**
Enrico Ferri

192. **A Ideologia Alemã**
Marx & Engels

193. **Prometeu Acorrentado**
Ésquilo

194. **Iaiá Garcia**
Machado de Assis

195. **Discursos no Instituto dos Advogados Brasileiros / Discurso no Colégio Anchieta**
Rui Barbosa

196. **Édipo em Colono**
Sófocles

197. **A Arte de Curar pelo Espírito**
Joel S. Goldsmith

198. **Jesus, o Filho do Homem**
Khalil Gibran

199. **Discurso sobre a Origem e os Fundamentos da Desigualdade entre os Homens**
Jean-Jacques Rousseau

200. **Fábulas**
La Fontaine

201. **O Sonho de uma Noite de Verão**
William Shakespeare

202. **Maquiavel, o Poder**
José Nivaldo Junior

203. **Ressurreição**
Machado de Assis

204. **O Caminho da Felicidade**
Huberto Rohden

205. **A Velhice do Padre Eterno**
Guerra Junqueiro

206. **O Sertanejo**
José de Alencar

207. **Gitanjali**
Rabindranath Tagore

208. **Senso Comum**
Thomas Paine

209. **Canaã**
Graça Aranha

210. **O Caminho Infinito**
Joel S. Goldsmith

211. **Pensamentos**
Epicuro

212. **A Letra Escarlate**
Nathaniel Hawthorne

213. **Autobiografia**
Benjamin Franklin

214. **Memórias de Sherlock Holmes**
Sir Arthur Conan Doyle

215. **O Dever do Advogado / Posse de Direitos Pessoais**
Rui Barbosa

216. **O Tronco do Ipê**
José de Alencar

217. **O Amante de Lady Chatterley**
D. H. Lawrence

218. **Contos Amazônicos**
Inglês de Souza

219. **A Tempestade**
William Shakespeare

220. **Ondas**
Euclides da Cunha

221. **Educação do Homem Integral**
Huberto Rohden

222. **Novos Rumos para a Educação**
Huberto Rohden

223. **Mulherzinhas**
Louise May Alcott

224. **A Mão e a Luva**
Machado de Assis

225. **A Morte de Ivan Ilicht / Senhores e Servos**
Leon Tolstói

226. **Álcoois e Outros Poemas**
Apollinaire

227. **Pais e Filhos**
Ivan Turguêniev

228. **Alice no País das Maravilhas**
Lewis Carroll

229. **À Margem da História**
Euclides da Cunha

230. **Viagem ao Brasil**
Hans Staden

231. **O Quinto Evangelho**
Tomé

232. **Lorde Jim**
Joseph Conrad

233. **Cartas Chilenas**
Tomás Antônio Gonzaga

234. **Odes Modernas**
Anntero de Quental

235. **Do Cativeiro Babilônico da Igreja**
Martinho Lutero

236. **O Coração das Trevas**
Joseph Conrad

237. **Thais**
Anatole France

238. **Andrômaca / Fedra**
Racine

239. **As Catilinárias**
Cícero

240. **Recordações da Casa dos Mortos**
Dostoiévski

241. **O Mercador de Veneza**
William Shakespeare

242. **A Filha do Capitão / A Dama de Espadas**
Aleksandr Púchkin

243. **Orgulho e Preconceito**
Jane Austen

244. **A Volta do Parafuso**
Henry James

245. **O Gaúcho**
José de Alencar

246. **Tristão e Isolda**
Lenda Medieval Celta de Amor

247. **Poemas Completos de Alberto Caeiro**
Fernando Pessoa

248. **Maiakósvski**
Vida e Poesia

249. **Sonetos**
William Shakespeare

250. **Poesia de Ricardo Reis**
Fernando Pessoa

251. **Papéis Avulsos**
Machado de Assis

252. **Contos Fluminenses**
Machado de Assis

253. **O Bobo**
Alexandre Herculano

254. **A Oração da Coroa**
Demóstenes

255. **O Castelo**
Franz Kafka

256. **O Trovejar do Silêncio**
Joel S. Goldsmith

257. **Alice na Casa dos Espelhos**
Lewis Carrol

258. **Miséria da Filosofia**
Karl Marx

259. **Júlio César**
William Shakespeare

260. **Antônio e Cleópatra**
William Shakespeare

261. **Filosofia da Arte**
Huberto Rohden

262. **A Alma Encantadora das Ruas**
João do Rio

263. **A Normalista**
Adolfo Caminha

264. **Pollyanna**
Eleanor H. Porter

265. **As Pupilas do Senhor Reitor**
Júlio Diniz

266. **As Primaveras**
Casimiro de Abreu

267. **Fundamentos do Direito**
Léon Duguit

268. **Discursos de Metafísica**
G. W. Leibniz

269. **Sociologia e Filosofia**
Émile Durkheim

270. **Cancioneiro**
Fernando Pessoa

271. **A Dama das Camélias**
Alexandre Dumas (filho)

272. **O Divórcio / As Bases da Fé / e outros textos**
Rui Barbosa

273. **Pollyanna Moça**
Eleanor H. Porter

274. **O 18 Brumário de Luís Bonaparte**
Karl Marx

275. **Teatro de Machado de Assis**
Antologia

276. **Cartas Persas**
Montesquieu

277. **Em Comunhão com Deus**
Huberto Rohden

278. **Razão e Sensibilidade**
Jane Austen

279. **Crônicas Selecionadas**
Machado de Assis

280. **Histórias da Meia-Noite**
Machado de Assis

281. **Cyrano de Bergerac**
Edmond Rostand

282. **O Maravilhoso Mágico de Oz**
L. Frank Baum

283. **Trocando Olhares**
Florbela Espanca

284. **O Pensamento Filosófico da Antiguidade**
Huberto Rohden

285. **Filosofia Contemporânea**
Huberto Rohden

286. **O Espírito da Filosofia Oriental**
Huberto Rohden

287. **A Pele do Lobo / O Badejo / o Dote**
Artur Azevedo

288. **Os Bruzundangas**
Lima Barreto

289. **A Pata da Gazela**
José de Alencar

290. **O Vale do Terror**
Sir Arthur Conan Doyle

291. **O Signo dos Quatro**
Sir Arthur Conan Doyle

292. **As Máscaras do Destino**
Florbela Espanca

293. **A Confissão de Lúcio**
Mário de Sá-Carneiro

294. **Falenas**
Machado de Assis

295. **O Uraguai / A Declamação Trágica**
Basílio da Gama

296. **Crisálidas**
Machado de Assis

297. **Americanas**
Machado de Assis

298. **A Carteira de Meu Tio**
Joaquim Manuel de Macedo

299. **Catecismo da Filosofia**
Huberto Rohden

300. **Apologia de Sócrates**
Platão (Edição bilingue)

301. **Rumo à Consciência Cósmica**
Huberto Rohden

302. **Cosmoterapia**
Huberto Rohden

303. **Bodas de Sangue**
Federico García Lorca

304. **Discurso da Servidão Voluntária**
Étienne de La Boétie

305. Categorias
Aristóteles

306. Manon Lescaut
Abade Prévost

307. Teogonia / Trabalho e Dias
Hesíodo

308. As Vítimas-Algozes
Joaquim Manuel de Macedo

309. Persuasão
Jane Austen

310. Agostinho - *Huberto Rohden*

311. Roteiro Cósmico
Huberto Rohden

312. A Queda dum Anjo
Camilo Castelo Branco

313. O Cristo Cósmico e os Essênios - *Huberto Rohden*

314. Metafísica do Cristianismo
Huberto Rohden

315. Rei Édipo - *Sófocles*

316. Livro dos provérbios
Salomão

317. Histórias de Horror
Howard Phillips Lovecraft

318. O Ladrão de Casaca
Maurice Leblanc

Série Ouro
(Livros com mais de 400 p.)

1. Leviatã
Thomas Hobbes

2. A Cidade Antiga
Fustel de Coulanges

3. Crítica da Razão Pura
Immanuel Kant

4. Confissões
Santo Agostinho

5. Os Sertões
Euclides da Cunha

6. Dicionário Filosófico
Voltaire

7. A Divina Comédia
Dante Alighieri

8. Ética Demonstrada à Maneira dos Geômetras
Baruch de Spinoza

9. Do Espírito das Leis
Montesquieu

10. O Primo Basílio
Eça de Queirós

11. O Crime do Padre Amaro
Eça de Queirós

12. Crime e Castigo
Dostoiévski

13. Fausto
Goethe

14. O Suicídio
Émile Durkheim

15. Odisseia
Homero

16. Paraíso Perdido
John Milton

17. Drácula
Bram Stocker

18. Ilíada
Homero

19. As Aventuras de Huckleberry Finn
Mark Twain

20. Paulo – O 13º Apóstolo
Ernest Renan

21. Eneida
Virgílio

22. Pensamentos
Blaise Pascal

23. A Origem das Espécies
Charles Darwin

24. Vida de Jesus
Ernest Renan

25. Moby Dick
Herman Melville

26. Os Irmãos Karamazovi
Dostoiévski

27. O Morro dos Ventos Uivantes
Emily Brontë

28. Vinte Mil Léguas Submarinas
Júlio Verne

29. Madame Bovary
Gustave Flaubert

30. O Vermelho e o Negro
Stendhal

31. Os Trabalhadores do Mar
Victor Hugo

32. A Vida dos Doze Césares
Suetônio

33. O Moço Loiro
Joaquim Manuel de Macedo

34. O Idiota
Dostoiévski

35. Paulo de Tarso
Huberto Rohden

36. O Peregrino
John Bunyan

37. As Profecias
Nostradamus

38. Novo Testamento
Huberto Rohden

39. O Corcunda de Notre Dame
Victor Hugo

40. Arte de Furtar
Anônimo do século XVII

41. Germinal
Émile Zola

42. Folhas de Relva
Walt Whitman

43. Ben-Hur — Uma História dos Tempos de Cristo
Lew Wallace

44. Os Maias
Eça de Queirós

45. O Livro da Mitologia
Thomas Bulfinch

46. Os Três Mosqueteiros
Alexandre Dumas

47. Poesia de Álvaro de Campos
Fernando Pessoa

48. Jesus Nazareno
Huberto Rohden

49. Grandes Esperanças
Charles Dickens

50. A Educação Sentimental
Gustave Flaubert

51. O Conde de Monte Cristo (Volume I)
Alexandre Dumas

52. O Conde de Monte Cristo (Volume II)
Alexandre Dumas

53. Os Miseráveis (Volume I)
Victor Hugo

54. Os Miseráveis (Volume II)
Victor Hugo

55. Dom Quixote de La Mancha (Volume I)
Miguel de Cervantes

56. Dom Quixote de La Mancha (Volume II)
Miguel de Cervantes

57. As Confissões
Jean-Jacques Rousseau

58. Contos Escolhidos
Artur Azevedo

59. As Aventuras de Robin Hood
Howard Pyle